Evelyn

Nicholas Sparks

Né en 1965 dans le Nebraska, Nicholas Sparks a été représentant en produits pharmaceutiques avant de s'imposer comme le grand écrivain romantique américain avec *Les pages de notre amour* (Robert Laffont, 1997) ou encore *Une bouteille à la mer* (Robert Laffont, 1999), adapté au cinéma en 1998 avec Paul Newman et Kevin Costner. Plus récemment, il a publié *Comme avant* (Robert Laffont, 2005). Nicholas Sparks vit aujourd'hui avec sa femme et ses deux enfants en Caroline du Nord.

LE TOURNANT DE LA VIE

DU MÊME AUTEUR
CHEZ POCKET

LES PAGES DE NOTRE AMOUR
UNE BOUTEILLE À LA MER
À TOUT JAMAIS
LES RESCAPÉS DU CŒUR
LE TEMPS D'UN OURAGAN

NICHOLAS SPARKS

LE TOURNANT DE LA VIE

Traduit de l'américain
par Francine Siety

ROBERT LAFFONT

Titre original :
A bend in the road

ISBN 2-266-14993-8

Ce roman est dédié à Theresa Park et Jamie Raab.
Elles savent pourquoi.

Prologue

Quand commence réellement une histoire ? Rares sont les moments dont nous pouvons dire avec un certain recul : c'est alors que tout a commencé. Il arrive pourtant que le destin croise notre chemin et déclenche une série d'événements à l'issue imprévisible.

Il est près de deux heures du matin et je n'ai toujours pas fermé l'œil. Je me suis tourné et retourné dans mon lit pendant une éternité avant de renoncer à dormir. Assis devant mon bureau, mon stylo à la main, je m'interroge maintenant sur mon rendez-vous avec le destin. Cela devient de plus en plus obsédant ces derniers temps.

Dans le silence de la maison, l'on n'entend que le tic-tac régulier d'une pendule, posée sur l'étagère. Ma femme dort au premier étage et je regarde fixement mon bloc-notes en me demandant par où commencer. Je ne doute pas de mon histoire, mais de ce qui me pousse à la raconter. À quoi bon déterrer le passé ? Les événements que je vais évoquer survinrent il y a treize ans ; ils plongent vraisemblablement leurs racines deux ans plus tôt. Je pense, cependant, que je dois me lancer, au moins pour me libérer du poids qui m'oppresse.

Mes souvenirs de cette période reposent sur divers éléments. Un journal que je tiens depuis mon enfance, un dossier de coupures de presse jaunies – ma propre enquête – et, bien sûr, l'enquête officielle. En outre, j'ai revécu des centaines de fois ces événements par la pensée et ils sont scellés dans ma mémoire. Réduit à cela, mon récit serait toutefois incomplet. D'autres que moi y ont été mêlés, et je n'ai pas assisté en personne à tout ce que je raconte. Sans avoir la prétention de faire revivre intégralement les sentiments et les réflexions d'autrui, je vais m'atteler à cette tâche, pour le meilleur ou pour le pire.

Il s'agit avant tout d'une histoire d'amour. Comme tant d'autres, l'histoire d'amour de Miles Ryan et de Sarah Andrews est ancrée dans une tragédie. Il s'agit aussi de pardon, et j'espère que vous comprendrez, après cette lecture, le défi qu'ont dû relever Miles et Sarah. J'espère que vous comprendrez aussi les décisions, bonnes ou mauvaises, qu'ils ont prises, ainsi que les miennes.

Mais soyons clairs. Cette histoire débute avec Missy Ryan, l'amour de jeunesse d'un shérif adjoint d'une petite ville du Sud.

Comme Miles Ryan, son mari, Missy était originaire de New Bern. Tout le monde s'accorde à dire qu'elle était douce et charmante. Miles l'aimait follement. Elle avait des cheveux châtain foncé, des yeux encore plus sombres, et tous les hommes de la région se pâmaient au son de sa voix. Elle riait pour un rien, écoutait avec intérêt ses interlocuteurs, en effleurant leur bras comme pour les inviter à entrer dans son propre univers. Véritable femme du Sud, elle avait plus d'autorité qu'on ne l'aurait cru de prime abord, et elle était l'élément moteur du couple. Miles avait généralement pour amis les maris des amies de Missy ; ils donnaient tous deux la priorité à leur vie de famille.

Au lycée, la charmante Missy était très populaire. En deuxième année, elle fit la connaissance de Miles Ryan, son aîné d'un an. Présentés par des amis, ils déjeunaient ensemble et bavardaient après les matches de foot. Ils finirent par se retrouver à une soirée, devinrent inséparables, et, quelques mois plus tard, quand Miles invita Missy au bal des élèves, ils filaient déjà le grand amour.

Certaines personnes ricaneraient à l'idée d'une passion entre de si jeunes gens. Miles et Missy s'aimaient pourtant d'un amour d'autant plus profond qu'il n'était pas tempéré par les réalités de la vie. Ils sortirent ensemble pendant deux ans et restèrent fidèles lorsque Miles s'inscrivit à l'université de Caroline du Nord.

Missy le rejoignit après son diplôme. Quand il la demanda en mariage, au cours d'un dîner trois ans plus tard, elle passa l'heure suivante pendue au téléphone, pour annoncer la bonne nouvelle à sa famille ; il termina son repas tout seul.

Il attendit à Raleigh qu'elle obtienne sa licence, et leur mariage réunit de nombreux convives dans l'église de New Bern.

Miles entreprit une formation de shérif adjoint ; Missy trouva un emploi de gestionnaire de crédit à la Wachovia Bank. Elle était enceinte de deux mois quand Miles entra au service du comté de Craven, où il patrouillait dans des rues qui leur étaient depuis toujours familières.

Comme beaucoup de jeunes couples, ils achetèrent leur première maison. En janvier 1981, à la naissance de Jonah, Missy comprit au premier regard qu'elle était faite pour la maternité. Jusqu'à six mois, son bébé ne passa pas une seule nuit complète et elle avait parfois envie de hurler aussi fort que lui ; mais elle l'aimait plus que tout au monde.

Mère épanouie, elle abandonna son emploi pour s'occuper à plein temps de Jonah, lui lire des histoires, le faire jouer et l'emmener occasionnellement à la garderie. Quand il eut cinq ans, Miles et elle commencèrent à rêver d'un deuxième enfant. Leurs sept années de mariage furent un vrai bonheur.

Mais, en août 1986, Missy perdit la vie à vingt-neuf ans.

Sa mort éteignit la lumière qui brillait dans les yeux de Jonah et obséda Miles pendant deux années entières. Elle ouvrit la voie à tout ce qui survint ensuite.

Voici donc, comme je l'ai déjà dit, l'histoire de Missy, autant que celle de Miles et de Sarah. C'est un peu mon histoire, car j'ai joué un rôle moi aussi dans tous ces événements.

1.

Le 29 août 1988, au matin, un peu plus de deux ans après le décès de sa femme, Miles Ryan, assis sur le porche derrière sa maison, regardait le ciel grisâtre virer lentement à l'orange. Sous ses yeux coulait la Trent, rivière dont les eaux saumâtres étaient en partie dissimulées par des bouquets de cyprès.

La fumée de sa cigarette s'élevait en volutes et il sentait l'air humide devenir de plus en plus dense. Bientôt, les oiseaux entonnèrent leurs trilles et un petit bateau à fond plat passa. Le pêcheur lui fit signe ; il eut tout juste la force de lui répondre par un discret salut.

Il lui fallait absolument une tasse de café. Ensuite, il serait prêt à affronter ses tâches quotidiennes – conduire Jonah à l'école, veiller au respect de la loi dans le voisinage, afficher les mandats d'expulsion dans l'ensemble du comté – ainsi que celles qui survenaient à l'improviste. Par exemple, rencontrer l'institutrice de Jonah en fin d'après-midi. Et ce n'était pas tout…

Le soir, il était encore plus occupé. Il y avait tant à faire, simplement pour gérer les affaires courantes : factures à régler, courses, ménage, menues réparations dans la maison. Même quand il avait un instant de loisir, il se dépêchait d'en profiter avant qu'il ne soit trop tard. Vite trouver quelque chose à lire ! Profiter d'un moment de répit pour fermer les yeux ! Un rythme épuisant. Mais qu'y pouvait-il ?

Un café s'imposait. La nicotine ne lui suffisait plus. Il songea à jeter ses cigarettes, mais cela ne présentait aucun intérêt à ses yeux, car il ne se considérait pas comme un vrai fumeur. Alors que certaines personnes consomment un paquet par jour pendant toute leur vie, il n'avait commencé à fumer qu'après la mort de Missy, épisodiquement, et il s'arrêterait quand il voudrait. Pourquoi s'inquiéter ? Il avait d'excellents poumons. Une semaine auparavant, il n'avait eu aucun mal à rattraper un voleur à la tire qu'il poursuivait. Un *fumeur* n'en aurait pas été capable.

Certes, cela n'avait pas été aussi simple qu'autrefois. À trente-deux ans, il n'avait pas encore l'âge de se chercher une maison de retraite, mais il se sentait vieillir. Quand il était étudiant, il lui arrivait de sortir tard le soir avec des copains et de passer la nuit dehors. Depuis quelques années, il veillait rarement après onze heures, sauf pour des raisons professionnelles.

Tout en sachant qu'il aurait du mal à trouver le sommeil, il préférait aller au lit. L'épuisement était devenu une composante essentielle de sa vie. Même les nuits où Jonah ne faisait pas de cauchemars – ce qui était rare depuis la mort de Missy –, il restait éveillé, l'esprit aussi trouble que s'il était plongé dans un milieu sous-marin. Il attribuait ce phénomène à la vie morne qu'il menait ; mais il lui arrivait de se demander s'il n'avait pas un problème plus sérieux. Une léthargie « inexplicable et injustifiée » était l'un des symptômes de la dépression, avait-il lu un jour. Sa léthargie était, néanmoins, justifiée…

Au fond, il avait surtout besoin d'un peu de détente dans une petite villa, sur une plage de Key West. Il y pêcherait le turbot et se balancerait dans un hamac en buvant une bière fraîche. Son souci majeur serait de décider s'il se chausserait ou non de sandales pour se promener le long de la mer, avec une femme aimante à ses côtés.

Sa solitude lui pesait. Il était las de se réveiller chaque matin dans un lit vide, bien que ce sentiment le surprenne. Il était récent. L'année qui avait suivi la mort de Missy, l'idée d'aimer une autre femme ne lui était pas venue une seule fois à l'esprit. Il n'éprouvait plus la moindre envie d'une compagnie féminine, comme si l'amour et le désir étaient devenus des abstractions sans aucun rapport avec le monde réel. Après avoir surmonté le choc initial, il avait pleuré chaque nuit, en se disant qu'il avait dérapé, mais qu'il finirait par retrouver sa voie tôt ou tard.

À vrai dire, bien des choses n'avaient pas changé après son deuil. Les factures arrivaient toujours, il fallait nourrir Jonah, tondre l'herbe, et continuer à travailler. Un jour, Charlie, son chef et son meilleur ami, lui avait demandé après deux bières comment il supportait la disparition de Missy. Il lui avait répondu qu'il n'en avait pas clairement conscience – comme si Missy était partie en week-end avec une amie et lui avait confié Jonah jusqu'à son retour.

Le temps avait passé, ainsi que la torpeur dans laquelle il avait sombré. La réalité reprenait ses droits, mais ses pensées convergeaient toujours sur Missy. Son souvenir ne le quittait pas. D'autant plus que Jonah lui ressemblait chaque jour davantage. Après l'avoir bordé dans son lit, il voyait parfois le visage de sa femme transparaître sur ses traits ; debout sur le pas de la porte, il tournait alors la tête pour cacher ses larmes. Mais cette image ne le quittait plus pendant des heures. Il revoyait Missy endormie, ses longs cheveux châtains étalés sur l'oreiller, un bras au-dessus de la tête, les lèvres entrouvertes tandis que sa poitrine se soulevait régulièrement. Et son parfum…

Jamais il ne l'oublierait. Le premier matin de Noël, après sa mort, il en avait respiré des effluves à l'église, et il s'y était agrippé comme à une bouée de sauvetage pendant toute la durée du service… et même après.

Il s'était attaché à d'autres détails. Jeunes mariés, Missy et lui allaient souvent déjeuner chez *Fred et Clara*, un petit restaurant aux murs lambrissés, tout proche de la banque où elle travaillait. Ce lieu intime et tranquille leur donnait l'illusion qu'ils avaient l'éternité devant eux. Après la naissance de Jonah, ils n'y étaient pas retournés très souvent ; mais depuis la mort de Missy, il avait renoué avec cette habitude. À la maison aussi, il avait gardé les habitudes de son épouse : il faisait ses courses au supermarché le jeudi soir, cultivait des tomates le long de la maison, et utilisait son détergent préféré. Missy restait omniprésente, quoi qu'il fasse.

Mais quelque chose avait changé au printemps. Au volant de sa voiture, il s'était surpris en train de dévorer des yeux un jeune couple marchant la main dans la main sur le trottoir. Un instant, il s'était imaginé avec cette femme. Avec elle ou *une autre*… Quelqu'un qui l'aimerait et qui aimerait Jonah. Quelqu'un qui le ferait rire, qui partagerait avec lui une bouteille de vin pendant un dîner paisible, et qui murmurerait dans ses bras, une fois les lumières éteintes. L'image de Missy s'était alors imposée à lui avec un tel sentiment de culpabilité et de trahison qu'il avait cru renoncer à jamais à ce fantasme.

Et pourtant…

Aussitôt couché, ce soir-là, il avait repensé à ce jeune couple. Sa culpabilité lui avait paru moins oppressante et il avait compris qu'il avait fait un premier pas – si petit fût-il – sur la voie de l'apaisement.

Étant veuf, il avait le droit d'éprouver de tels sentiments et personne ne pouvait lui en faire grief, avait-il conclu pour se justifier. Depuis quelques mois, certains de ses amis proposaient de lui présenter des jeunes femmes. D'ailleurs, Missy elle-même aurait souhaité qu'il se remarie. Quand ils jouaient au jeu de « et si ? », sans le moindre pressentiment, comme beaucoup de jeunes couples, ils pensaient l'un et l'autre qu'un enfant a besoin de deux parents, et que les êtres humains sont destinés à vivre en couple.

Au cours de l'été, l'idée de renoncer à sa solitude avait fait son chemin.

Missy était là et le serait toujours ; mais Miles envisageait de plus en plus sérieusement de partager sa vie avec une autre femme. Tard dans la nuit, quand il s'asseyait derrière la maison, dans son rocking-chair, pour rassurer Jonah sur ses genoux après un cauchemar, ses pensées suivaient un cours identique : quelle que soit sa volonté de rencontrer quelqu'un, il avait peu de chances d'y parvenir…

Faisait obstacle à son projet une volumineuse enveloppe en papier kraft, posée sur une étagère de sa chambre à coucher. Cette enveloppe renfermait le dossier qu'il avait constitué en quelques mois, après la mort de Missy. Il le gardait à portée de la main pour ne pas oublier ce qui s'était passé et la tâche qu'il devait mener à bien.

Il le gardait aussi pour se souvenir de son échec.

Miles écrasa son mégot sur la balustrade et rentra se verser le café dont il avait tant besoin. Puis il alla jeter un coup d'œil dans la chambre de Jonah : il pouvait prendre son temps, son fils dormait encore.

L'eau de sa douche gargouilla et siffla bruyamment avant de jaillir. Une fois lavé et rasé, il se brossa les dents et remarqua en se peignant que ses cheveux se faisaient plus rares. Il revêtit ensuite son uniforme de shérif et prit son étui de revolver dans le casier verrouillé, au-dessus de la porte de sa chambre.

Du couloir lui parvint le babil de Jonah.

– Bonjour, champion, lança-t-il en souriant.

Assis dans son lit, les cheveux en bataille, Jonah leva vers lui au ralenti ses yeux bouffis de sommeil.

– Salut, p'pa.

– Ton petit déjeuner sera bientôt prêt.

Jonah s'étira et marmonna :

– Tu me fais des crêpes ?

– Plutôt des gaufres, sinon on va être en retard.

Jonah se baissa et prit son pantalon, préparé la veille par son père.

– Tu dis ça tous les matins.

Miles haussa les épaules.

– Tu es en retard tous les matins !

– Alors, réveille-moi plus tôt.

– J'ai une meilleure idée. Si tu allais te coucher quand je te dis que c'est l'heure ?

– Je suis fatigué seulement le matin ; pas le soir.

– Bienvenue au club.

– Quoi ?

– Sans intérêt, marmonna Miles en pointant un doigt vers la salle de bains. N'oublie pas de te brosser les cheveux quand tu scras habillé !

– Ouais, p'pa.

La même routine tous les matins... Il glissa des gaufres dans le grille-pain avant de se verser une seconde tasse de café. Quand Jonah réapparut, habillé de pied en cap, sa gaufre beurrée l'attendait sur une soucoupe, à côté d'un verre de lait. L'enfant y étala lui-même un peu de sirop d'érable, tandis que son père entamait son toast sans un mot.

Un silence paisible s'installa.

Au bout de quelques minutes, Miles, qui devait absolument parler à son fils, s'éclaircit la voix.

– Ça marche à l'école ?

– Pas d'problème.

Cette question et la réponse immuable de Jonah faisaient partie de la routine. Mais ce matin-là, en préparant son sac à dos, Miles avait découvert un petit mot de l'institutrice l'invitant à la rencontrer dans la journée. Le ton de cette lettre lui donnait l'impression que c'était sérieux.

– Ça marche vraiment bien ? reprit-il.

– Mmh !

– Tu as une gentille institutrice ?

– Mmh ! fit à nouveau Jonah, en hochant la tête entre deux bouchées.

Devinant que son fils n'en dirait pas plus, Miles se pencha vers lui.

– Tu aurais dû me prévenir qu'elle t'avait donné une lettre pour moi.

– Quelle lettre ?

– Celle que j'ai trouvée dans ton sac à dos…

Les épaules de Jonah se soulevèrent comme les gaufres dans le grille-pain.

– J'ai dû oublier…

– Ça m'étonnerait ! Sais-tu pourquoi elle veut me voir ?

– Non…

Miles eut la certitude que son fils lui mentait.

– Fils, tu as des ennuis en classe ?

À ces mots, Jonah cligna des yeux. Son père l'appelait « fils » uniquement quand il le prenait en faute.

– Papa, j'ai rien fait de mal. J'te promets !

– Alors, que se passe-t-il ?

– J'sais pas.

– Tu ferais bien de réfléchir.

Réalisant qu'il avait poussé son père à bout, Jonah se tortilla sur son siège.

– Peut-être que je ne travaille pas toujours très bien.

– Tu m'as dit que tu te plaisais à l'école !

– C'est vrai. Mlle Andrews est gentille et tout… Mais, quelquefois, j'arrive pas à comprendre…

– Tu vas justement en classe pour apprendre.

– C'était différent avec M. Hayes, l'année dernière. Elle nous fait travailler *dur*, et j'y arrive pas toujours.

Jonah semblait à la fois craintif et gêné ; Miles posa doucement la main sur son épaule.

– Pourquoi ne m'as-tu pas prévenu que tu avais des difficultés ?

– Parce que, fit l'enfant après un long moment, je ne voulais pas que tu te fâches.

Après le petit déjeuner, quand Jonah fut prêt à partir, Miles lui tendit son sac à dos, puis il l'accompagna jusqu'à la porte.

– Ne t'inquiète pas pour cet après-midi, souffla-t-il en se baissant pour l'embrasser sur la joue ; tout ira bien.

– Ouais, fit Jonah, qui était resté muet depuis leur discussion.

– Ne prends pas le car, je te ramènerai à la maison.

– Ouais.

– Je t'aime, champion.

– Moi aussi, papa, je t'aime.

Miles regarda son fils se diriger vers l'arrêt d'autocar, au coin de la rue. Missy ne se serait pas laissé surprendre par cette lettre. Missy aurait su que Jonah avait des problèmes et elle se serait occupée de tout cela. Comme toujours…

2.

Sarah Andrews s'efforçait de traverser d'un pas rapide le quartier historique de New Bern – elle était devenue une excellente marcheuse depuis cinq ans. Mais elle avait beau faire, son attention était sollicitée, comme toujours, par mille choses qui freinaient son allure.

Fondée en 1710 au bord de deux rivières, la Trent et la Neuse, à l'est de la Caroline du Nord, New Bern était l'une des deux plus anciennes villes de cet État, dont elle avait été jadis la capitale. Le palais Tyron, résidence du gouverneur détruite par le feu en 1798, avait été restauré en 1954, ainsi que son parc d'une exquise beauté. Des tulipes et des azalées y fleurissaient au printemps ; des chrysanthèmes en automne. Après avoir visité ce parc à son arrivée, Sarah avait tenu à s'installer dans le voisinage, afin de pouvoir franchir chaque jour ses grilles.

Elle habitait donc sur Middle Street, à quelques pâtés de maisons du centre-ville. Son appartement au charme désuet était perché en haut d'un escalier, non loin de la pharmacie où, en 1898, Caleb Bradham avait lancé une boisson, mondialement connue plus tard sous le nom de Pepsi-Cola. Au coin de la rue s'élevait, au milieu de magnolias centenaires, l'imposant édifice de brique de l'église épiscopale, fondée en 1718. Quand elle allait se promener, Sarah apercevait ces deux sites en se dirigeant vers Front Street, dont les élégantes demeures avaient vu le jour deux siècles plus tôt.

Elle admirait surtout le fait que la plupart de celles-ci aient été patiemment restaurées, une à une, depuis cinquante ans. Alors que Williamsburg, en Virginie, avait bénéficié d'une subvention de la fondation Rockefeller, New Bern avait fait appel au civisme de ses habitants. Attirés par cette ville, ses parents y avaient élu domicile depuis quatre ans ; elle-même y était arrivée en juin sans la connaître.

Elle réfléchissait, en marchant, à la différence essentielle entre New Bern et Baltimore, sa ville natale, où elle avait toujours vécu. Malgré son intérêt historique, Baltimore était avant tout une grande cité. New Bern, petite bourgade paisible du Sud, refusait de se laisser entraîner par le tourbillon endiablé du monde moderne. Les gens la saluaient à son passage, et il lui suffisait de poser une question pour obtenir une interminable réponse, généralement assaisonnée de détails concernant des individus et des événements qu'elle ignorait. Ce mode de réaction lui paraissait sympathique ou exaspérant, selon son humeur.

Ses parents habitaient New Bern depuis que son père avait pris un poste d'administrateur au centre médical de Craven. Ils l'avaient incitée à les rejoindre aussitôt après son divorce, mais elle avait hésité pendant un an. Elle aimait sa mère, mais elle la trouvait parfois *éprouvante* – selon le mot qu'elle employait, faute de mieux.

Elle avait cédé de guerre lasse. Pour l'instant, elle n'avait pas à le regretter, mais elle ne comptait pas rester dans cette bourgade jusqu'à la fin de ses jours.

Malgré son charme, New Bern n'avait rien d'un paradis pour une femme seule… Peu d'endroits lui semblaient propices à des rencontres ; et les gens de son âge qu'elle avait croisés étaient déjà mariés et chargés de famille. Comme dans beaucoup de villes du Sud, une nouvelle venue, divorcée, pouvait difficilement trouver sa place dans la société locale.

New Bern était, cependant, le lieu idéal pour élever des enfants. Au cours de ses promenades, il arrivait à Sarah de s'imaginer que son existence avait suivi un cours différent. Celui dont elle rêvait quand elle était jeune fille : mariage, enfants, installation dans un quartier où les familles se réunissent le vendredi soir, après le travail, dans leur jardin. Elle aurait souhaité calquer sa vie d'adulte sur ce modèle qu'elle avait connu pendant son enfance, mais le destin réserve bien souvent des surprises.

À l'époque où elle avait rencontré Michael, elle ne doutait de rien. Elle terminait ses études d'institutrice ; il venait d'obtenir une maîtrise de gestion à Georgetown. Sa famille était l'une des plus huppées de Baltimore : des banquiers immensément riches et imbus d'eux-mêmes, siégeant à d'innombrables conseils d'administration et faisant la loi dans les country clubs, dont ils excluaient tous les « inférieurs ». Michael était donc un excellent parti et attirait les regards quand il entrait dans une pièce, mais il prétendait rejeter les valeurs familiales et ne pas se soucier le moins du monde de son image.

Prétendait était, hélas, le mot juste.

Comme ses copines, Sarah l'avait reconnu dès son arrivée à cette réception, et elle avait été surprise qu'il vienne lui parler au cours de la soirée. Ils s'étaient plu aussitôt. Le lendemain, ils s'étaient retrouvés autour d'une tasse de café, puis Michael l'invita à dîner, et ils se mirent à sortir ensemble. Ils s'aimaient. Au bout d'un an, il lui demanda de l'épouser.

La mère de Sarah fut enchantée par cette nouvelle ; son père lui souhaita beaucoup de bonheur, mais n'en dit pas plus. Son expérience lui avait-elle appris à douter des contes de fées ? En tout cas, Sarah ne s'inquiéta guère de sa réticence jusqu'au jour où Michael lui fit signer un contrat de mariage. Il avait beau rejeter la responsabilité de cette décision sur ses parents, elle eut l'intuition qu'il partageait secrètement leur point de vue. Elle signa cependant, et, le soir même, ses futurs beaux-parents donnaient une somptueuse réception pour célébrer les fiançailles de leur fils.

Sept mois plus tard, elle épousait Michael. Ils passèrent leur lune de miel en Grèce et en Turquie, et s'installèrent, dès leur retour, à moins de deux blocs de la demeure familiale.

Bien que rien ne l'oblige à travailler, elle enseignait dans une école primaire d'un quartier déshérité. Michael avait approuvé son choix et ils vécurent pendant deux ans en parfaite harmonie. Pendant les week-ends, ils passaient des heures à faire l'amour et à discuter. Michael lui apprit qu'il rêvait de se lancer un jour dans la politique. Ils avaient un cercle étendu d'amis et de relations. Quand les réceptions et les week-ends à la campagne leur laissaient un peu de répit, ils allaient explorer Washington : ses musées, ses théâtres et les monuments de la grande avenuc de Capitol Mall. C'est là, au Lincoln Memorial, qu'il lui annonça son désir d'avoir des enfants. En entendant ces mots, elle se jeta dans ses bras, car rien ne pouvait la rendre plus heureuse.

Comment expliquer la suite des événements ? Plusieurs mois après ce jour béni, Sarah n'était toujours pas enceinte. Son médecin la rassura ; le phénomène est courant après l'interruption de la pilule. Il lui conseilla de revenir le voir si son problème persistait.

Il persista et Sarah fit des tests. Le médecin la convoqua avec Michael, après avoir reçu les résultats. Assise face à lui, elle comprit au premier regard qu'elle allait apprendre une mauvaise nouvelle.

Ses ovaires ne produisaient pas d'ovules…

Une semaine plus tard éclatait la première querelle sérieuse avec son mari. Michael n'était pas rentré après son travail, et elle l'avait attendu pendant des heures en marchant de long en large, folle d'inquiétude. Quand il avait fini par réapparaître, elle vit qu'il avait bu. « Je ne t'appartiens pas » fut sa seule remarque. Le ton monta. Ils se dirent des choses terribles, qu'elle regretta aussitôt, et Michael prit un air penaud. Mais ensuite, elle le trouva plus réservé.

Bien qu'il prétende l'aimer autant qu'avant, tout empira. De mois en mois, leurs disputes devenaient de plus en plus fréquentes et la distance entre eux s'accentuait. Un soir, elle lui proposa d'adopter un enfant ; il refusa sous prétexte que ses parents « ne l'accepteraient jamais ».

Leur relation prit alors un tournant décisif. Les paroles de Michael n'y étaient pour rien, ni le fait qu'il se rangeait du côté de ses parents ; Sarah avait lu dans son regard qu'il ne se sentait plus concerné. Elle était désormais seule, face à son problème.

Moins d'une semaine après, elle avait trouvé Michael assis dans la salle à manger, un verre de bourbon à côté de lui. Le regard noyé d'alcool, il lui avait annoncé son intention de divorcer. Il était sûr qu'elle comprendrait. Quand il se tut, elle ne trouva rien à lui répondre.

Son mariage avait duré à peine trois ans. Elle en avait alors vingt-sept.

Les douze mois suivants se perdirent dans le brouillard. Tout le monde la questionnait. Seule sa famille eut droit à des explications. « Ça n'a pas marché entre nous », répondait-elle aux curieux qui voulaient en savoir plus.

Elle continua à enseigner et eut de longs entretiens avec Sylvia, une psychologue merveilleuse qui lui recommanda un groupe de soutien. Elle assista à quelques réunions. Écouter lui avait fait du bien, mais il lui arrivait encore de pleurer à chaudes larmes, assise toute seule dans son petit appartement. Au moment le plus sombre, elle avait même songé au suicide ; ni sa psychologue ni sa famille ne s'en étaient douté. C'est alors qu'elle avait décidé de quitter Baltimore pour échapper à ses pénibles souvenirs et repartir de zéro.

Depuis son arrivée à New Bern, elle faisait de son mieux pour aller de l'avant. Ses parents l'aidaient à leur manière – son père en évitant le moindre commentaire, sa mère en découpant tous les articles concernant les progrès de la médecine en matière de stérilité. Son frère, Brian, lui avait été d'un grand secours avant son départ à l'université de Caroline du Nord. Comme beaucoup d'adolescents, il était parfois renfermé et taciturne, mais il savait écouter mieux que quiconque, et elle regrettait beaucoup son absence. Ils avaient toujours été proches. Étant sa sœur aînée, elle avait appris à changer ses couches et à le nourrir quand il était bébé. Quelques années plus tard, elle l'avait aidé à faire ses devoirs après la classe. C'est en travaillant avec lui qu'elle avait senti naître sa vocation.

Passionnée par l'enseignement, elle se félicitait d'avoir choisi cette carrière chaque fois qu'elle entrait dans sa classe et qu'elle voyait une trentaine de visages d'enfants se tourner vers elle. Idéaliste à ses débuts, comme beaucoup de jeunes institutrices, elle s'imaginait que tous ses élèves répondraient à son attente si elle s'en donnait la peine. L'expérience lui avait appris que c'était, hélas, impossible. Pour une raison ou une autre, certains d'entre eux se fermaient comme des huîtres, malgré ses efforts pour les atteindre. Cet aspect ingrat de son travail lui causait parfois des insomnies, mais ne l'avait jamais découragée.

Elle s'épongea le front et constata avec plaisir que l'air avait fraîchi. Le soleil déclinait et les ombres s'allongeaient. Deux pompiers, assis sur des chaises pliantes devant leur caserne, la saluèrent. Elle leur sourit. Apparemment, il n'y avait jamais d'incendie en fin d'après-midi, car elle les voyait chaque jour à la même heure assis au même endroit depuis quatre mois.

New Bern…

Tout en regrettant parfois l'effervescence de la vie urbaine, elle savourait le calme de sa nouvelle existence. Pendant l'été, elle avait passé des heures à flâner chez les antiquaires de la vieille ville, ou bien à contempler les voiliers amarrés derrière le Sheraton. Maintenant que l'école avait repris, elle se partageait entre son travail et ses promenades. En dehors des visites à ses parents, elle passait la plupart de ses soirées toute seule à écouter de la musique classique ou à préparer ses cours. Pourquoi s'en plaindre ?

Comme elle était nouvelle dans son école, une certaine mise au point s'imposait. Un grand nombre de ses élèves étaient loin d'atteindre le niveau prévu dans les matières principales ; elle avait donc réduit ses ambitions pour consacrer plus de temps au rattrapage scolaire. Bien que chaque institution progresse à son allure propre, elle supposait que tous ses élèves auraient comblé leurs lacunes avant la fin de l'année. Tous, sauf un, qui lui donnait de gros soucis.

Jonah Ryan était un enfant plutôt sympathique ; le genre d'élève calme et discret qu'on oublie facilement. Le jour de la rentrée, il s'était assis au fond de la salle et avait répondu poliment à ses questions, mais elle avait pris l'habitude, à Baltimore, d'accorder une attention particulière à ces enfants qui donnent l'impression de se cacher. Le premier exercice fait en classe avait confirmé ses inquiétudes.

Il s'agissait d'une courte rédaction sur un souvenir de vacances, lui permettant d'évaluer les capacités d'expression de ses élèves. Parmi les fautes d'orthographe et les pensées griffonnées à la hâte, le devoir de Jonah se distinguait nettement : il n'avait rien écrit, à part son nom dans un coin de la feuille, et il avait fait un dessin le représentant en train de pêcher sur un petit bateau. Quand elle s'était étonnée qu'il n'ait pas respecté la consigne, Jonah lui avait déclaré que M. Hayes le laissait dessiner, à cause de sa « mauvaise écriture ».

Une sonnette d'alarme avait retenti aussitôt dans son esprit. « Montre-moi comment tu écris ! » avait-elle suggéré en se penchant vers lui avec un sourire. Il s'était contenté de hocher la tête en silence.

Tandis que les autres élèves passaient à des activités différentes, elle avait encouragé Jonah, mais il ne savait pas écrire. Au cours de la même journée, elle avait réalisé qu'il lisait à peine et qu'il ne valait guère mieux en arithmétique. Il avait, en fait, le niveau d'un élève de première année, au jardin d'enfants.

Après avoir songé à un problème de dyslexie, elle avait abandonné cette hypothèse au bout d'une semaine. Jonah ne confondait ni les lettres ni les mots, et il comprenait ses explications. Quand elle lui apprenait quelque chose, il se débrouillait correctement ensuite. Son problème tenait, lui sembla-t-il, au fait qu'il n'avait jamais travaillé parce que aucun enseignant n'avait exigé un effort de sa part.

Les instituteurs qu'elle avait interrogés lui avaient parlé de la mère de Jonah. Malgré sa compassion, elle trouvait navrant qu'ils aient laissé cet enfant sombrer, sans chercher à intervenir. Mais que faire ? Comme elle n'avait pas le temps de se consacrer à lui autant qu'elle l'aurait souhaité, elle s'était résolue à convoquer son père, dans l'espoir de trouver une solution avec lui.

Miles Ryan passait pour un homme estimable et très attaché à son fils. Un bon point, car pendant sa brève carrière elle avait eu l'occasion de rencontrer des parents intraitables, soit parce qu'ils considéraient leurs enfants comme un fardeau, soit parce qu'ils les mettaient sur un piédestal. D'après ce qu'on lui avait dit, ce n'était pas le cas de Miles Ryan.

Au coin de la rue suivante, elle s'arrêta pour laisser passer quelques voitures. Puis elle traversa, rendit son salut au pharmacien et prit son courrier dans sa boîte aux lettres avant de monter chez elle. Après l'avoir parcouru, elle le déposa sur une table à côté de la porte. Enfin, elle se versa un verre d'eau glacée qu'elle emporta dans sa chambre.

Tandis qu'elle se déshabillait pour prendre une douche fraîche, la lumière clignotante de son répondeur attira son regard ; elle appuya aussitôt sur le bouton. La voix de sa mère – légèrement anxieuse selon son habitude – lui proposait de « passer à la maison si elle n'avait rien de mieux à faire ».

Sur la table de nuit, à côté du répondeur, trônait une photo de sa famille : Maureen et Larry au centre, entourés de leurs deux enfants. Le répondeur cliqueta et Sarah entendit un second message de sa mère : « Ah, tu n'es toujours pas rentrée ? J'espère que tout va bien… »

Était-elle d'humeur à rendre visite à ses parents ?

Pourquoi pas ? conclut-elle. Elle n'avait, effectivement, « rien de mieux à faire ».

Miles roulait sur Madame Moore's Lane, une route étroite qui serpentait entre la Trent et Brices Creek, de New Bern à Pollocksville, un petit hameau situé à une quinzaine de kilomètres au sud. Ainsi dénommée en souvenir de la tenancière de l'une des plus célèbres maisons closes de Caroline du Nord, cette voie longeait la maison ancienne auprès de laquelle était enterré Richard Dobbs Spaight, un héros sudiste, signataire de la Déclaration d'indépendance. Pendant la guerre de Sécession, des soldats nordistes avaient exhumé son corps et accroché son crâne à une grille en signe d'avertissement. Miles, enfant, fuyait ce lieu à cause de cette horrible anecdote.

Malgré sa beauté et son relatif isolement, il s'agissait d'une route à déconseiller. Des camions croulant sous des tonnes de bois empruntaient jour et nuit ses virages dangereux. En tant que résident d'une commune voisine, il réclamait depuis des années une limitation de vitesse.

Personne, à part Missy, ne l'avait écouté.

Il pensait toujours à elle sur cette route…

Il alluma une autre cigarette et baissa sa vitre. Une bouffée d'air tiède balaya son visage et des scènes de leur vie quotidienne lui revinrent en mémoire ; ces images le menaient inexorablement à leur ultime journée. Un dimanche où il avait accompagné Charlie Curtis à la pêche.

Il était parti au petit matin et rentré tard, et, bien qu'il ait rapporté du poisson, son succès n'avait pas suffi à apaiser sa femme. Elle n'avait pas ouvert la bouche, à son retour, mais son regard noir en disait long.

En l'honneur de son frère et de sa belle-sœur, qui arrivaient d'Atlanta le lendemain, elle avait fait le ménage à fond. Jonah, grippé, était au lit, ce qui ne lui avait pas simplifié la vie ; mais elle était en colère pour une raison précise – le jardin.

Il n'avait pas eu le temps de s'en occuper la veille comme il s'y était engagé. Au lieu de décommander Charlie, il avait décidé d'aller pêcher, coûte que coûte. Son ami l'avait taquiné toute la journée en lui disant qu'il méritait de dormir sur le canapé. C'était un risque à courir, mais il croyait sincèrement que le frère et la belle-sœur de Missy ne se soucieraient pas le moins du monde des mauvaises herbes du jardin.

D'ailleurs, il comptait rentrer avant la fin de la journée et se mettre au travail aussitôt. Hélas, comme dans beaucoup de parties de pêche, il avait perdu la notion du temps. Son discours était prêt. *Ne t'inquiète pas, Missy, je vais m'en occuper, même si je dois travailler toute la nuit avec une lampe torche.*

Trop tard ! À son retour, il n'y avait plus rien à faire : la pelouse était tondue, la haie taillée, et des pensées ornaient le pourtour de la boîte aux lettres. De longues heures de labeur. Le visage barbouillé de terre et les mains sur les hanches, Missy bouillait de colère ; il l'avait vue à peine une ou deux fois dans cet état depuis qu'ils étaient mariés.

– Désolé, ma chérie, lança-t-il, la gorge sèche. Nous n'avons pas vu le temps passer…

Il n'en dit pas plus, car elle l'interrompit, après lui avoir tourné le dos.

– Je vais faire un tour, si tu *acceptes* de te charger du reste.

Il n'y avait plus qu'à souffler l'herbe éparse sur l'allée et le trottoir. Elle rentra se changer dans la maison, et il alla sans un mot sortir la glacière du coffre et déposer le *mahi-mahi* dans le réfrigérateur.

– N'oublie pas ce que je t'ai demandé ! fit Missy devant la porte de la chambre à coucher.

– Dès que j'aurai fini. Le poisson risque de se gâter…

Missy prit son air de martyre.

– Tant pis, ne fais rien ! Je m'occuperai de l'herbe à mon retour.

– Non, je viens de te dire que je m'en charge ! Comprends-tu ?

Après tout, il n'y avait pas de quoi fouetter un chat. Il avait passé la journée à pêcher au lieu de l'aider, mais ils n'attendaient pas la visite du président des États-Unis !

– Je ne peux pas compter sur toi, avait grommelé Missy.

Quand elle était partie en claquant la porte, toutes les vitres de la maison avaient vibré. Une fois seul, il avait pris le temps de réfléchir et il s'était mordu les lèvres : effectivement, il s'était conduit comme un goujat, et elle avait eu bien raison de marquer le coup.

Il n'avait jamais eu l'occasion de lui faire part de ses regrets…

– Tu fumes toujours ?

Charlie Curtis, le shérif du comté, observait Miles qui venait de s'asseoir à sa table.

– Je ne fume pas, répondit celui-ci du tac au tac.

Charlie leva les mains au cicl.

– Je sais ; tu me l'as déjà dit ! Raconte-toi des histoires si ça te chante, mais je m'arrangerai pour cacher les cendriers quand tu viendras chez moi.

Miles éclata de rire. Charlie était l'une des rares personnes en ville à l'avoir toujours traité de la même manière. Ils étaient amis depuis des années et Charlie, après lui avoir suggéré de devenir shérif adjoint, l'avait pris sous son aile protectrice dès la fin de sa formation. Il fêterait ses soixante-cinq ans en mars ; ses cheveux grisonnaient, et il s'était empâté ces dernières années, surtout autour de la taille. Peu intimidant à première vue, il était astucieux et efficace, et il avait l'art et la manière d'obtenir une réponse aux questions qu'il posait. Personne ne s'était présenté contre lui aux trois dernières élections.

– Si tu ne retires pas tes stupides insinuations, je ne viens plus chez toi ! rétorqua Miles.

Ils s'étaient assis dans un box en angle, et la serveuse – sur les dents car c'était l'heure du déjeuner – leur déposa au passage une carafe de thé sucré et deux verres de glace pilée.

Miles versa le thé et poussa un verre en direction de Charlie.

– Brenda serait navrée, observa celui-ci. Elle est en manque si tu ne lui amènes pas Jonah une fois de temps en temps. (Il avala une gorgée.) Alors, tu te prépares à rencontrer Sarah aujourd'hui ?

– Qui ?

– L'institutrice de Jonah.

– Ta femme t'a prévenu ?

– Bien sûr, ricana Charlie avec un sourire narquois. Brenda travaillait au bureau du directeur de l'école et savait tout ce qui se passait dans cet établissement.

– Elle s'appelle comment, déjà ?

– Brenda, voyons !

Miles haussa les sourcils et Charlie fit mine d'avoir une illumination.

– Oh, tu parlais de l'institutrice ? Elle s'appelle Sarah. Sarah Andrews.

– Qu'en pense Brenda ?

– Il paraît qu'elle est formidable et que les gosses l'adorent ; mais Brenda trouve tout le monde formidable.

Après s'être interrompu, Charlie se pencha en avant d'un air complice.

– Elle m'a dit aussi que Sarah est une très jolie fille…

– Qu'est-ce que ça peut me faire ?

– En plus, elle est célibataire.

– Et alors ?

– Alors, rien.

Charlie versa le contenu d'un sachet de sucre dans son thé déjà sucré et haussa les épaules.

– Je te répétais simplement les paroles de Brenda.

– Remercie-la de ma part ! Je me demande comment j'aurais pu me passer de ses dernières informations.

– Calme-toi, Miles. Tu sais bien que Brenda veille sur toi.

– Dis-lui que je me porte comme un charme.

– Elle s'inquiète à ton sujet, d'autant plus que tu fumes trop…

– C'est pour me rentrer dans le lard que tu m'as donné rendez-vous, ou tu as d'autres raisons ?

– J'ai d'autres raisons, mais j'attends que tu sois dans de meilleures dispositions pour te parler.

– Explique-toi !

La serveuse vint leur déposer deux assiettes emplies de grillades, de salade de chou cru et de beignets – leur commande habituelle. Charlie fit le point, tout en poivrant ses crudités. Faute d'inspiration, il préféra ne pas y aller par quatre chemins.

– Harvey Wellman compte retirer son inculpation contre Otis Timson, annonça-t-il.

Harvey Wellman, le procureur du comté de Craven, lui avait proposé, ce matin-là, d'avertir Miles, mais il avait préféré s'en charger lui-même.

Miles écarquilla les yeux.

– Qu'est-ce que tu racontes ?

– Il manquait de preuves. Beck Swanson a été soudain frappé d'amnésie au sujet de cette histoire.

– J'y étais !

– Tu es arrivé *après*.

– J'ai vu le sang, la chaise cassée et la table au milieu du bar. J'ai vu l'attroupement…

– Bien sûr, mais que pouvait faire Harvey ? Beck lui a juré ses grands dieux qu'il était tombé et qu'Otis ne l'avait pas touché. Il prétend qu'il n'avait pas les idées claires ce soir-là, mais que maintenant il se souvient de tout.

Miles repoussa son assiette ; il n'avait plus faim.

– Si je vais faire un tour dans le coin, je trouverai forcément un témoin.

Charlie hocha la tête.

– À quoi bon, mon vieux ? Plusieurs frères d'Otis étaient présents… Ils ont affirmé eux aussi qu'il ne s'est rien passé. Qui sait ? Ils sont peut-être les vrais coupables. En tout cas, sans le témoignage de Beck, Harvey n'avait pas le choix. Ne t'inquiète pas ! Tel que je le connais, Otis ne tardera pas à se mettre dans son tort.

– C'est justement ce qui m'ennuie.

Miles et Otis Timson étaient ennemis jurés. Leur histoire avait commencé huit ans plus tôt, alors que Miles venait de prendre ses fonctions de shérif adjoint. Il avait arrêté Clyde Timson, le père d'Otis, pour coups et blessures – il avait précipité sa femme à travers la porte-écran de son mobil-home. Clyde avait été libéré après une trop brève incarcération. Pendant les années suivantes, cinq de ses six fils avaient fait également de la prison – pour des motifs allant du trafic de drogue à l'agression à main armée.

Miles soupçonnait Otis, le plus intelligent, d'être davantage qu'un petit délinquant. À la différence de ses frères, il n'avait pas le physique de l'emploi. Il évitait les tatouages, avait les cheveux coupés court, et il lui arrivait de faire des petits boulots ; mais les apparences sont parfois trompeuses… Son nom était vaguement associé à diverses infractions et l'on se demandait en ville s'il n'était pas le principal pourvoyeur de drogue du comté. À son grand regret, Miles ne pouvait rien prouver, car aucune descente de police n'avait été fructueuse jusque-là.

D'autre part, Otis lui gardait rancune.

Il s'en était aperçu peu après la naissance de Jonah, quand il avait arrêté trois de ses frères à la suite d'une violente altercation familiale. Une semaine plus tard, alors que Missy berçait son bébé âgé de quatre mois dans le living, une brique jetée à travers la fenêtre avait failli les atteindre. Un éclat de verre avait coupé Jonah à la joue. Persuadé qu'Otis y était pour quelque chose, il s'était rendu sur le lotissement des Timson – un ensemble de mobil-home délabrés, placés en demi-cercle aux abords de la ville – avec trois policiers arme au poing. Les Timson étaient sortis sans un mot, mains en l'air. Menottés et placés en garde à vue, ils avaient été finalement relâchés, faute de preuve.

Miles, furieux, en serait venu aux mains avec Harvey Well-man lors d'une discussion houleuse si on ne les avait pas séparés.

Au cours des années suivantes, une série d'incidents étaient survenus : coups de feu tirés près de lui, mystérieux incendie dans son garage, diverses plaisanteries de mauvais goût. Mais toujours en l'absence de témoins... Depuis la mort de Missy, un calme relatif avait régné – jusqu'à la dernière arrestation.

Charlie leva les yeux, le regard grave.

– On sait bien, toi et moi, qu'il est coupable à cent pour cent, mais tu n'as pas intérêt à fourrer ton nez dans cette affaire. Ça pourrait mal tourner, comme autrefois ! Pense à Jonah, et souviens-toi que tu n'es pas toujours là pour veiller sur lui.

Miles écoutait son ami, les yeux tournés vers la fenêtre.

– À la première gaffe d'Otis, je lui tombe dessus si j'ai des preuves suffisantes, reprit Charlie. Fais-moi confiance, et évite dc te mettre dans le pétrin. Ce type est dangereux.

Miles resta muet.

– J'espère que tu as pigé, conclut Charlie d'un ton sans réplique.

– Pourquoi cette mise en garde ?

– Je viens de te donner mes raisons.

– Il y a autre chose, non ?

Charlie soutint un moment le regard de Miles.

– Bon, dit-il enfin. Otis prétend que tu l'as brutalisé au moment de l'arrestation. Il a porté plainte…

Miles plaqua bruyamment sa main sur la table ; le bruit se répercuta dans tout le restaurant. Des clients voisins sursautèrent, mais il ne remarqua rien.

– Cette ordure…

Charlie l'interrompit d'un geste.

– Je partage ton point de vue et j'en ai dit deux mots à Harvey, mais vous n'êtes pas en si bons termes lui et toi. Il sait de quoi tu es capable quand tu t'énerves… À son avis, Otis dit peut-être la vérité. Il m'a prié de te rappeler à l'ordre.

– Alors, si Otis commet un crime, je ne dois pas moufter ?

– Tu n'as pas intérêt à faire l'idiot ! Essaye simplement d'avoir un peu de bon sens et de garder tes distances jusqu'à ce que ça pète. C'est un conseil d'ami que je te donne là.

– Bon, fit Miles, persuadé, malgré tout, qu'il n'en avait pas encore fini avec Otis.

3.

Trois heures après son rendez-vous avec Charlie, Miles se garait devant l'école primaire de Grayton, à l'heure exacte de la sortie des classes. Les élèves se ruèrent par petits groupes de cinq ou six vers les autocars scolaires ; Jonah courut vers la voiture dès qu'il aperçut son père et sauta dans ses bras.

– Alors, champion, bonne journée ? fit Miles en savourant un bonheur fugace.

Jonah se dégagea légèrement.

– Ça va. Et toi, content de ton travail ?

– Je suis surtout content d'en avoir fini.

– T'as arrêté quelqu'un ?

– Pas aujourd'hui. Peut-être demain… Tu aimerais que je t'offre une glace tout à l'heure ?

Jonah acquiesça avec enthousiasme ; Miles le reposa à terre et croisa son regard.

– Que veux-tu faire pendant que je parle à ton institutrice ? Rester tout seul dans la cour ou m'attendre à l'intérieur ?

– J'suis plus un bébé, papa ! protesta Jonah. Et puis Mark sera là lui aussi, sa maman a rendez-vous chez le médecin.

Miles aperçut le meilleur copain de son fils, piaffant d'impatience près d'un panier de basket.

– Restez ensemble et, surtout, ne vous éloignez pas ! D'accord ?

– D'accord !

– Je compte sur vous.

Avant de détaler, Jonah tendit son sac à dos à son père. Miles déposa celui-ci sur le siège de sa voiture et traversa le parking. Plusieurs gosses le saluèrent. Il s'arrêta pour échanger quelques mots avec des mères de famille venues chercher leur progéniture. Quand les autocars et la plupart des voitures eurent démarré, les enseignants regagnèrent les bâtiments scolaires. Après un dernier regard du côté de Jonah, il les suivit.

Une bouffée d'air chaud lui monta au visage dès qu'il entra. L'école datait d'une quarantaine d'années et son système de climatisation, bien que renouvelé plusieurs fois, n'était guère performant à la fin de l'été. Miles, en sueur, souleva le col de sa chemise pour s'éventer, et marcha jusqu'au bout du couloir.

La classe de Jonah était vide.

Il crut un instant s'être trompé, mais le nom de son fils figurait sur la liste des élèves. Profitant de ses quelques minutes d'avance, il fit un tour d'horizon. Plusieurs phrases griffonnées à la craie sur un tableau noir, des bureaux disposés en rangées régulières, une table rectangulaire encombrée de feuilles cartonnées et de pots de colle. Sur le mur du fond, un certain nombre de réalisations des élèves. Il cherchait une œuvre de Jonah quand il entendit une voix derrière lui.

– Pardonnez-moi d'être en retard ; j'ai dû passer au bureau.

Miles vit alors Sarah Andrews pour la première fois. Il n'eut pas la chair de poule ; aucune émotion n'explosa en lui comme un feu d'artifice. À la lumière des événements ultérieurs, cette absence de prémonition peut sembler surprenante. Il constata, néanmoins, que Charlie avait raison : Sarah Andrews était une jolie femme. Son allure n'avait rien de provocant, mais plus d'un homme devait se retourner sur son passage. Ses cheveux blonds étaient coupés au carré avec une simplicité élégante. Elle portait une longue jupe et une blouse jaune ; et, malgré ses joues rougies par la chaleur, ses yeux bleus semblaient aussi sereins que si elle venait de passer une journée à la plage.

– Aucun problème, marmonna finalement Miles en lui tendant la main. Je suis un peu en avance.

Il surprit le regard inquiet de Sarah sur son étui à revolver, mais il n'eut pas le temps de la rassurer : elle lui serrait déjà la main, avec le sourire.

– C'est une chance que vous ayez pu venir aujourd'hui, monsieur Ryan ! J'aurais dû vous proposer un autre rendez-vous, au cas où vous ne seriez pas libre…

– Mon chef n'a présenté aucune objection.

– Charlie Curtis, n'est-ce pas ? Je connais Brenda, sa femme. Elle m'a bien aidée à mon arrivée ici.

– Méfiez-vous, elle est bavarde comme une pie.

Sarah rit de bon cœur.

– Je m'en suis aperçue, mais elle a été formidable. Vous savez ce que c'est quand on ne connaît personne… Elle s'est donné toutes les peines du monde pour me mettre en confiance.

– Brenda a de précieuses qualités.

Ils restèrent un moment silencieux et Miles devina que la jeune femme se sentait moins à l'aise, maintenant qu'il fallait entrer dans le vif du sujet. Elle fit quelques pas, pensive, avant de fouiller fébrilement dans des piles de dossiers. Dehors, le soleil se dégagea des nuages et darda ses rayons sur eux à travers les vitres.

La température parut monter en flèche. Miles se remit à tirailler sa chemise pour s'éventer ; Sarah leva les yeux vers lui.

– Oui, il fait chaud… Je compte me procurer un ventilateur à la première occasion.

– Ça ira, fit Miles en sentant des gouttes de sueur ruisseler sur son torse et son dos.

– Bon, il y a deux solutions. Soit vous prenez une chaise et nous parlons ici, au risque de mourir carbonisés ; soit nous nous installons dehors où il fait un peu plus frais. Il y a des tables de pique-nique à l'ombre.

– J'opte pour la seconde solution, d'autant plus que Jonah est dans la cour. Ça me permettra de le surveiller du coin de l'œil.

– Juste un instant ! Le temps de vérifier que j'ai tout ce qu'il me faut…

Une minute après, ils s'engageaient dans le couloir et poussaient la porte de sortie.

– Vous êtes depuis longtemps à New Bern ? s'enquit Miles pour rompre le silence.

– Depuis juin dernier.

– Vous vous plaisez ici ?

– C'est un peu calme, mais j'aime bien.

– Où habitiez-vous avant ?

– À Baltimore, ma ville natale. J'ai éprouvé le besoin de changer…

– Je vois, fit Miles en hochant la tête. Ça m'arrive à moi aussi.

Il lut dans le regard de Sarah qu'elle avait entendu parler de la mort de Missy, mais elle n'en dit rien.

Assis à l'ombre des arbres, il put observer de près l'institutrice de son fils. Elle avait une peau veloutée et lumineuse. Sarah Andrews, adolescente, n'avait jamais eu d'acné, conclut-il avant de se lancer :

– Eh bien, mademoiselle…

– Vous pouvez m'appeler Sarah.

– Donc, Sarah…

Miles s'interrompit ; l'institutrice vint à son secours.

– Vous vous demandez pourquoi je souhaitais vous parler.

Sarah se concentra sur le dossier posé devant elle, puis leva les yeux.

– Je voudrais vous dire tout d'abord combien je suis heureuse d'avoir Jonah dans ma classe, reprit-elle. C'est un enfant adorable. Il se porte volontaire dès que j'ai besoin de quelqu'un, il s'entend parfaitement avec les autres élèves… Enfin, il est poli et il s'exprime très bien pour son âge.

– J'ai comme l'impression que vous allez finir par m'annoncer une mauvaise nouvelle, marmonna Miles, sur le qui-vive.

– Auriez-vous lu dans mes pensées ?

– Peut-être, admit Miles.

Sarah lui adressa un sourire penaud.

– Je tenais vraiment à vous dire que tout ne va pas si mal… Jonah vous a-t-il expliqué ce qui se passe en ce moment ?

– Il m'a parlé ce matin, au petit déjeuner. Quand je lui ai demandé pourquoi vous m'aviez convoqué, il m'a répondu qu'il ne travaillait pas toujours très bien.

– Je vois…

Sarah Andrews s'interrompit.

– C'est donc grave ? souffla Miles.

– Je regrette de vous perturber, mais Jonah a de sérieux problèmes scolaires.

– Vraiment ?

– Jonah, fit Sarah d'une voix posée, a pris du retard en lecture, en écriture, en orthographe et en arithmétique – donc à peu près en tout. Franchement, j'estime qu'il n'a pas le niveau d'un élève de deuxième année.

Elle tendit à Miles, abasourdi, une liasse de papiers : les devoirs de Jonah. Il parcourut deux contrôles d'arithmétique sans une seule réponse exacte, quelques pages gribouillées en guise de rédaction, et trois explications de texte auxquelles il avait également échoué.

– Vous pouvez garder tout cela, dit Sarah au bout d'un moment, en lui confiant le dossier.

– Je crois que je n'y tiens pas…

Sarah se pencha vers son interlocuteur.

– On ne vous a jamais informé des difficultés de votre fils ?

Dans la cour de récréation, Jonah se laissait glisser sur le toboggan, suivi de près par Mark. Miles joignit les mains après l'avoir observé.

– La maman de Jonah est morte avant qu'il entre au jardin d'enfants, expliqua-t-il. On m'a dit qu'il lui arrivait de poser le front sur son pupitre et de fondre en larmes. C'était préoccupant, mais aucun instituteur ne s'est plaint de ses résultats. Ses bulletins scolaires étaient bons, même l'année dernière.

– Vous avez jeté un coup d'œil sur le travail qu'il fait en classe ?

– Il ne m'a jamais rien montré, à part des travaux manuels.

Miles se sentit soudain stupide. Pourquoi n'avait-il pas remarqué ? *Tu ne penses qu'à toi !* lui chuchotait une voix intérieure. Il soupira, furieux contre l'école et contre lui-même.

Sarah sembla lire en lui à livre ouvert.

– Vous vous demandez comment on est arrivé là, et vous avez le droit de vous sentir choqué, admit-elle. Les instituteurs de Jonah avaient pour mission de l'instruire. S'ils n'ont pas atteint leur but, ce n'est sûrement pas intentionnel… Je suppose qu'au début personne ne voulait prendre le risque de le bousculer.

– Peut-être.

– Écoutez, dit Sarah, je ne vous ai pas alerté uniquement pour vous donner de mauvaises nouvelles. J'ai conscience de mes responsabilités et je voudrais réfléchir avec vous à la meilleure manière d'aider Jonah. Je ne pense pas le faire redoubler cette année, et j'estime qu'il lui suffira d'un effort pour rattraper son retard.

Miles semblait perplexe.

– Jonah est très intelligent, conclut Sarah avec conviction. Il retient facilement tout ce qu'il a compris. Il lui faudrait juste un peu de soutien scolaire.

– C'est-à-dire ?

– Il a besoin d'aide après l'école.

– Des leçons particulières ?

Sarah lissa sa longue jupe.

– C'est une solution coûteuse, d'autant plus qu'il s'agit de connaissances tout à fait élémentaires. Des additions sans retenue ; un peu de lecture et d'écriture. À moins que vous n'ayez de l'argent à jeter par les fenêtres, je vous conseille de vous en occuper vous-même.

– Moi ?

– Rien de plus simple. Vous lisez avec lui et vous l'aidez à faire ses devoirs. Je pense que ça ne vous posera aucun problème.

– Si vous aviez vu mes bulletins scolaires quand j'étais gosse !

Sarah esquissa un sourire.

– Un emploi du temps régulier serait souhaitable aussi… J'ai constaté qu'une certaine routine facilite l'apprentissage des enfants et les rassure.

– Pas si simple ! objecta Miles en se calant sur son siège. J'ai des horaires variables. Je rentre parfois à quatre heures et, certains soirs, quand Jonah est déjà au lit.

– Qui le garde après l'école ?

– Mme Knowlson, notre voisine. Elle est parfaite, mais je doute qu'elle puisse le faire travailler chaque jour. Elle n'a pas loin de quatre-vingts ans.

– Vous ne voyez personne d'autre à qui vous adresser ? Des grands-parents ?

Miles hocha la tête.

– Les parents de Missy sont partis en Floride après sa mort. J'ai perdu ma mère pendant ma dernière année de lycée, et mon père a pris le large dès que je suis entré à l'université. La plupart du temps, j'ignore où il se trouve. Jonah et moi nous vivons plutôt en solitaires ces dernières années. Généralement, je ne m'en plains pas. Mon petit garçon est formidable ; mais il m'arrive de penser que tout irait mieux si je pouvais compter sur les parents de Missy, ou si mon père était un peu plus présent. Surtout dans un cas comme celui-ci…

Sarah laissa fuser un rire qui plut à Miles. Il lui rappelait les éclats de rire cristallins des enfants qui n'ont pas encore réalisé que la vie n'est pas une simple partie de plaisir.

– En tout cas, vous prenez notre conversation au sérieux, observa la jeune institutrice. J'ai déjà eu affaire à des parents qui refusaient de me croire, ou qui m'accablaient de reproches !

– C'est fréquent ?

– Assez. Avant de vous adresser ce petit mot, j'ai préféré en parler à Brenda.

– Elle vous a rassurée ?

– Elle m'a affirmé que vous auriez une réaction mesurée, que vous étiez un excellent père pour Jonah et que vous tiendriez compte de mes suggestions. Ensuite, elle a ajouté que je n'avais pas à m'inquiéter, même si vous portiez une arme.

– Elle n'a pas osé ?

– Mais si !

– Alors je vais lui dire deux mots.

– Vous auriez tort. Elle vous aime beaucoup !

– Brenda aime tout le monde.

« Tu ne m'attraperas pas ! » criait Jonah à Mark. Malgré la chaleur, les deux enfants foncèrent dans la cour de récréation et tournèrent autour des poteaux avant de s'élancer dans d'autres directions.

– Quelle incroyable énergie ! s'émerveilla Sarah. Ils ont fait la même chose à l'heure du déjeuner.

– Je me demande si j'ai été un jour comme eux…

– Vous n'êtes pas si vieux que ça ! Vous avez… quarante… quarante-cinq ans ?

Miles prit un air horrifié.

– Je vous taquinais, ajouta Sarah en lui adressant un clin d'œil.

Il s'épongea le front avec un feint soulagement. Cette conversation, à la limite du flirt, lui plaisait plus qu'il n'aurait cru.

– Bon, fit Sarah, où en étions-nous ?

– Vous me disiez que je vieillis mal.

– Mais avant ? Ah oui, on parlait de vos horaires et de l'impossibilité d'établir un mode de travail régulier avec Jonah.

– Ça me poserait, en effet, de gros problèmes.

– Quand êtes-vous libre l'après-midi ?

– En principe, le mercredi et le vendredi.

Sarah prit le temps de réfléchir, tandis que Miles faisait silence.

– Contrairement à mes habitudes, annonça-t-elle enfin, je vais vous proposer un marché. Si vous êtes d'accord…

Miles haussa les sourcils.

– Quel genre de marché ?

– Je travaillerai avec Jonah trois jours par semaine, si vous vous engagez à me relayer les deux jours où vous êtes disponible.

– Vous feriez ça ?

– Pas pour tous mes élèves. Mais Jonah est un enfant attachant et il en a vu de toutes les couleurs ces dernières années. J'aimerais l'aider…

– Vraiment ?

– Ne soyez pas si surpris ! La plupart des enseignants se passionnent pour leur profession. D'autre part, je reste habituellement ici jusqu'à quatre heures ; donc ça ne me dérangera pas du tout.

Après un silence, Sarah reprit la parole :

– Je n'ai pas l'intention de renouveler cette offre. C'est à prendre ou à laisser…

– Merci, dit enfin Miles, presque gêné. Comment vous exprimer ma gratitude ?

– C'est un plaisir pour moi, mais j'ai une chose à vous demander, en guise de salaire.

– Quoi ?

Sarah tourna la tête vers l'école.

– Il me faudrait un ventilateur, et un bon ! Cette bâtisse est une véritable fournaise.

– Marché conclu ! répliqua Miles.

Après avoir discuté une vingtaine de minutes avec Miles, Sarah regagna la salle de classe.

Tout en rangeant ses affaires, elle pensait à Jonah et à l'aide qu'elle pourrait lui apporter. Faire travailler cet enfant lui permettrait de mieux connaître ses capacités et de guider correctement son père quand il s'occuperait de lui. Cette petite charge supplémentaire ne lui inspirait aucun regret, bien que son offre l'ait elle-même surprise.

Pourquoi avait-elle pris un pareil engagement ?

Elle pensait aussi à Miles. Quand Brenda lui avait parlé de cet homme, elle s'était immédiatement représenté la caricature du shérif sudiste : un individu corpulent, avec un pantalon tombant, et de petites lunettes de soleil miroitantes, passant son temps à chiquer. Il arriverait dans sa classe, les pouces passés dans la ceinture, et grommellerait d'une voix traînante : « Alors, de quoi il s'agit, ma p'tite dame ? »

Miles ne correspondait en rien au personnage qu'elle attendait ; en outre, il était séduisant. Il n'avait pas la beauté ténébreuse de Michael, mais le visage tanné d'un homme qui a passé sa vie au grand air. Malgré la remarque sarcastique qu'elle lui avait adressée, elle ne lui donnait pas quarante ans.

Rien de plus normal, puisque Jonah avait sept ans. Missy Ryan était morte très jeune ; une mort aussi précoce lui semblait absolument contre nature.

Plongée dans sa rêverie, Sarah s'assura d'un regard qu'elle n'oubliait rien. Puis elle glissa son sac sur son épaule et sortit après avoir éteint.

En regagnant sa voiture, elle constata avec un pincement au cœur que Miles était déjà parti.

Un homme comme lui ne devait pas s'intéresser le moins du monde à l'institutrice de son petit garçon, se dit Sarah Andrews, honteuse de sa futilité. Comment aurait-elle pu se douter qu'elle se trompait sur toute la ligne ?

4.

À la lumière tamisée de mon bureau, les coupures de presse semblent plus anciennes qu'elles ne le sont réellement. Jaunies et froissées, elles pèsent fort lourd, comme si elles portaient le poids de ma vie passée.

Une chose est sûre : quand quelqu'un meurt tragiquement dans la fleur de l'âge, l'événement défraye la chronique, surtout dans une petite ville où tout le monde se connaît.

La nouvelle de la mort de Missy Ryan a été annoncée à la une, les habitants de New Bern ont eu un sursaut d'horreur en ouvrant leur journal. Il y avait un important article et trois photos : l'une de l'accident, et deux montrant la jolie femme qu'avait été Missy. Deux autres articles se sont succédé les jours suivants, à mesure que parvenaient les informations. Au début, tout le monde avait la certitude que cette affaire serait tirée au clair.

Un mois après, un autre article promettait une récompense de la municipalité à quiconque fournirait de nouveaux éléments. Ensuite, la confiance faiblit et, comme de juste, l'intérêt pour l'événement. Les gens en parlaient de moins en moins, et on évoquait plus rarement le souvenir de Missy. Pour finir, un article, publié en troisième page, récapitulait ce qui avait été déjà dit. Ce fut le dernier.

Tous ces articles, rédigés sur le même modèle, exposaient d'une manière simple et claire les faits tenus pour acquis. En 1986, par une chaude journée d'été, Missy Ryan – la femme bien-aimée d'un policier local, mère d'un petit garçon – était allée faire un jogging à la tombée de la nuit. Deux personnes disaient l'avoir vue courir le long de Madame Moore's Lane quelques minutes après son départ ; chacune d'elles avait été interrogée par la patrouille routière. La suite de ces articles concernait l'événement lui-même, mais aucun ne racontait la manière dont Miles avait passé les heures précédant la nouvelle.

Des heures qu'il n'oublierait jamais, car elles avaient été les dernières avant que sa vie bascule.

Il avait commencé par déblayer le trottoir et l'allée comme l'avait souhaité Missy, puis il était rentré. Après avoir vaqué à diverses occupations dans la cuisine, il avait passé un moment avec Jonah, qu'il avait mis au lit. Sa femme tardait à rentrer. Il avait supposé d'abord qu'elle était passée voir une ancienne collègue, comme elle le faisait parfois. Néanmoins, il regardait sa montre toutes les deux minutes, en se reprochant son anxiété excessive.

Les minutes étaient devenues une heure, et bientôt deux. Vraiment inquiet, il avait prié Charlie par téléphone d'aller jeter un coup d'œil sur le parcours habituel de Missy quand elle faisait son jogging : Jonah dormait déjà et il préférait ne pas le laisser seul. Charlie avait accepté volontiers.

Au bout d'une heure – pendant laquelle Miles avait appelé toutes les personnes susceptibles de le renseigner – Charlie était apparu. Sa femme, Brenda, qu'il avait amenée pour garder Jonah, se tenait derrière lui, les yeux rougis de larmes.

– Viens, avait-il dit doucement à Miles. Il y a eu un accident.

Je suis sûr que Miles avait deviné aussitôt ce que Charlie voulait dire. Une affreuse confusion avait régné pendant le reste de la nuit.

Ni Miles ni Charlie ne savaient à l'époque qu'aucun témoin n'avait assisté à l'accident fatal ; qu'aucun chauffard ne viendrait avouer qu'il avait pris la fuite après avoir renversé Missy. Le mois suivant, la patrouille routière a interrogé tous les gens du coin et recherché tous les indices. Elle a fouillé les broussailles et mené son enquête dans les bars et les restaurants voisins, au cas où un client ivre aurait quitté les lieux à l'heure approximative du drame.

Le volumineux dossier final ne contenait, hélas, rien de plus que ce que savait Charlie quand son ami lui avait ouvert sa porte.

À trente ans, Miles Ryan était devenu veuf.

5.

Au volant de sa voiture, Miles songeait à la mort de Missy, comme le jour où il roulait sur Madame Moore's Lane, après avoir déjeuné avec Charlie. Mais, au lieu de défiler en boucle dans un ordre immuable, les souvenirs de cette partie de pêche, de sa querelle avec Missy et de son issue fatale étaient mêlés à des pensées concernant Jonah et Sarah Andrews.

Impressionné par le silence de son père, Jonah réfléchissait pendant ce temps aux effroyables punitions qui devaient l'attendre. Il jouait nerveusement avec la fermeture Éclair de son sac à dos, et Miles finit par poser une main sur la sienne sans un mot.

– Papa, tu es fâché ? demanda l'enfant au bord des larmes.

– Non.

– Tu as parlé longtemps à Mlle Andrews…

– C'était important.

– Vous avez parlé de l'école ?

Miles hocha la tête et Jonah, l'estomac noué, baissa les yeux en regrettant de ne plus pouvoir remuer sa main immobilisée.

– Alors, tu dois être très fâché, marmonna-t-il.

Peu de temps après, assis sur un banc devant le *Dairy Queen*, Jonah terminait son cornet de glace, le bras de Miles autour de ses épaules. Ils avaient discuté une bonne dizaine de minutes et sa situation lui semblait beaucoup moins cata-strophique que prévu. Il n'y avait eu ni cris ni menaces de punition. Interrogé par son père, il avait admis qu'il n'avait jamais appelé ses précédents instituteurs au secours quand il avait perdu pied. Il avait ensuite parlé des matières qui le mettaient dans l'embarras ; pratiquement toutes…

Il s'était engagé à faire de son mieux dorénavant et son père lui avait promis de l'aider à rattraper son retard. Tout compte fait, il avait eu de la chance, se disait-il ; mais il ne se doutait pas que Miles lui réservait une mauvaise surprise.

– Pour te remettre à flot, reprit celui-ci d'une voix sereine, tu resteras après la classe plusieurs fois par semaine. Mlle Andrews va te faire travailler.

– Après la classe ? articula Jonah, sidéré.

– Elle pense que c'est la meilleure solution.

– Je croyais que tu allais m'aider toi-même.

– J'y compte bien ; mais les jours où je ne suis pas libre, Mlle Andrews m'a proposé de te prendre en charge.

– Après la classe ? répéta Jonah d'une voix navrée.

– Oui, trois fois par semaine.

– Mais, papa, je ne veux pas…

Sur ces mots, Jonah jeta le reste de son cornet de glace dans une corbeille.

– Je ne te demande pas ton avis ! D'ailleurs, si tu m'avais parlé plus tôt de tes difficultés, on n'en serait pas là…

Jonah fronça les sourcils.

– Mais, papa…

– Je sais que ça ne te plaît pas ; mais tu dois faire un effort, au moins pendant quelque temps. Tu n'as pas le choix, et je te signale que ça aurait pu être pire.

– Oh ! s'indigna Jonah.

– Si elle avait souhaité te faire travailler aussi pendant les week-ends, comment aurais-tu trouvé le temps de jouer au football ?

Jonah se pencha en avant, le menton appuyé sur ses deux mains.

– D'accord, marmonna-t-il d'un air lugubre.

– C'est bien, champion ! approuva Miles.

Ce soir-là, quand il alla border son fils dans son lit, Miles lui passa la main dans les cheveux avant de l'embrasser sur la joue.

– Il est tard. Dors bien ! dit-il en vérifiant sa veilleuse.

Jonah semblait si petit dans son lit, si vulnérable. Il parvenait avec peine à ouvrir ses yeux lourds de sommeil.

– Papa ?

– Oui ?

– Merci de ne pas m'avoir grondé aujourd'hui.

– De rien, mon chéri.

– Et puis…

Jonah souleva la tête pour s'essuyer le nez. Sur son oreiller était posé un ours en peluche, offert par Missy à l'occasion de ses trois ans. Il dormait encore avec lui chaque nuit.

– Je suis content que Mlle Andrews veuille bien m'aider.

– Ah oui ?

– Elle est gentille.

– J'ai eu cette impression, fit Miles en éteignant. Maintenant, dodo !

– D'accord ! Et, tu sais, papa ? Je t'aime…

– Moi aussi, Jonah, fit Miles, la gorge serrée.

Vers quatre heures du matin, les cauchemars de Jonah revinrent.

Il hurla d'abord comme s'il tombait dans le vide. Miles, réveillé en sursaut, tituba jusqu'à sa chambre, trébucha au passage sur un jouet et souleva dans ses bras l'enfant encore endormi. Tout en lui parlant à voix basse, il l'emmena dehors, sur le porche, car c'était le seul moyen de l'apaiser. En quelques instants, ses sanglots se muèrent en un murmure et Miles se félicita non seulement de posséder un demi-hectare de terrain autour de sa maison, mais d'avoir pour voisine la plus proche Mme Knowlson, qui était dure d'oreille.

Dans l'air humide de la nuit, il berça Jonah sur ses genoux, tout en lui chuchotant des mots tendres. Les eaux de la rivière tanguaient doucement à la lumière nacrée du clair de lune. Les chênes feuillus et les troncs blanchis des cyprès, le long des berges, avaient une beauté paisible et intemporelle. Et la mousse espagnole drapée sur leurs branches donnait l'impression que ce paysage n'avait pas changé depuis plusieurs millénaires.

Le temps que Jonah retrouve un souffle lent et profond, il était presque cinq heures du matin. Trop tard pour se rendormir… Après avoir recouché son fils, Miles se fit du café. Assis devant sa tasse, il se frotta le visage pour activer son sang, puis il leva les yeux. Derrière les vitres, une lueur argentée brillait à l'horizon et des éclats de jour filtraient à travers les arbres.

Il se surprit, une fois de plus, en train de penser à Sarah Andrews.

Il n'avait pas réagi aussi vivement à une femme depuis une éternité. Bien sûr, Missy l'avait troublé, quinze ans plus tôt ; mais son attirance avait pris, au fil des ans, une forme différente. Un sentiment plus intense et plus stable avait succédé à son désir juvénile de découvrir chacune de ses facettes. Elle ne présentait plus le moindre mystère pour lui. Il connaissait son visage au saut du lit, il avait vu ses traits tirés par l'effort après la naissance de Jonah. Il n'ignorait rien de ses sentiments, de ses craintes ou de ses goûts, alors que Sarah symbolisait la nouveauté. Et il se sentait *neuf* lui aussi ; tout lui semblait possible…

Mais où cela le mènerait-il ? Qui était cette inconnue ? Leurs personnalités étaient-elles compatibles ? Il n'en avait pas la moindre idée.

Qu'il le veuille ou non, Sarah l'attirait pourtant…

Il hocha la tête afin de chasser son obsession, mais il ne parvint pas à oublier qu'il souhaitait prendre un nouveau départ. Faire une rencontre… Il connaissait, en ville, des veufs résolus à ne jamais se marier. Lui-même n'était pas programmé, comme eux, pour la solitude. Il n'avait jamais envié non plus ses copains célibataires qui collectionnaient les aventures et changeaient de partenaire comme de chemise. Son plus cher désir était de retrouver l'équilibre qu'il avait connu jadis dans son couple.

Il doutait d'y parvenir un jour…

Dehors, le ciel devenait de plus en plus lumineux. Il reposa sa tasse et regagna sa chambre, après avoir constaté au passage que Jonah dormait encore. Des photos encadrées trônaient sur sa table de nuit et sa commode. Dans la pénombre, les traits de Missy étaient à peine distincts, mais elle était partout, sur tous les clichés. Missy derrière la maison ; Missy et Jonah, en gros plan, souriant de toutes leurs dents ; Missy et lui s'avançant vers l'autel…

Miles s'assit sur son lit. À côté de l'une des photos reposait une enveloppe en papier kraft contenant les informations qu'il avait rassemblées à l'époque. N'ayant pas eu le droit d'enquêter personnellement – d'autant plus que les accidents de la route n'étaient pas de son ressort – , il avait suivi la trace de la patrouille routière. Il avait donc interrogé les mêmes individus, posé les mêmes questions et obtenu les mêmes informations. Par égard pour lui, personne n'avait refusé de coopérer, mais il ne savait rien de plus que les enquêteurs officiels. Le dossier, bien en vue sur sa table de nuit, semblait le mettre au défi de retrouver le conducteur au volant ce soir-là.

Une possibilité de plus en plus utopique à ses yeux, malgré son acharnement ! En tant qu'époux et en tant que policier chargé de faire régner l'ordre, il estimait que l'homme qui avait fait le malheur de sa vie devrait répondre de ses actes. « Œil pour œil, dent pour dent », selon la Bible…

Comme presque tous les matins, il observa le dossier sans même l'ouvrir et il s'imagina le conducteur du véhicule, en se posant la question rituelle : pourquoi avait-il pris la fuite si c'était un simple accident et s'il n'avait rien d'autre à se reprocher ?

Probablement parce qu'il était ivre : il revenait d'une soirée trop arrosée, ou bien il avait l'habitude de se soûler pendant le week-end.

Miles se représentait un homme d'une trentaine ou d'une quarantaine d'années, serpentant à toute allure sur la route et faisant des embardées, l'esprit ailleurs. Une canette de bière coincée entre ses genoux, il allait sans doute dans un bar pour continuer à boire, quand il avait aperçu Missy. À moins qu'il ne l'ait pas vue du tout… Il avait peut-être senti un simple choc et une secousse de sa voiture au moment de l'impact, mais il n'avait pas paniqué. La route ne présentait aucune trace de dérapage, et il s'était arrêté pour constater les dégâts. Les enquêteurs en avaient eu la preuve, bien que cette information n'ait jamais paru dans la presse.

À part cela, Miles ne savait rien. Aucun autre véhicule ne circulait sur la route, aucun porche ne s'était éclairé à l'instant fatidique, personne ne promenait son chien ou n'arrêtait son système d'arrosage. Même en état d'ébriété, le chauffard avait dû réaliser qu'il serait poursuivi pour homicide, sinon pour meurtre sans préméditation s'il avait déjà violé la loi. Le crime ; la prison à vie… Craignant, au minimum, de se retrouver derrière les barreaux, il avait filé sans demander son reste.

Cette hypothèse était plausible. À moins que le conducteur n'ait percuté Missy volontairement. Un psychopathe, tuant pour le plaisir ? Ou quelqu'un qui voulait se venger de lui, Miles Ryan ? En tant que shérif, il s'était fait des ennemis. Il avait arrêté des suspects, témoigné contre eux, aidé à mettre sous les verrous un grand nombre d'individus.

Qui soupçonner ? Il y avait de quoi devenir paranoïaque. Il soupira, ouvrit le dossier, et céda à la tentation de s'y plonger.

Un détail – qu'il avait noté sur les lieux de l'accident – ne concordait pas avec le reste ; il avait griffonné depuis des dizaines de questions à ce propos.

Bizarrement, le fuyard avait déposé une couverture sur le corps de Missy avant de disparaître. Ce point n'avait jamais été révélé non plus par les journaux, car on espérait tenir là un indice révélateur. Il s'agissait, hélas, d'une banale couverture vendue en kit avec divers articles de dépannage dans la plupart des grands magasins ou des boutiques de fournitures automobiles. Impossible, donc, de retrouver son origine.

« Peut-être une manière de présenter des excuses », avait suggéré Charlie.

Pourquoi pas, au contraire, une ruse du criminel pour brouiller la piste ?

Miles n'avait toujours pas trouvé de réponse à cette question, mais il était bien décidé à mettre la main sur le coupable, quoi qu'il arrive. Sinon, il serait hanté toute sa vie par la mort de Missy.

6.

Sarah Andrews buvait lentement son deuxième verre de vin. Bien qu'elle n'ait jamais été une grande buveuse, elle s'en verserait peut-être un troisième, car c'était un vrai jour de déprime. Trois jours avaient passé depuis son rendez-vous avec Miles Ryan.

Elle devait à tout prix se changer les idées.

Bizarrement, la journée avait plutôt bien commencé. Réveil agréable, petit déjeuner paisible ; et puis ça avait mal tourné.

Son chauffe-eau s'étant arrêté pendant la nuit, elle avait dû se contenter d'une douche froide avant de partir au travail. Trois ou quatre élèves enrhumés, assis au premier rang, avaient passé leur temps à tousser, à éternuer, ou même à chahuter. Le reste de la classe avait suivi leur exemple ; elle n'avait donc traité que la moitié du programme prévu. Au moment de partir, à une heure plus tardive que de coutume, elle avait trouvé un pneu de sa voiture à plat. Dépannage par l'Automobile-Club ; une heure d'attente. Enfin, le festival du Chrysanthème avait lieu ce week-end-là ; elle avait dû se garer à trois blocs de sa maison car les rues étaient bondées.

Pour couronner le tout, dix minutes après son retour, l'une de ses anciennes « connaissances » de Baltimore l'appelait pour lui annoncer que Michael se remariait en décembre.

Alors, elle avait ouvert sa bouteille de vin.

Avec un peu de recul, elle regrettait presque que l'Automobile-Club ne l'ait pas fait attendre plus longtemps. Ainsi, elle n'aurait pas été là pour répondre au téléphone ! Pourquoi cette femme, qui n'était pas l'une de ses intimes, mais une amie de la famille de Michael, avait-elle éprouvé le besoin de l'informer ? Malgré son ton à la fois incrédule et compatissant, elle la soupçonnait d'être missionnée par son ex-mari. Heureusement, elle avait gardé son sang-froid ; ce qui était moins facile, après ces deux verres de vin. Elle ne voulait plus entendre parler de Michael ! Ils ne s'étaient pas revus depuis leur dernier rendez-vous chez l'avocat, environ un an plus tôt. Une fois signés les papiers du divorce, elle s'était félicitée d'avoir retrouvé sa liberté. Son chagrin avait fait place à une étrange apathie, mêlée au sentiment qu'il n'était pas l'homme qu'elle avait cru. Elle n'avait plus eu de nouvelles de lui, ni de sa famille ni de ses amis ; un peu comme si elle n'avait jamais été sa femme.

Maintenant, il se remariait…

Au lieu de s'en moquer, elle se sentait troublée, bien que l'acte n'eût rien d'inattendu.

Pour la première fois de sa vie, elle haïssait vraiment quelqu'un. Une telle haine ne s'expliquait que parce qu'elle avait jadis aimé Michael. Ils s'étaient juré devant Dieu un amour éternel et elle avait cru, naïvement, leur couple indissoluble. Elle venait d'une famille dont plusieurs générations avaient vécu sur ce modèle. Ses parents étaient mariés depuis près de trente-cinq ans ; et ses grands-parents, des deux côtés, depuis bientôt soixante. Elle avait espéré que Michael et elle surmonteraient leurs problèmes, même s'il leur en coûtait. Quand il avait cédé à la pression de sa famille, elle s'était sentie réduite à néant.

Mais pourquoi ce trouble, si elle en avait réellement fini avec lui ?

Assise sur le canapé, elle vida son verre avant de se relever. *Elle en avait réellement fini avec lui.* S'il venait, à genoux, implorer son pardon, elle le renverrait. Quoi qu'il dise et quoi qu'il fasse, plus jamais elle ne l'aimerait. Il pouvait épouser qui il voudrait, elle s'en moquait totalement.

Dans la cuisine, elle se versa son troisième verre de vin, au bord des larmes. Michael se remariait… Elle s'était juré de ne pas pleurer, mais les vieux rêves ont la vie dure. En voulant poser son verre, elle le laissa tomber dans l'évier, où il se brisa. Elle rassembla aussitôt les éclats, se coupa et vit son sang jaillir.

Cette pénible journée n'en finirait donc jamais. Résolue à ne pas pleurer, elle pressa ses paumes contre ses yeux en soupirant du fond du cœur.

– Tu es sûre que ça va ?

Pressée par la foule, Sarah avait l'impression d'entendre de très loin les paroles de sa mère.

– M'man, je te répète pour la troisième fois que ça va.

Du revers de la main, Maureen balaya une mèche sur le visage de Sarah.

– Je te trouve pâlotte, comme si tu couvais quelque chose.

– Un peu de fatigue. J'ai travaillé tard hier soir.

Sarah évitait de mentir à sa mère ; mais à quoi bon lui avouer qu'elle avait ouvert une bouteille de vin la veille ? Maureen n'y aurait rien compris. Et si elle avait précisé qu'elle avait bu trois verres toute seule, la pauvre femme, affolée, l'aurait assaillie d'une multitude de questions indiscrètes.

C'était un samedi magnifique ; le centre-ville regorgeait de monde, car la foire à la brocante battait son plein. Maureen avait eu envie de passer la journée à flâner parmi les stands, alors que Larry restait cloué devant le poste de télévision pour assister au match de foot Caroline du Nord-Michigan.

Sarah aurait tenu compagnie avec plaisir à sa mère si elle n'avait été en proie à une terrible migraine résistant même à l'aspirine. Comme elle examinait un cadre ancien restauré avec soin mais excessivement cher, celle-ci revint à la charge.

– Tu travailles le vendredi soir ?

– J'avais pris du retard et j'ai décidé de m'y mettre.

Maureen fit mine d'admirer elle aussi le cadre.

– Tu as passé la soirée chez toi ?

– Pourquoi cette question ?

– Parce que je t'ai appelée plusieurs fois. Le téléphone n'arrêtait pas de sonner.

– Je l'avais débranché.

– Je me disais que tu étais peut-être sortie avec quelqu'un.

– Avec qui ?

– Je ne sais pas. Quelqu'un…

Sarah considéra sa mère par-dessus ses lunettes de soleil.

– M'man, tu ne vas pas recommencer !

– Recommencer quoi ? marmonna Maureen sur la défensive.

Puis elle ajouta entre ses dents, comme si elle se parlait à elle-même :

– Je supposais simplement que tu avais eu envie de sortir. Tu sortais beaucoup, autrefois…

Non contente de se complaire dans l'anxiété, Maureen savait jouer à la perfection les mères brimées ; mais ce n'était pas le bon jour. Sarah reposa le cadre en fronçant les sourcils. La propriétaire du stand, une femme âgée, assise sous un grand parapluie, ne perdait pas une miette de cette petite scène.

De plus en plus maussade, Sarah s'éloigna du stand.

– Qu'est-ce qui ne va pas ? demanda soudain Maureen, après avoir maugréé un moment.

– Ça va, mais je ne suis pas d'humeur à t'entendre te lamenter à mon sujet, lança Sarah, hors d'elle. Ça devient insupportable, à la fin !

Devant l'air interloqué de sa mère, elle regretta aussitôt ses paroles blessantes.

– Désolée, m'man, de t'avoir parlé sur ce ton, murmura-t-elle.

Maureen lui prit la main.

– Sarah, dis-moi ce qui t'arrive ! Je suis certaine que tu ne m'as pas dit la vérité.

Elle serra la main de sa fille dans la sienne et Sarah détourna les yeux. Autour d'elles, des étrangers bavardaient à n'en plus finir.

– Michael se remarie, murmura Sarah.

D'abord incrédule, Maureen serra longuement sa fille dans ses bras.

– Oh, Sarah… Je suis navrée, fit-elle.

Que dire de plus ?

Elles se laissèrent porter insensiblement jusqu'au bout de la rue bruyante. Puis, ne pouvant aller plus loin, elles s'assirent au calme sur un banc du parc dominant la marina.

Là, elles parlèrent longtemps, ou plutôt Sarah parla. Maureen l'écoutait. À plusieurs reprises, ses yeux s'emplirent de larmes et elle serra la main de sa fille dans la sienne.

– Oui, une *terrible* journée ! dit-elle, au moins pour la centième fois.

– C'est bien vrai.

– Mais crois-tu que je pourrais t'aider en insistant sur le bon côté des choses ?

– Il n'y en a pas, m'man.

– Tu te trompes.

– Par exemple ?

– Tu peux être sûre que Michael, remarié, ne viendra jamais s'installer dans la région. Ton père n'en ferait qu'une bouchée.

Sarah éclata de rire malgré son humeur morose.

– Merci bien ! Si je l'aperçois par ici, je préviendrai papa.

– Après ce qu'il t'a fait, j'espère que tu ne comptes pas le revoir !

Sarah se contenta de hocher la tête en se calant contre le dossier du banc.

– As-tu des nouvelles récentes de Brian ? demanda-t-elle afin de faire diversion. Il n'est jamais là quand je l'appelle.

– Je lui ai parlé il y a quelques jours, mais tu sais ce que c'est : on n'a pas toujours envie de se confier à ses parents. Nos conversations sont très brèves.

– Il se fait des amis ?

– Sûrement.

Sarah contempla un moment la marina en pensant à son frère.

– Et papa, comment va-t-il ?

– Toujours pareil. Il a eu son check-up la semaine dernière ; ça allait bien. Il est moins fatigué qu'avant.

– Il fait de l'exercice ?

– Pas assez, mais il me promet toujours de s'y mettre.

– Dis-lui de ma part que c'est important.

– Tu ferais mieux de lui dire toi-même. Quand c'est moi, il a l'impression que je le harcèle.

– Aurait-il raison ?

– Non ! s'indigna Maureen. Il n'admet pas que je m'inquiète à son sujet…

Sur la marina, un grand voilier se dirigeait vers la Neuse ; elles l'observèrent en silence. Le pont allait bientôt pivoter pour le laisser passer, et la circulation serait bloquée de chaque côté. « J'ai été coincée par le pont » était l'excuse classique des retardataires, à New Bern. Des médecins aux juges, tous ses habitants l'acceptaient sans discussion, d'autant plus qu'ils en avaient eux-mêmes fait usage.

– C'est bon de t'entendre rire, murmura Maureen au bout d'un moment. Il y a longtemps, bien longtemps que ça ne t'était pas arrivé.

Elle pressa doucement le genou de sa fille.

– Surtout, ne laisse plus Michael te faire souffrir ! Souviens-toi que tu as progressé… Et tu vas continuer à progresser… Tu rencontreras un jour quelqu'un qui t'aimera telle que tu es…

– Maman ! rugit Sarah.

Maureen renonça à poursuivre son habituel monologue.

– Je ne peux pas m'empêcher de souhaiter ton bonheur. Comprends-tu ? murmura-t-elle.

Elle garda de force la main de Sarah dans la sienne.

– Oui, m'man, fit celle-ci en espérant l'apaiser d'un sourire.

7.

Le lundi suivant s'établit la routine qui allait régler la vie de Jonah pendant plusieurs mois. Quand retentit la sonnerie annonçant la fin des activités scolaires, il sortit avec ses camarades en laissant son sac à dos dans la classe. Comme ses collègues, Sarah s'assura que les enfants montaient dans les voitures et les cars scolaires appropriés ; puis elle rejoignit son élève.

– Tu préférerais partir toi aussi, n'est-ce pas ?

Jonah acquiesça, mélancolique.

– Tout va bien se passer, tu sais ! J'ai apporté des biscuits pour te remonter le moral.

– Lesquels ? marmonna l'enfant.

– Des *oreos* au chocolat et à la vanille. Quand j'étais petite, ma maman m'en donnait quelques-uns après la classe, pour me récompenser d'avoir bien travaillé.

– Mme Knowlson me donne des pommes en tranches.

– Tu préférerais des pommes, demain ?

– Les *oreos*, c'est bien meilleur.

Sarah indiqua l'école d'un signe de tête et tendit la main à Jonah.

– On y va ?

– Attendez… Vous avez du lait ?

– Je peux t'en acheter à la cafétéria, si tu veux.

Rassuré, l'enfant prit la main de son institutrice et lui sourit, tandis qu'ils se dirigeaient vers l'école.

Au même instant, Miles plongeait derrière sa voiture et prenait son arme, avant que l'écho du dernier coup de feu se soit éteint. Il ne comptait pas bouger tant qu'il n'aurait pas compris ce qui se passait.

Rien de tel qu'une déflagration pour le mettre en alerte ! Son instinct de survie s'éveillait avec une force et une rapidité qui le surprenaient toujours, comme si l'adrénaline pénétrait son organisme grâce à un immense système de perfusion invisible. Il sentait le martèlement de son cœur dans sa poitrine et il avait les mains moites.

S'il lançait un appel, toutes les forces de police locales accourraient sur-le-champ, mais ce n'était pas nécessaire pour le moment. Le son étouffé qu'il avait entendu provenait des profondeurs de la maison ; le tir ne semblait pas dirigé contre lui.

Devant une maison habitée, il aurait demandé des renforts en supposant que quelque drame familial venait d'éclater ; mais il s'agissait de la maison Gregory, une vieille bâtisse délabrée, enfouie sous les plantes grimpantes, aux abords de New Bern. Elle tombait littéralement en ruine depuis des années : les planchers pourris ne demandaient qu'à céder, l'eau dégoulinait par les ouvertures béantes du toit et les murs chancelants semblaient prêts à s'effondrer dès la première rafale violente. Même les rares clochards de la ville trouvaient plus sage de ne pas s'aventurer en ce lieu.

Il entendit, en plein jour, un second coup de feu – pas une arme très puissante, mais plutôt un calibre vingt-deux. Sans doute une simple rixe, présentant un danger limité.

À quoi bon courir des risques inutiles ? Après avoir ouvert sa portière, il se glissa sur son siège et lança un appel radio, en amplifiant le son de manière à se faire entendre des occupants de la maison.

– Ici le shérif, articula-t-il calmement. Venez au plus vite. J'ai à vous parler, les gars, et surtout prenez vos armes !

Les coups de feu cessèrent et, au bout d'une minute, une tête apparut à l'une des fenêtres.

– Vous allez pas nous tirer dessus ! fit un gamin d'une douzaine d'années, effrayé.

– Non, je ne vais pas tirer. Posez vos armes près de la porte et descendez. Je voudrais vous dire deux mots.

Un silence se fit ; les gosses parlementaient entre eux. De pauvres bougres, un peu frustes pour le monde moderne. Ils préféreraient détaler plutôt que d'être raccompagnés chez leurs parents par un policier, se dit Miles.

– Sortez tout de suite ! ordonna-t-il dans le micro.

Une minute après, deux garçons – l'un apparemment plus jeune que l'autre – surgirent de chaque côté de ce qui avait dû être la porte d'entrée. Avec une lenteur exagérée, ils déposèrent leurs armes et s'avancèrent, les bras levés. Pâles et tremblants, ils avaient l'air de se prendre pour des cibles humaines.

Dès qu'ils eurent descendu les marches branlantes, Miles sortit de sa voiture en réprimant un sourire et rengaina. À sa vue, les deux énergumènes s'immobilisèrent un instant, puis reprirent leur marche. Des gosses de la campagne, au visage et aux bras crasseux, vêtus de jeans délavés et de baskets déchirées. Ils avançaient toujours, les bras levés et les coudes serrés, comme dans les films dont ils devaient se gaver.

De près, Miles remarqua qu'ils étaient au bord des larmes. Adossé à sa voiture, il croisa les bras.

– Vous chassiez ? demanda-t-il.

Le plus jeune – dix ans au maximum – interrogea l'autre gamin du regard. Évidemment, deux frères.

– Oui, m'sieur, dirent-ils à l'unisson.

– Qu'est-ce que vous avez trouvé dans cette maison ?

Nouvelle réponse à l'unisson :

– Des moineaux.

– Vous pouvez baisser les bras.

Les gamins obtempérèrent, après avoir échangé un regard.

– Ça ne serait pas des chouettes, par hasard ? s'enquit Miles.

– Juste des moineaux. Y en a des tas à l'intérieur.

Miles pointa un doigt vers les carabines.

– Vous avez des calibres vingt-deux ?

– Oui, m'sieur.

– Un peu trop pour des moineaux, non ?

Les deux fautifs échangèrent un regard coupable, sous le regard sévère de Miles.

– Vous avez tort de chasser les chouettes. Ce sont des oiseaux utiles, qui mangent les rats, les souris et même les serpents. J'aimerais mieux avoir une chouette dans mon jardin qu'une de ces bestioles. Vous n'en avez pas attrapé une seule, je parie.

L'un des enfants baissa la tête.

– Que je ne vous y reprenne plus ! lança Miles d'un ton péremptoire. Vous n'avez pas le droit de tirer ici, à proximité de la grande route. D'autre part, cette maison en ruine est dangereuse pour vous. Ça vous plairait que j'en touche un mot à vos parents ?

– Non, m'sieur.

– Vous ficherez la paix aux chouettes, si je vous laisse repartir ?

– Oui, m'sieur.

– Vous êtes venus à pied ou à vélo ?

– À pied.

– Alors, voilà ce qu'on va faire. Je garde vos deux carabines et vous vous asseyez à l'arrière de ma voiture. Je vous déposerai au bout de votre rue. Ça n'ira pas plus loin cette fois-ci ; mais si je vous y reprends, j'annonce à vos parents que je vous ai déjà coincés et que je n'ai plus qu'à vous boucler. Compris ?

Les deux garçons ouvrirent des yeux ronds et hochèrent la tête, reconnaissants.

Cette affaire réglée, Miles se hâta d'aller chercher Jonah à l'école pour savoir comment s'était passée sa journée. Il éprouvait malgré lui une étrange excitation à l'idée de revoir Sarah Andrews…

– Papa ! s'écria Jonah.

Miles se baissa pour attraper son fils au vol, tandis que Sarah approchait d'un pas tranquille.

– Tu as arrêté quelqu'un aujourd'hui ? demanda l'enfant selon son habitude.

Miles esquissa un sourire.

– Pas encore, mais je n'ai pas terminé ma journée. Et toi, ça va ?

– Mlle Andrews m'a donné des biscuits.

– Tu en as de la chance, fit Miles en évitant de regarder trop ostensiblement Sarah qui approchait.

– Elle m'a donné des *oreos*. Les bons, au chocolat et à la vanille.

– Ah oui ? Et tu as bien travaillé aussi ?

– On a fait des jeux.

– Des jeux ?

– Je vous expliquerai plus tard, dit Sarah en s'avançant. Pas de problème pour l'instant !

Miles se tourna vers la jeune femme. Elle portait une longue jupe et une blouse ordinaire, mais son sourire le troubla comme la première fois, et il remarqua qu'elle était encore plus jolie que dans ses souvenirs. Il avait déjà été sensible à son charme et à certains détails – la blondeur de ses cheveux, le modelé délicat de son visage et la nuance turquoise de ses yeux bleus. La douceur et la tendresse de son regard le frappèrent ce jour-là.

Miles reposa son fils à terre.

– Si tu allais m'attendre dans la voiture pendant que je bavarde deux minutes avec Mlle Andrews ?

– D'accord, p'pa, fit Jonah.

Avant de s'éloigner, il embrassa son institutrice, qui le serra à son tour dans ses bras.

– Vous avez l'air de vous entendre à merveille tous les deux, observa Miles, intrigué.

– Oui, ça a bien marché aujourd'hui.

– Si j'avais su qu'il allait manger des biscuits et jouer avec vous, j'aurais été moins inquiet.

– J'ai fait mon possible pour l'amadouer, mais il s'agit de jeux éducatifs. Les cartes sont des supports visuels.

– Je me doutais qu'il y avait un truc. Il se débrouille comment ?

– Bien. Il a beaucoup de retard à rattraper, mais c'est un gosse en or. Je ne le dirai jamais assez ! D'autre part, je peux vous assurer qu'il vous adore.

– Merci, dit spontanément Miles.

Quand Sarah lui sourit, il se détourna, ne sachant s'il devait souhaiter ou non qu'elle devine ses pensées.

– C'est moi qui devrais vous remercier pour votre cadeau, reprit la jeune femme après un silence.

Elle pensait au ventilateur de taille imposante que Miles avait déposé le matin même dans sa classe.

Miles, profondément ému, garda le silence.

– Il est temps que je ramène Jonah à la maison, murmura-t-il enfin. Nous avons beaucoup à faire.

– Bien...

– Rien d'autre à me signaler ?

– A priori, non.

– Alors, il est temps que je ramène Jonah à la maison.

Sarah hocha gravement la tête.

– Vous l'avez déjà dit !

– Ah oui ?

– Je peux vous l'assurer.

Déconcertée par cette étrange manière de prendre congé, Sarah enroula une mèche de cheveux autour de son oreille. Miles était différent des hommes du monde, élégants et bavards, qu'elle avait rencontrés à Baltimore. Dans les mois qui avaient suivi son divorce, elle avait fini par les trouver aussi interchangeables que des figurines en carton.

– Alors, encore merci, marmonna Miles avant d'aller rejoindre Jonah.

En démarrant, il aperçut une dernière fois la jeune institutrice, debout dans la cour de l'école, un sourire rêveur aux lèvres.

Les semaines suivantes, il se mit à attendre l'instant de revoir Sarah, après l'école, avec une ardeur qui lui rappelait le temps lointain de son adolescence. Il pensait à elle à des moments tout à fait inattendus – en choisissant des côtelettes de porc au supermarché, arrêté au feu rouge, quand il tondait sa pelouse, ou sous sa douche. Il se surprit même en train d'imaginer ses habitudes matinales. Mangeait-elle des céréales au petit déjeuner, ou des toasts à la confiture ? Buvait-elle du café ou avait-elle une préférence pour le thé ? Après sa douche, s'enveloppait-elle les cheveux d'une serviette pour se maquiller, ou faisait-elle tout de suite son brushing ?

Il se l'imaginait aussi, une craie à la main, face à ses élèves. Il aurait aimé savoir comment elle passait son temps après la classe. Leurs conversations ne satisfaisaient pas sa curiosité croissante. Il ignorait presque tout de son passé et il se retenait de lui poser des questions, faute de savoir comment s'y prendre. « Jonah a appris aujourd'hui à épeler les lettres ; ça a très bien marché », lui dirait-elle. *Très bien, mais dites-moi si vous enveloppez vos cheveux d'une serviette après la douche !* Ce n'était certainement pas la bonne réaction.

Mais que faire ?

Un jour, enhardi par quelques bières, il avait failli lui téléphoner. Il ne savait pas ce qu'il allait lui dire, mais il espérait qu'une illumination providentielle lui donnerait l'esprit et le charme nécessaires. Espérant la subjuguer par ses paroles, il avait cherché son nom dans l'annuaire et composé les trois premiers chiffres de son numéro. Finalement, il avait renoncé comme un lâche.

Elle ne serait peut-être pas à la maison… Difficile de l'éblouir s'il ne s'adressait pas directement à elle ! Il n'avait pas l'intention de laisser son répondeur immortaliser ses balbutiements, mais raccrocher n'était plus de son âge. Et si elle était en compagnie de… son amoureux ? Une jolie femme, libre, ne passe pas longtemps inaperçue. Des hommes aussi séduisants que spirituels ne tarderaient pas à tourner autour d'elle, si ce n'était déjà fait.

Bon Dieu, que de temps perdu !

Une autre fois, il composa six chiffres de son numéro avant de renoncer à l'appeler. Et, cette nuit-là, avant de s'endormir, il se dit qu'il ne tournait vraiment pas rond.

Un samedi matin de bonne heure, fin septembre, environ un mois après sa première rencontre avec Sarah Andrews, Miles regardait son fils jouer au football sur le terrain de sport du lycée H. J. Macdonald. À l'exception peut-être de la pêche, Jonah n'aimait rien tant que le foot, dans lequel il excellait. Il avait hérité de l'agilité et de la coordination de Missy – une grande sportive – et de la vélocité de son père, comme le faisait remarquer volontiers ce dernier.

Jonah était donc une vraie terreur sur le stade. En raison de son âge, il ne participait qu'à un demi-match, car toute son équipe devait jouer pendant un temps identique ; pourtant c'était lui qui marquait la plupart, sinon tous les buts. Vingt-sept au cours des quatre premiers matches ! Un chiffre record, même s'il n'y avait que trois joueurs par équipe, pas de gardiens de but, et si la moitié des autres enfants ne savait pas dans quelle direction shooter. Presque chaque fois qu'il touchait la balle du pied, il la gardait sur toute la longueur du terrain avant de l'envoyer dans le filet.

Tout en sachant que son fils ne serait jamais un champion, Miles bondissait de joie dès qu'il le voyait marquer un but. Les enfants mûrissent à des rythmes différents et s'entraînent avec plus ou moins d'énergie. Or, Jonah, malgré sa forme physique, n'aimait pas s'entraîner. D'autres gosses auraient vite fait de le surpasser.

À la fin du premier quart temps, il avait déjà marqué quatre buts. Pendant le second quart, alors qu'il était sur la touche, l'équipe adverse prit l'avantage. Troisième quart : un but marqué par un coéquipier et deux par Jonah ; soit trente-trois pour l'année, compta malgré lui Miles. Au début du quatrième quart temps, l'équipe adverse menait par 8-7.

Quel suspense ! Miles croisa les bras et parcourut la foule des yeux en triomphant discrètement à l'idée que, *sans Jonah*, point de salut pour son équipe.

Une voix l'arracha à sa rêverie.

– Auriez-vous parié ? demandait Sarah en montant les gradins avec un sourire éblouissant. Vous semblez bien nerveux…

– Je n'ai pas parié, mais je me passionne pour ce match.

– Méfiez-vous tout de même. Vous n'avez presque plus d'ongles et vous pourriez vous mordre par mégarde.

– Je ne me ronge pas les ongles !

– Plus maintenant, en effet.

Une ébauche de flirt ? se demanda Miles.

Il redressa la visière de sa casquette de base-ball. Avec son short et ses lunettes de soleil, Sarah lui paraissait plus juvénile que jamais, et presque taquine.

– Je ne m'attendais pas à vous trouver ici, risqua-t-il.

– Une idée de Jonah…

– Ah oui ?

– Jeudi dernier, il m'a parlé de son match du week-end et il m'a suggéré d'y assister. Je pense qu'il avait surtout envie de se montrer à son avantage.

Béni sois-tu, Jonah, songea Miles.

– Dommage que vous arriviez à la fin du match !

– J'ai cherché Jonah un long moment ; de loin, tous les gosses se ressemblent.

– On a parfois du mal, nous aussi, à trouver le terrain sur lequel il doit jouer.

Un coup de sifflet retentit. Jonah shoota, mais son coéquipier manqua la balle et un joueur de l'équipe adverse s'interposa. L'enfant adressa alors un coup d'œil à son père, puis son visage s'éclaira à la vue de Sarah. La balle ne tarda pas à revenir dans son camp.

– Il a bien joué ? s'enquit Sarah.
– Pas mal !
– D'après Mark, il est le meilleur.
– Hum... fit Miles en rougissant presque.
Sarah éclata de rire.
– Ne prenez pas cet air modeste ; le compliment ne s'adresse pas à vous mais à Jonah.
– Hum... fit à nouveau Miles, faute de réponse plus spirituelle.
Sarah, toujours amusée, haussa un sourcil.
– Dites-moi... Vous jouiez au foot quand vous étiez gosse ?
– Ça ne se faisait pas, à l'époque, mais je pense que ça ne m'aurait pas plu. Je pratiquais les sports traditionnels – football américain, basket, base-ball. L'idée de faire rebondir une balle sur ma tête ne m'a jamais tenté.
– Pas d'objection en ce qui concerne Jonah ?
– Non, du moment que ça lui plaît. Et vous, quels sont vos sports favoris ?
– Je n'ai rien d'une athlète, mais quand j'étais étudiante ma camarade de chambre m'a fait découvrir la marche.
– Ah, la marche ?
– Pas si facile quand on garde un bon rythme !
– Vous continuez à marcher ?
– Je fais chaque jour mon parcours de cinq kilomètres. Un bon exercice, qui me permet de me détendre... Vous devriez essayer.
– Au bout de cinq kilomètres, je tiendrais à peine debout – si j'étais capable d'aller jusque-là...
Sarah évalua du regard les forces de son interlocuteur.
– Vous en seriez capable ; au moins si vous cessiez de fumer.
– Je ne fume pas.

– Je sais, marmonna Sarah. Brenda me l'a dit.

Après lui avoir rendu son sourire, Miles allait répliquer, quand un grondement s'éleva dans les gradins. Ils se retournèrent aussitôt. Jonah fonçait comme une flèche sur le terrain et marquait le score final. Ses coéquipiers l'entourèrent ; Miles et Sarah se levèrent spontanément pour applaudir et acclamer le même petit garçon.

– Ça vous a plu ? demanda Miles à Sarah en la raccompagnant à sa voiture.

Jonah faisait la queue au snack avec ses copains. Après la victoire de son équipe, il s'était rué sur son institutrice pour lui demander si elle l'avait vu marquer le dernier but. Encouragé par sa réponse, il avait sauté dans ses bras, fou de joie, en ignorant complètement son père.

– Ça m'a beaucoup plu, admit Sarah, mais je regrette de ne pas avoir tout vu.

En ce début d'après-midi, sa peau rayonnait littéralement sous son hâle.

Miles lui jeta un regard en coin.

– Pour Jonah, l'essentiel est que vous soyez venue… Avez-vous des projets cet après-midi ?

– Je déjeune en ville avec ma mère, chez *Fred et Clara*. Tout près de chez moi.

– Un restaurant très agréable !

Devant sa voiture, une Nissan Sentra rouge, Sarah fouilla dans son sac. Miles la buvait des yeux. Ses lunettes de soleil lui donnaient l'allure d'une citadine plutôt que d'une fille de la campagne. Avec son short en jean délavé et ses longues jambes bronzées, elle n'avait absolument rien de commun avec les institutrices de son enfance !

Derrière eux, un pick-up blanc faisait marche arrière. Le conducteur et Miles échangèrent un salut.

– Vous le connaissez ? s'étonna Sarah.

– New Bern est une petite ville. Tout le monde se connaît…

– Ça doit être rassurant.

– Pas toujours… Quand on a des secrets, il ne fait pas bon vivre ici.

Sarah se demanda un instant ce que Miles avait en tête, mais il interrompit sa réflexion.

– À propos, je voudrais vous remercier encore pour l'aide que vous apportez à Jonah.

– Vous n'allez pas me remercier chaque fois que nous nous voyons !

– Non, mais je constate qu'il a changé d'une manière surprenante ces derniers temps.

– Il rattrape son retard à une vitesse qui m'étonne moi-même. Cette semaine, il a même commencé à lire tout haut en classe.

– Ça ne m'étonne pas. Il a un bon professeur.

– Et un bon père…

Sarah avait rougi ; Miles s'en émut. Il aimait aussi la manière dont elle l'avait regardé en lui parlant.

Son trousseau de clefs à la main, elle parut hésiter avant d'ouvrir sa portière.

– Vous pensez le garder encore longtemps après la classe ? demanda Miles en reculant d'un pas.

Parler… Il devait continuer à parler, pour qu'elle ne le quitte pas tout de suite…

– Je ne sais pas exactement… Vous voudriez déjà réduire nos horaires ?

– Non, je vous interrogeais par curiosité.

– Eh bien, dit Sarah après un silence, je souhaiterais continuer au même rythme. Si vous voulez bien, nous en reparlerons dans un mois. Ça vous va ?

Un mois… Il pourrait continuer à la voir pendant au moins un mois…

– Excellente idée !

Sarah jeta un coup d'œil à sa montre.

– Il est temps que je parte, murmura-t-elle à regret. Je vais être en retard…

Non, Miles n'était pas encore prêt à la laisser partir ! Il avait mille questions à lui poser ; et, surtout, c'était le moment ou jamais de l'inviter à sortir avec lui.

Alors, pas de panique ! Plus question de tergiverser et de renoncer lâchement. Allez ! se dit-il, sois un homme ; lance-toi !

Mais comment s'y prendre ? Tandis que Sarah montait dans sa voiture, l'esprit de Miles s'emballait comme une machine infernale. Il n'avait pas été dans une situation semblable depuis si longtemps… Fallait-il l'inviter à dîner ? À déjeuner ? À aller au cinéma ?

– Avant de vous quitter, lança-t-il, je peux me permettre de vous poser une question ?

– Bien sûr !

Miles, la gorge sèche, fourra ses mains dans ses poches comme un adolescent.

– Je voudrais…

– Oui ? fit Sarah d'un air narquois.

Après avoir pris une profonde inspiration, Miles marmonna instinctivement ce qui lui vint à l'esprit.

– Je voudrais savoir… comment marche le ventilateur.

– Le ventilateur ? répéta Sarah, éberluée.

Quelle idée de parler du ventilateur ! Il aurait tout de même pu trouver autre chose… Avec l'impression d'avoir avalé une tonne de plomb, il balbutia :

– Oui, le ventilateur que je vous ai offert pour votre classe.

– Il est parfait.

– Parce que je peux m'en procurer un autre s'il ne vous donne pas satisfaction…

Sarah, visiblement inquiète, effleura le bras de Miles.

– Vous vous sentez bien ?

– Oui, très bien, mais je voulais m'assurer qu'il n'y a pas de problème avec cet appareil.

– Absolument aucun.

– Alors, ça va, conclut-il en priant le ciel de faire tomber la foudre sur lui pour l'anéantir sur-le-champ.

Quand Sarah fut sortie du parking, Miles resta un moment figé sur place. Si seulement il avait pu inverser le cours du temps, annihiler cette stupide conversation ! Il n'avait plus qu'à se cacher, jusqu'à la fin de ses jours, au fond d'une sombre caverne.

Heureusement personne ne l'avait entendu ! À part Sarah…

Pendant toute la journée, ses dernières paroles résonnèrent dans sa tête comme une ritournelle obsédante, entendue le matin à la radio.

Je voudrais savoir comment marche le ventilateur… Parce que je peux m'en procurer un autre s'il ne vous donne pas satisfaction… J'espère qu'il n'y a pas de problème avec cet appareil…

Il eut beau faire, ses propos débiles le hantaient. Quelle humiliation ! Le lendemain, à son réveil, ses souvenirs revinrent aussitôt le narguer. À bout de forces, il cacha sa tête sous son oreiller.

8.

– Qu'en dites-vous pour l'instant ? demanda Brenda à Sarah.

Ce lundi-là, elles s'étaient installées à la table de pique-nique où Miles et Sarah avaient pris place un mois plus tôt.

Brenda avait acheté le déjeuner chez le traiteur de Pollock Street où l'on trouvait, selon elle, les meilleurs sandwiches de la ville. « Ça nous donnera l'occasion de causer », avait-elle déclaré avec un clin d'œil, avant de courir faire ses emplettes.

Sarah et elle avaient déjà eu l'occasion de *causer*, mais leurs conversations habituelles, plutôt brèves et anodines, concernaient les fournitures : leur lieu de stockage et la personne à qui s'adresser pour obtenir de nouveaux bureaux et divers équipements. Puisque Brenda connaissait bien Jonah et son père, Sarah l'avait évidemment interrogée à leur sujet. Maintenant qu'elle avait rencontré Miles, elle soupçonnait sa collègue de vouloir la cuisiner sur le sujet…

– Vous voulez parler de mon travail à l'école ? fit-elle. Rien à voir avec mes classes de Baltimore, mais ça me plaît.

– Vous avez enseigné dans des quartiers déshérités, n'est-ce pas ?

– Oui, pendant quatre ans.

– Pas trop dur ?

Sarah déballa son sandwich.

– Pas tant que ça… Quel que soit leur milieu, les enfants – surtout petits – sont des enfants. C'était un quartier difficile, mais on finit par s'habituer et on devient vigilant. Je n'ai jamais eu le moindre ennui. Les résultats n'étaient pas fameux, mais on a tort de dire que les enseignants s'en fichent. J'ai travaillé avec beaucoup de gens admirables !

– Pourquoi avez-vous décidé de venir ici ? Votre ex-mari était instituteur ?

– Non.

L'espace d'un instant, une ombre de tristesse voila les yeux de Sarah.

– Il était banquier, et je suppose qu'il l'est toujours, précisa-t-elle en ouvrant sa canette de Pepsi. Je ne sais pas ce qu'il est devenu aujourd'hui. Nous n'avons pas vraiment divorcé à l'amiable…

– Oh, pardonnez mon indiscrétion !

– Ce n'est rien. Vous ne pouviez pas deviner ; quoique…

Sarah sourit du bout des lèvres.

– Vous étiez peut-être au courant…

– Non, fit Brenda, les yeux écarquillés. Je vous assure que non !

– Vraiment ?

– J'ai peut-être entendu dire une ou deux choses.

Brenda s'agita d'un air penaud sur son siège, et Sarah éclata de rire.

– Je m'en doutais. D'après ce que j'ai appris à mon arrivée, on ne peut rien vous cacher !

– Je ne sais pas *tout* ! protesta Brenda, faussement indignée. Et je ne répète pas non plus tout ce que je sais. Si on me parle sous le sceau du secret, je me tais.

Un doigt sur l'oreille, elle ajouta en baissant la voix :

– Avec ce que j'ai appris, je pourrais faire des malheurs ici ; mais ce sont des confidences que je garde pour moi.

– Vous me dites cela pour que je vous fasse confiance ?

– Bien sûr. Allez, lâchez-moi le morceau !

Brenda jeta un coup d'œil autour d'elle et se pencha vers Sarah, qui lui souriait.

– Évidemment, je plaisantais. Puisque nous travaillons ensemble, souvenez-vous que vous pouvez me rappeler à l'ordre sans me vexer. Il m'arrive de me montrer curieuse malgré moi, mais je ne veux blesser personne…

– Je vous comprends…

– D'ailleurs, vous êtes une nouvelle venue et nous nous connaissons à peine ; je ne vous poserai aucune question personnelle.

– Excellente idée !

– Mais si vous avez la moindre envie de m'interroger, n'hésitez pas, ajouta Brenda après avoir entamé son sandwich.

– D'accord !

– Je sais ce que c'est que de débarquer dans une ville où l'on se sent seule. Donc…

– Donc… répéta Sarah.

Un silence se fit.

– Donc, si vous avez une question à me poser au sujet de… *quelqu'un*.

Sarah hocha la tête en faisant mine de réfléchir.

– Non, pas pour l'instant. À moins que vous puissiez me renseigner sur une certaine personne, reprit-elle, amusée par la mine déconfite de Brenda.

Le visage de celle-ci s'illumina.

– Nous parlons enfin de choses sérieuses ! Que voulez-vous savoir ?

– Je m'interrogeais au sujet de…

– De qui ? fit Brenda, aussi impatiente qu'une fillette déballant un cadeau de Noël.

– Eh bien, de… Bob Bostrum.

– Bob, le gardien ?

– Oui, il me paraît charmant.

– Il a soixante-quatorze ans, répliqua Brenda, sidérée.

– Marié ?

– Depuis cinquante ans ! Il a neuf enfants.

– Pas de chance, marmonna Sarah.

Au bout d'un moment, elle adressa un clin d'œil complice à son interlocutrice.

– Dans ce cas, il ne reste que Miles Ryan. Que pourriez-vous me dire à propos de lui ?

Brenda se donna le temps de réfléchir.

– Ma parole, j'ai comme l'impression que vous me taquinez.

– Taquiner les gens est mon péché mignon.

– Vous savez vous y prendre ! À propos de Miles Ryan, reprit Brenda en souriant, il paraît que vous vous voyez souvent tous les deux… Non seulement après la classe, mais pendant le week-end.

– Je fais travailler Jonah et il m'a demandé de venir assister à un match de foot.

– C'est tout ?

N'obtenant pas de réponse, Brenda prit un air entendu.

– Eh bien, venons-en aux faits. Miles a perdu sa femme il y a quelques années. Un tragique accident de voiture. Il l'aimait depuis le lycée, et il a eu beaucoup de mal à s'en remettre. Le chauffard qui l'a renversée s'est enfui…

Sarah hocha la tête ; elle avait déjà entendu des bribes de cette histoire. Brenda posa son sandwich à côté d'elle.

– Miles a été très perturbé. En tant que shérif, il considère comme un échec personnel de ne pas avoir retrouvé le coupable… Après cette tragédie, il s'est plus ou moins coupé du monde extérieur… Heureusement, reprit Brenda en joignant les mains d'un air ému, il a l'air d'émerger ces derniers temps. On dirait qu'il reprend goût à la vie. J'en suis ravie, car c'est vraiment un être exceptionnel ! Un homme bon et sage, qui ne recule devant rien pour aider ses amis, et qui adore son fils…

– Mais ? demanda Sarah, croyant percevoir une hésitation.

Brenda haussa les épaules.

– Il n'y a pas de *mais* avec lui, et je parle en connaissance de cause. Miles n'a qu'une parole ; et quand il aime il y va de tout son cœur…

– Une perle rare, admit gravement Sarah.

– Surtout n'oubliez pas cela si vous vous liez un jour avec lui !

– Pourquoi ?

– Parce que, murmura Brenda, Miles ne mérite pas de souffrir une deuxième fois dans sa vie.

Ce jour-là, Sarah se surprit plusieurs fois en train de penser à Miles. Un homme qui inspirait une telle affection à ses amis ne pouvait pas la laisser indifférente…

Elle avait deviné qu'il voulait l'inviter à sortir avec lui, après le match de Jonah. Sa manière de tourner autour d'elle ne lui laissait aucun doute.

Et pourtant, il n'avait pas osé.

Son attitude l'avait d'abord intriguée. Au volant de sa voiture, elle avait ri en pensant à tous ses vains efforts. Il s'était donné un mal fou mais pour une raison ou pour une autre il avait battu en retraite. Après avoir écouté Brenda, elle commençait à comprendre.

Miles était resté muet parce qu'il ne savait pas comment formuler sa demande. Il n'avait sans doute jamais eu l'occasion d'inviter une femme à dîner ou à aller au cinéma avec lui, car il avait épousé un amour de jeunesse. À Baltimore, les hommes d'une trentaine d'années aussi naïfs ne couraient pas les rues.

Cette bizarrerie l'attendrissait. Elle la rassurait peut-être aussi, car, après tout, elle n'était pas si différente.

Mariée à vingt-trois ans et divorcée à vingt-sept, elle n'avait accepté que peu d'invitations depuis ; la dernière avait été faite par un homme un peu trop entreprenant. Elle n'était sans doute pas tout à fait prête à revivre un grand amour, mais sa rencontre récente avec Miles Ryan lui avait fait mesurer sa solitude.

Pendant ses classes, elle n'avait aucun mal à chasser de telles pensées. Debout à côté du tableau noir, elle se concentrait sur les petits visages attentifs de ses élèves, qu'elle finissait par considérer comme ses propres enfants. Son seul but était de leur donner un maximum de chances dans la vie.

Ce jour-là, elle se sentait pourtant distraite. Quand la sonnerie retentit, elle s'attarda dehors jusqu'à ce que Jonah vienne lui prendre la main.

– Mademoiselle Andrews ?

– Oui, Jonah.

– Ça n'a pas l'air d'aller…

Croyant entendre sa mère, Sarah esquissa un sourire.

– Et toi, ça va ?

– Vous avez des biscuits ?

– Bien sûr.

– Alors, on s'y met !

Tandis qu'ils se dirigeaient vers la classe, Jonah laissa sa petite main enfouie dans celle de Sarah, qui la serra doucement.

Elle avait soudain l'impression que sa vie valait la peine d'être vécue. Ou presque.

Miles attendait la fin de la leçon, adossé à sa voiture. Contrairement à son habitude, il accorda à peine un regard à Sarah lorsque son fils sauta dans ses bras pour l'embrasser et lui raconter sa journée.

Jonah s'installa dans la voiture et Sarah s'approcha, mais Miles détourna les yeux.

– Préoccupé par la sécurité de vos concitoyens ? demanda la jeune femme d'un ton badin.

– Non, juste un peu soucieux.

– Ça se voit.

Miles n'était pas si mécontent de sa journée, mais, face à Sarah, il repensait malgré lui à la manière dont il s'était ridiculisé après le match.

– Jonah a bien travaillé ? demanda-t-il à tout hasard.

– Il était très en forme. Je lui donnerai demain quelques livres d'exercices extrêmement utiles, et je marquerai les pages pour vous.

Les mains dans les poches, Miles se balançait d'un pied sur l'autre. Charmant sourire ! se dit-il. Mais quelle opinion avait-elle de lui ?

– J'ai bien aimé ce match, reprit Sarah après un silence. Jonah m'a proposé de revenir la prochaine fois. À moins que ça ne vous ennuie…

– Pas du tout, mais je ne sais pas quand il joue. Le programme est chez moi, sur le réfrigérateur.

– Si ça vous contrarie le moins du monde, dites-le-moi ! insista Sarah, soupçonnant une réticence.

– Aucun problème ! Je vous indiquerai demain l'heure exacte du match. N'hésitez pas à venir… À condition d'en avoir envie, bien sûr. Et d'ailleurs…

Comme dans un rêve, Miles s'entendit ajouter :

– Ça me ferait le plus grand plaisir à moi aussi.

– Vraiment ?

– Vraiment, articula Miles, sur le point de se mettre à bafouiller lamentablement.

Sarah lui sourit. Elle jubilait.

– Dans ce cas, je viendrai, mais j'aurais voulu…

– Oui ? s'inquiéta Miles.

– Vous vous souvenez du jour où vous m'avez parlé du ventilateur ?

Le *ventilateur*. Ce mot agit sur Miles comme un coup de poing dans l'estomac. Toutes ses angoisses du week-end refirent surface.

– Je me souviens…

– Eh bien, je voulais vous signaler que je suis libre vendredi soir, si ça vous intéresse.

Pendant un moment, Miles n'en crut pas ses oreilles.

– Oui, ça m'intéresse, murmura-t-il, le visage illuminé.

9.

Le jeudi soir – veille du grand jour – , Miles et Jonah, étendus sur le lit, lisaient à tour de rôle les pages d'un livre. Adossés aux oreillers, ils avaient repoussé les couvertures, et les cheveux de Jonah, encore humides du bain, exhalaient une odeur douce et fraîche.

– Maman te manque ? demanda-t-il soudain.

Miles posa son livre et enlaça son fils ; c'était la première fois depuis plusieurs mois qu'il lui parlait spontanément de sa mère.

– Oui, elle me manque beaucoup…

Jonah tira sur son pyjama, et deux voitures de pompiers entrèrent en collision.

– Tu penses à elle ?

– Tout le temps.

– Moi aussi, murmura Jonah. Surtout quand je suis couché. Je vois des images dans ma tête…

– Comme un film ?

– C'est plutôt des images… Mais je ne les vois pas toujours.

Miles attira son fils contre lui.

– Ça te rend triste ?

– Oui, quelquefois.

– Tu as le droit d'être triste. Ça arrive à tout le monde ; même à moi.

– Même aux adultes ?

– Oui.

Jonah, songeur, continua à tirailler la flanelle souple de son pyjama.

– P'pa ?

– Jonah ?

– Tu vas te marier avec Mlle Andrews ?

– Cette idée ne m'était pas venue, répliqua Miles en toute franchise.

– Mais tu vas sortir avec elle ?

Miles sourit malgré lui.

– Qui te l'a dit ?

– Mes copains, à l'école. Il paraît qu'on sort avec une femme, et ensuite on se marie.

– Il y a du vrai là-dedans, mais le fait que je dîne avec ton institutrice ne signifie pas que je vais l'épouser. Ça veut dire que nous avons envie de bavarder ensemble pour mieux nous connaître. C'est fréquent, entre adultes…

– Pourquoi ?

D'ici quelques années, tu comprendras, mon fils, songea Miles.

– Pour passer un bon moment ensemble, comme toi quand tu es avec tes copains. Vous riez, vous vous amusez…

– Oh, fit Jonah avec un sérieux inhabituel pour son âge. Est-ce que vous allez parler de moi ?

– Sans doute un peu.

– Qu'est-ce que vous direz ?

– Peut-être que tu aimes le foot, la pêche et que tu es un garçon intelligent…

Jonah hocha la tête, les sourcils froncés.

– Je ne suis pas intelligent.

– Mais si ! Mlle Andrews en est persuadée.

– Pourtant, je suis le seul de ma classe à rester après l'heure.

– Ça m'arrivait à moi aussi quand j'étais gosse.

– Ah oui ?

– Pendant deux années entières, et tous les soirs !

– Dans ce cas, tu devais être vraiment nul.

Tu exagères, mon fils ; mais si ça te fait plaisir…

– N'oublie jamais que tu es un garçon intelligent, insista Miles. Mlle Andrews me le répète chaque jour.

Jonah finit par sourire.

– C'est une gentille institutrice.

– Je suis ravi que tu l'apprécies toi aussi.

– Tu la trouves jolie ? Moi, je la trouve très jolie, déclara Jonah en ramenant ses genoux sous son menton et en attrapant le livre pour se remettre à lire. Quelquefois, elle me fait penser à maman.

Sa remarque laissa son père pantois.

Dans un contexte absolument différent, Sarah se trouvait, au même instant, dans le même état.

– Aucune idée, m'man, grommela-t-elle quand elle eut retrouvé sa voix.

– Il est shérif, oui ou non ?

– Oui… mais ce n'est pas exactement le genre de question qui me préoccupe.

Sa mère venait de lui demander si Miles avait déjà tué quelqu'un.

– Eh bien, moi, ça ne m'étonnerait pas ! insista Maureen. Cet homme exerce un métier dangereux. Il suffit de lire les journaux et de regarder la télé pour s'en rendre compte.

Sarah ferma les yeux avec lassitude. Depuis qu'elle avait fait allusion à sa future sortie avec Miles, sa mère l'avait appelée maintes fois pour lui poser des dizaines de questions auxquelles elle était incapable de répondre.

– Je lui demanderai de ta part, proposa Sarah.

– Non, surtout pas ! Tu risquerais de tout gâcher par ma faute.

– Il n'y a rien à gâcher, m'man ; c'est la première fois que nous sortons ensemble.

– Tu le trouves sympathique, oui ou non ?

– Oui…

– Alors, débrouille-toi pour lui faire bonne impression. C'est l'essentiel.

– Je sais.

– Habille-toi comme il faut. Les magazines ont beau dire, une femme doit avoir l'air d'une grande dame quand un homme l'invite à sortir. Aujourd'hui, les jeunes portent n'importe quoi…

Sur le point de raccrocher, Sarah se contenta de trier son courrier – des factures, quelques publicités, une demande de carte Visa. Un brusque silence l'arracha à sa tâche : sa mère attendait une réponse.

– Oui, m'man, fit-elle automatiquement.

– Tu m'écoutes ?

– Bien sûr !

– Alors vous passerez à la maison ?

Sarah se sentit désarçonnée : elle avait cru sa mère en train de parler chiffons.

– Tu me demandes de l'amener chez vous ?

– Oui, ton père serait enchanté de le connaître.

– Je ne sais pas si nous aurons le temps.

– Mais vous n'avez pas encore décidé ce que vous allez faire !

– On verra, m'man. Je ne peux rien te promettre !

– Dommage, fit Maureen en adoptant une nouvelle tactique, j'aurais bien aimé le saluer, moi aussi.

Sarah se remit à trier son courrier.

– Ça dépendra de ses projets, conclut-elle. Tu comprends, m'man ?

– Appelle-moi au moins pour me dire comment ça s'est passé.

– Promis !

– J'espère que tu passeras une bonne soirée. Mais pas *trop* bonne…

– Je comprends, coupa Sarah.

– Ce n'est que votre première soirée ensemble…

– Je comprends, répéta Sarah, moins calme.

Maureen parut soulagée.

– Alors, au revoir ; à moins que tu n'aies autre chose à me dire.

– Non, je crois que nous avons fait le tour.

Malgré tout, cette conversation se poursuivit encore une dizaine de minutes…

Jonah aussitôt endormi, Miles glissa ce soir-là une ancienne cassette vidéo dans le magnétoscope, pour le regarder batifoler dans les vagues avec Missy, près de Port Macon.

Âgé d'à peine trois ans, Jonah adorait faire rouler ses camions sur les routes que sa mère traçait dans le sable. À vingt-six ans, dans son Bikini bleu, Missy avait encore l'allure d'une jeune étudiante.

Elle faisait signe à Miles de poser sa caméra, mais il continuait à filmer pour le plaisir. Il aimait voir Missy et Jonah jouer ensemble. Lui-même avait manqué d'affection pendant son enfance. Ses parents, de braves gens pourtant, n'avaient pas su lui manifester leurs sentiments. Depuis la mort de sa mère et le départ de son père, il avait souvent l'impression de ne jamais les avoir connus, et il se demandait parfois ce qu'il serait devenu sans l'amour de Missy.

Avec une petite pelle en plastique, Missy creusait un trou au bord de l'eau, en s'aidant de l'autre main pour aller plus vite. À genoux, elle avait la même taille que Jonah. Le petit garçon s'était approché d'elle, intrigué, avec des gestes éloquents, comme un architecte assistant au lancement d'un grand projet. Missy lui parlait, mais le grondement des vagues couvrait le son de sa voix. Le sable s'amoncelait autour d'elle ; au bout d'un moment, elle fit signe à Jonah de s'installer dans le trou.

Les genoux serrés contre la poitrine, l'enfant s'y glissa avec précaution, et Missy pelleta le sable autour de lui. Enfoui jusqu'au cou, il avait l'air d'une tortue à tête humaine. Elle nivela le sable sur ses bras et ses mains, mais il agita les doigts. Même réaction quand elle fit une seconde tentative. Elle saupoudra ses cheveux de sable humide, puis l'embrassa en riant. « Je t'aime, maman », murmurait l'enfant ; « Moi aussi », répondait sa mère.

Sachant que Jonah se tiendrait tranquille un moment, Missy reporta son attention sur son mari. Il lui avait adressé une remarque – perdue elle aussi dans le grondement des vagues – et elle souriait. C'était en mai, une semaine avant l'afflux des vacanciers, et un jour de semaine, s'il avait bonne mémoire. Missy jetait un coup d'œil à droite et à gauche avant de se lever. Une main sur la hanche, l'autre sur la tête, et les yeux mi-clos, elle prenait une pose lascive et sensuelle. Puis elle éclatait de rire, et, mi-rieuse, mi-gênée, venait embrasser l'objectif de la caméra.

Fin du film…

Les cassettes de Miles, conservées dans une boîte ignifugée, évoquaient des souvenirs précieux. Il les avait regardées tant de fois pour retrouver Missy vivante, ses gestes, son rire, sa voix…

Mais Jonah ignorait leur existence. Il était si petit à l'époque du tournage ! Et, depuis la mort de son épouse, Miles n'avait plus jamais utilisé sa caméra vidéo. Filmer était au-dessus de ses forces, comme bien d'autres choses auxquelles il avait renoncé.

Pourquoi avait-il éprouvé une envie si pressante de se replonger dans ses cassettes, ce soir-là ? Peut-être à cause de la remarque de Jonah, mais, surtout, parce qu'un fait nouveau allait se produire le lendemain, pour la première fois depuis une éternité. Quoi qu'il arrive par la suite, sa soirée avec Sarah marquerait un tournant dans sa vie.

Soudain, il eut très peur, et, face à l'écran tremblotant de la télévision, il crut trouver l'origine de son angoisse. Il serait dans cet état tant qu'il n'aurait pas résolu l'énigme de la mort de Missy.

10.

Les obsèques de Missy Ryan ont été célébrées un mercredi matin à l'église épiscopale, au centre-ville de New Bern. Les cinq cents sièges de la nef ne suffisaient pas à la foule qui se pressait en grand nombre. Certaines personnes, venues rendre un dernier hommage à la défunte, ont dû rester debout ou attendre dehors.

Tout a commencé sous une pluie fine et rafraîchissante, comme il en tombe souvent à la fin de l'été. Une vapeur diaphane flottait au-dessus du sol, où s'étaient formées de petites flaques. J'ai vu une véritable procession de parapluies et de gens vêtus de noir avancer lentement vers l'église.

Miles était assis au premier rang, la main de Jonah dans la sienne. L'enfant, âgé de cinq ans, était assez grand pour comprendre que sa maman était morte, mais pas assez pour réaliser qu'il ne la verrait plus jamais. Il semblait troublé, tandis que son père, livide, échangeait poignées de main et accolades. Le regard dans le vague, Miles ne pleurait pas, ne tremblait pas… J'ai fait demi-tour vers le fond de l'église, sans lui adresser la parole. Je n'oublierai jamais la senteur des boiseries anciennes et des cierges.

Je me suis assis au dernier rang. Près de l'autel, quelqu'un jouait doucement un air de guitare. Une femme, accompagnée de son mari, s'est placée à côté de moi. Elle se tamponnait les yeux avec des mouchoirs en papier ; il a posé sa main sur ses genoux, les lèvres pincées. Des gens continuaient à arriver sans bruit ; certains reniflaient, mais personne ne parlait.

C'est alors que j'ai eu la nausée.

Le front trempé de sueur et les mains moites, je regrettais d'être venu. Je n'avais qu'une envie : me lever et partir.

Pourtant, je suis resté.

Quand le service a commencé, j'ai eu du mal à me recueillir. Si vous me demandiez aujourd'hui de vous rapporter ce qu'ont dit le pasteur ou le frère de Missy dans son éloge funèbre, j'en serais incapable. En tout cas, leurs paroles ne m'ont pas apaisé. Je ne pensais qu'à Missy, qui n'aurait pas dû mourir.

Après le service, une longue procession – escortée, je suppose, par tous les shérifs et les policiers du comté – s'est déroulée jusqu'au cimetière de Cedar Grove. Je me suis inséré parmi les derniers dans la file de voitures et j'ai allumé mes phares, comme un automate.

Mes essuie-glaces balayaient mon pare-brise sous une pluie battante.

Le trajet jusqu'au cimetière a duré quelques minutes à peine. Aussitôt garés, les gens ont ouvert leurs parapluies et se sont faufilés au milieu des flaques d'eau. Je les ai suivis, mais je me suis tenu un peu en retrait quand la foule s'est amassée autour de la tombe. J'ai aperçu Miles et Jonah, toujours la main dans la main, sous la pluie. Le cercueil a été porté en terre, au milieu de centaines de bouquets.

Je regrettais une fois de plus d'être là. Je n'aurais pas dû venir, mais, poussé par je ne sais quel instinct, je désirais voir Miles et Jonah.

J'avais compris que nos destins étaient désormais liés.

Voyez-vous, j'avais ma place à ces obsèques. J'étais au volant de la voiture qui avait renversé Missy.

11.

Le vendredi apporta une première bouffée de fraîcheur automnale. Ce matin-là, une fine gelée blanchissait la moindre touffe d'herbe et l'haleine des passants formait un léger sillage dans l'air. Les chênes et les cornouillers allaient bientôt virer au rouge et à l'orange.

À la tombée de la nuit, tandis que la lumière du soleil filtrait à travers leurs feuilles, Sarah observait les ombres se profilant sur le trottoir. Miles ne tarderait pas à arriver. Elle avait pensé à lui toute la journée. Trois messages de Maureen laissaient supposer qu'elle en avait fait autant – c'est-à-dire beaucoup trop au gré de sa fille.

Son premier message ne négligeait aucun détail : « Ce soir, n'oublie pas d'emporter une petite veste. Avec un froid pareil, tu risques d'attraper une pneumonie ! » Venaient ensuite toutes sortes de conseils : « Ne te maquille pas trop ; évite les bijoux de pacotille, qui font mauvaise impression ; il n'y a rien de pire que des collants filés… » Le deuxième message reprenait le premier, mais Maureen semblait plus stressée, comme si le temps lui manquait pour diffuser son inépuisable sagesse : « Je t'ai bien dit de prendre une *petite* veste.

Quelque chose de léger, qui te mette en valeur. Surtout pas ce long vêtement vert, confortable mais laid à faire peur… » Quand Sarah entendit pour la troisième fois la voix de sa mère, au bord de l'hystérie, lui conseiller de lire le journal pour avoir « de la conversation », elle appuya sans hésiter sur la touche d'effacement.

Plus une seconde à perdre si elle voulait être prête à temps !

Une heure plus tard, Sarah vit Miles surgir au coin de la rue, une longue boîte sous le bras. Il s'arrêta un instant devant la maison et vérifia l'adresse avant de s'engouffrer dans l'entrée.

Tandis qu'il montait l'escalier, elle lissa la robe de cocktail noir pour laquelle elle avait opté après réflexion.

– Pile à l'heure, dit-elle en souriant. Je vous ai vu arriver.

Miles prit une profonde inspiration.

– Vous êtes splendide !

– Merci.

Sarah pointa un doigt vers la boîte. Elle contenait six roses jaunes.

– C'est pour moi ?

– Une rose pour chaque semaine où vous avez fait travailler Jonah.

– C'est trop gentil de votre part ! s'écria Sarah avec enthousiasme. Ma maman sera vraiment impressionnée.

– Votre maman ?

– J'aurai sûrement l'occasion de vous parler d'elle. Entrez pendant que je cherche un vase…

Miles fit un rapide tour d'horizon : Sarah habitait un délicieux appartement, plus petit qu'il n'aurait cru, mais extrêmement douillet, et meublé avec beaucoup de goût. Profond canapé, tables basses en bois clair, rocking-chair dans un coin, sous une lampe ancienne. Même le patchwork, posé sur le dossier d'un siège, semblait avoir au moins un siècle.

Dans la cuisine, Sarah déplaça quelques bols, dans un placard au-dessus de l'évier, et sortit un petit vase en cristal qu'elle emplit d'eau.

– Joli appartement, dit Miles.

– Ça vous plaît ?

– Beaucoup. Vous l'avez décoré vous-même ?

– J'avais apporté des meubles de Baltimore, mais quand j'ai vu tous ces magasins d'antiquités, j'ai presque tout remplacé.

Miles passa la main sur un vieux bureau à cylindre, près de la fenêtre, et ouvrit les rideaux pour jeter un coup d'œil dehors.

– Vous êtes contente d'habiter en ville ? demanda-t-il.

Sarah disposa les roses une à une dans le vase, après avoir coupé l'extrémité de leur tige.

– Oui, mais la nuit, quel tapage !

– Vous plaisantez ?

– En fait, j'ai l'impression que tout le monde est au lit avant neuf heures. New Bern devient une ville fantôme au coucher du soleil ; je suppose que ça vous facilite la tâche.

– Pas réellement ! Hormis pour les mandats d'expulsion, ma juridiction est hors de la ville. Je travaille surtout à la campagne.

– Vous piégez les conducteurs avec ces contrôles de vitesse dont le Sud a la spécialité ?

– Non, c'est le domaine de la patrouille routière.

– Si je comprends bien, vous vous la coulez douce…

– Exactement ! À part l'enseignement, je ne connais pas de profession plus cool que la mienne.

Sarah éclata de rire en installant le vase au milieu du comptoir.

– Superbes, ces roses !

Elle alla prendre son sac et ajouta :

– Où allons-nous ?

– À *Harvey Mansion*, au coin de la rue. Il fait frais dehors ; avec votre robe sans manches, vous devriez prendre une veste.

Sarah était frileuse et s'enrhumait pour un rien ; mais elle choisit une veste légère – assortie à sa robe – que sa mère aurait certainement approuvée ; Miles parut contrarié.

– Un problème ? s'étonna-t-elle.

– Eh bien… il fait froid, vous savez. Vous n'auriez pas quelque chose de plus chaud à vous mettre ?

– Ça ne vous ennuie pas ?

– Je ne vois pas pourquoi ça m'ennuierait.

Elle enleva sa veste avec un réel soulagement et Miles l'aida à enfiler son « long vêtement vert ». À peine dehors, une bouffée d'air frais lui sauta au visage. Elle fourra aussitôt les mains dans ses poches.

– J'avais raison ? murmura Miles.

– Oui, mais c'est une faute de goût !

– Vous avez chaud, et cette veste vous va très bien !

Tu entends ça, m'man ? faillit s'écrier Sarah, aux anges.

Au bout de quelques pas dans la rue, sortant sa main de sa poche, elle se surprit en train de prendre le bras de Miles.

– Si je vous parlais de ma mère ? lança-t-elle.

À table, quelques minutes après, Miles étouffa un rire.

– Je la trouve formidable !

– Vous n'en diriez pas autant si elle était votre mère.

– C'est une manière comme une autre de vous exprimer son amour.

– Je préférerais qu'elle ne passe pas son temps à s'inquiéter de mon sort. J'ai quelquefois l'impression qu'elle cherche à me rendre folle.

Malgré son exaspération évidente, Sarah rayonnait à la lumière vacillante des bougies.

Harvey Mansion, l'un des meilleurs restaurants de la ville, réputé pour son charme romantique, était une ancienne demeure de la fin du dix-huitième siècle. Ses propriétaires l'avaient rénovée en conservant l'essentiel de son plan d'origine. Un escalier en colimaçon menait à l'ancienne bibliothèque – une pièce de taille moyenne à l'éclairage tamisé, avec un parquet de chêne rouge et un plafond ouvragé. Des rayonnages d'acajou chargés de centaines de livres couvraient deux des murs, et un feu diffusait une lumière irréelle dans l'âtre.

Sarah et Miles avaient pris place dans un coin, près d'une fenêtre. Cinq autres tables étaient occupées, et les conversations s'élevaient en un doux murmure.

– Vous avez sans doute raison, plaisanta Miles. Votre maman doit se réveiller au milieu de la nuit en se demandant comment faire pour vous tourmenter.

– Je ne savais pas que vous l'aviez rencontrée !

Miles pouffa de rire.

– En tout cas, vous savez où la trouver. Pour ma part, j'ai pratiquement perdu tout contact avec mon père.

– Où est-il maintenant ?

– Aucune idée. Il m'a envoyé, il y a quelques mois, une carte postale de Charleston, mais je doute qu'il y soit encore. Il séjourne peu de temps au même endroit, il ne me téléphone jamais, et il revient rarement ici. On ne l'a pas vu, Jonah et moi, depuis des années.

– C'est incroyable.

– Pourtant, je vous assure que je n'exagère pas. Quand j'étais gosse, j'avais déjà l'impression, la plupart du temps, qu'on le dérangeait ma mère et moi.

– Votre mère aussi ? Donc, il ne l'aimait pas ?

– C'est fort possible.

– Oh, vraiment ?

– Elle était enceinte quand ils se sont mariés, et je ne peux pas dire qu'ils formaient un couple idéal. C'était le chaud et le froid. Un jour ils s'adoraient, le lendemain elle jetait ses vêtements sur la pelouse en lui disant de ne jamais revenir. Quand elle est morte, il ne s'est pas attardé ici. Il a abandonné son emploi, et il est parti après avoir vendu la maison. Finalement, il s'est acheté un bateau pour bourlinguer autour du monde. Il ne connaissait rien à la navigation, mais il comptait apprendre au fur et à mesure. C'est ce qu'il a fait…

Sarah fronça les sourcils.

– Ça me paraît étrange.

– Le connaissant, ça ne m'a pas tellement surpris.

– Comment est morte votre mère ? chuchota Sarah.

Le visage de Miles se ferma ; elle regretta aussitôt ses paroles.

– Pardon, murmura-t-elle ; je me sens indiscrète.

– On ne me pose pas souvent ce genre de question, mais ça s'est passé il y a si longtemps que j'ai moins de mal à en parler maintenant.

Miles se redressa et tambourina du bout des doigts sur la table. Il s'exprimait d'un ton neutre, comme s'il s'agissait d'une quasi-étrangère. Sarah reconnut la manière dont elle-même parlait maintenant de Michael.

– Ma mère s'est mise à souffrir de l'estomac. Ses douleurs la réveillaient la nuit. Elle devait se douter que c'était grave ; et quand elle a fini par consulter un médecin, son cancer avait atteint le foie et le pancréas.

Il n'y avait plus rien à faire. Elle est morte moins de trois semaines après…

– Je regrette, fit Sarah, gênée.

– Je suis sûr que vous l'auriez aimée.

Le garçon s'approchait. Ils s'interrompirent pour commander des boissons et consulter le menu.

– Des suggestions ? demanda Sarah à son compagnon.

– Tout est bon. Je pense que je vais prendre un steak…

– Tiens, je m'y attendais !

Miles haussa les sourcils.

– Auriez-vous un préjugé contre les steaks ?

– Non, mais je me doutais bien que vous n'êtes pas un amateur de tofu et de salades. Quant à moi, je dois penser à ma ligne.

– Alors, que choisissez-vous ?

– Un steak, après tout, fit Sarah en souriant.

Miles referma son menu.

– Maintenant que je vous ai tout dit, si vous me parliez un peu de votre enfance ?

– Contrairement à vous, j'ai été choyée par mes parents. Nous habitions, aux environs de Baltimore, une maison comme tant d'autres. Quatre chambres, deux salles de bains, un porche, des massifs fleuris et une clôture de piquets blancs. Je prenais le car scolaire avec les enfants des voisins, je jouais dans le jardin tout le week-end, et j'avais la plus grande collection de poupées Barbie du quartier. Mon père travaillait de neuf à dix-sept heures. Il portait toujours un complet-veston. Ma mère restait à la maison, et je ne pense pas l'avoir vue une seule fois sans son tablier. Elle nous confectionnait chaque jour des biscuits, à mon frère et à moi. Nous les mangions dans la cuisine avant de réciter nos leçons.

– Assez plaisant, non ?

Sarah déposa son menu sur celui de Miles.

– Oui, en effet. Ma mère était formidable quand nous étions petits. Tous les gosses allaient la trouver pour se faire consoler de leurs bobos ou de leurs petits chagrins. Ce n'est qu'ensuite, quand nous avons grandi mon frère et moi, qu'elle a commencé à me rendre la vie impossible.

– A-t-elle réellement changé, ou avez-vous pris conscience de sa névrose à ce moment-là ?

– J'ai l'impression d'entendre Sylvia.

– Sylvia ?

– Une amie… Une grande amie, marmonna Sarah d'un ton évasif.

Miles crut bon de ne pas insister.

Le garçon leur servit les boissons et prit leurs commandes. Miles pencha son visage vers Sarah avant de l'interroger.

– Et votre frère, comment est-il ?

– Brian ? Un gentil garçon, sûrement plus adulte que la plupart des garçons de son âge. Plutôt timide et introverti, mais quand nous sommes ensemble nous nous entendons à merveille. Je suis revenue ici surtout parce que j'avais envie de le revoir avant son départ à l'université. Il vient de s'inscrire à l'université de Caroline du Nord.

Miles hocha la tête.

– Il est beaucoup plus jeune que vous ?

– Pas tant que ça, répliqua Sarah du tac au tac.

– Vous avez bien… quarante… ou quarante-cinq ans ? plaisanta Miles en s'inspirant de sa boutade, lors de leur première rencontre.

Sarah éclata de rire.

– Les femmes qui vous approchent ont intérêt à se tenir sur leurs gardes…

– Vous dites cela à tous vos soupirants ?

– Depuis mon divorce, je ne suis plus tellement dans la course, vous savez.

Miles posa son verre.

– Vous vous moquez de moi ? Une femme comme vous doit être extrêmement courtisée.

– Cela ne veut pas dire que je réagis favorablement.

– Madame fait la difficile ?

– Non, mais je ne tiens pas à m'engager.

– Seriez-vous un bourreau des cœurs ?

Sarah baissa les yeux un instant, avant de répondre.

– Je ne suis pas un bourreau des cœurs, fit-elle à mi-voix. Mon cœur à moi est brisé…

Surpris par l'expression de la jeune femme autant que par ses paroles, Miles renonça à lui renvoyer la balle, et Sarah resta plongée dans ses pensées.

– Désolée, dit-elle enfin avec un sourire contrit. J'ai tout gâché.

– Mais non ! s'empressa de répondre Miles. (Il serra doucement sa main dans la sienne.) On ne gâche pas ma soirée pour si peu. Je n'en dirais pas autant si vous m'aviez lancé votre verre à la figure en me traitant de tous les noms…

– Ça ne vous aurait pas plu ? demanda Sarah, plus détendue.

Miles lui adressa un clin d'œil.

– Pas spécialement. Quoique… Pour un premier rendez-vous, je me serais peut-être montré indulgent…

Quand ils sortirent du restaurant, vers dix heures et demie, Sarah se dit qu'il était trop tôt pour mettre fin à leur tête-à-tête. Le dîner avait été délicieux et leur conversation d'autant plus animée qu'ils avaient bu un excellent vin. Elle voulait passer encore un moment avec Miles, sans prendre le risque de l'inviter chez elle. Derrière eux, un moteur de voiture en train de se refroidir émettait des sons étouffés et sporadiques.

– Si je vous emmenais à la *Taverne*, suggéra Miles. Nous n'en sommes pas si loin.

Sarah acquiesça en se blottissant dans sa veste, puis ils marchèrent côte à côte d'un pas tranquille. Les trottoirs étaient déserts et tous les magasins – quelques galeries d'art, des antiquaires, une agence immobilière, une pâtisserie et une librairie – étaient fermés.

– Où se trouve exactement cette *Taverne* ? demanda Sarah.

– On monte par là, et c'est juste au coin de la rue.

– Je n'en ai jamais entendu parler.

– Comme de juste ! Seuls les gens du cru la fréquentent ; et le patron considère que ceux qui n'y viennent pas n'y ont pas leur place.

– Une clientèle d'habitués lui suffit ?

– Il se débrouille, répliqua Miles, énigmatique.

Peu après, ils tournaient au coin de la rue. Malgré quelques voitures garées là, l'endroit était morne, presque sinistre. Miles s'arrêta un peu plus loin, au débouché d'une petite impasse, coincée entre deux bâtisses en apparence désertes. Légèrement en retrait, une unique ampoule se balançait dans les airs, au-dessus d'une porte gauchie.

– Nous y voici, dit Miles en prenant Sarah par la main.

Sous l'ampoule, le nom de l'établissement était écrit au feutre sur la porte. De la musique s'échappait de l'intérieur.

– Impressionnant, murmura Sarah.

– Digne de vous, j'espère.

– Seriez-vous sarcastique ?

Miles poussa la porte et ils entrèrent.

Installée dans ce que Sarah avait pris pour une maison abandonnée, la *Taverne* était délabrée et imprégnée d'une vague odeur de moisi, mais étonnamment vaste. Elle aperçut en arrière-plan quatre tables de billard américain, sous des annonces lumineuses pour différentes marques de bière. Un bar longeait le mur du fond, un juke-box démodé flanquait la porte d'entrée, et une douzaine de tables étaient éparpillées dans la salle comble. Il y avait un sol de ciment et des chaises en bois dépareillées, mais personne ne semblait s'en formaliser. La foule s'agglutinait surtout autour du bar, des tables et des billards. Accoudées au juke-box, deux femmes au maquillage voyant et aux vêtements moulants ondulaient de façon suggestive en sélectionnant les morceaux de musique.

– Ça vous surprend ? fit Miles.

– Il faut le voir pour le croire. Une foule pareille !

– C'est comme ça tous les week-ends.

Miles fouilla la salle du regard.

– Il y a des sièges au fond, observa Sarah.

– À condition de jouer au billard.

– Ça ne vous dit rien ? Une table est libre, et il y a moins de bruit par là-bas.

– D'accord. Je vais commander des boissons au bar et je vous retrouve à cette table.

– Je prendrai une Coors Light, s'ils en ont.

– Sûrement.

Miles se faufila à travers la foule et se glissa entre deux tabourets pour faire signe au barman ; vu le nombre des clients, l'attente risquait de se prolonger.

Il faisait chaud. Sarah ôta sa veste. Tandis qu'elle la pliait sous son bras, la porte s'ouvrit derrière elle et deux hommes entrèrent. Elle les laissa passer. Le premier, avec ses cheveux longs et ses nombreux tatouages, avait une mine patibulaire. Le second, vêtu d'un jean et d'un polo, était tout à fait différent.

Après réflexion, ce dernier lui parut de beaucoup le plus inquiétant. Quelque chose, dans son expression et son attitude, n'augurait rien de bon.

L'homme aux tatouages ne daigna pas lui accorder la moindre attention, mais son acolyte s'arrêta en la fixant effrontément.

– C'est la première fois que je te vois ici. Comment tu t'appelles ?

– Sylvia…

– Je t'offre à boire ?

– Non, merci.

– Tu veux venir t'asseoir avec mon frère et moi ?

– Je suis accompagnée.

– T'en as pas l'air !

– Mon ami est au bar.

– Tu viens, Otis ? appela l'homme tatoué.

Otis garda les yeux rivés sur Sarah.

– Tu refuses vraiment de prendre un verre avec moi, Sylvia ?

Sarah sentit gronder la colère sous le calme apparent de cet individu douteux.

– Je vous répète que je suis accompagnée !

– Otis, j'ai soif !

Otis Timson se tourna vers son frère, puis susurra à l'intention de Sarah, comme s'ils étaient à un cocktail et non dans un bouge :

– Eh bien, Sylvia, tu sais où me trouver si tu changes d'avis.

Il s'éloigna, et Sarah poussa un soupir de soulagement avant de se diriger vers les tables de billard. Elle eut à peine le temps d'abandonner sa veste sur un tabouret disponible, Miles arrivait déjà.

Il devina au premier coup d'œil qu'elle était contrariée.

– Ça ne va pas ? demanda-t-il en lui tendant sa bière.

– Un type a essayé de me draguer. Il m'a presque donné la chair de poule !

Miles se rembrunit légèrement.

– Il ne vous a pas agressée ?

– Non, tout de même pas.

– Sûre ?

– Sûre, marmonna Sarah après un instant d'hésitation.

Touchée par l'inquiétude de Miles, elle fit tinter sa bouteille de bière contre la sienne en souriant.

– Et maintenant, si on jouait ? proposa-t-elle, prête à oublier cet incident fâcheux.

Miles ôta sa veste, retroussa ses manches, et sortit deux queues de billard d'un râtelier fixé au mur.

– La règle du jeu est assez simple. Les billes de un à sept sont unies ; de neuf à quinze elles sont bicolores.

– Je sais, fit posément Sarah.

– Vous avez déjà joué ?

– Qui n'a pas joué une fois ou deux dans sa vie ?

Miles lui tendit une queue de billard et frotta la craie sur la sienne.

– Vous voulez commencer ?

– Non, allez-y !

Miles fit le tour de la table, plaça sa main, et, penché en avant, percuta l'une des billes, qui s'éparpillèrent bruyamment. La quatre roula vers une poche latérale, où elle disparut.

Il leva les yeux.

– Bon début !

– Je n'en doutais pas.

Réfléchissant au coup suivant, Miles scruta la table.

Michael et lui étaient le jour et la nuit, constata Sarah une fois de plus. Son ex-mari ne jouait pas au billard ; il se serait montré aussi gauche, dans cette taverne, que Miles s'il avait dû s'adapter au milieu qu'elle fréquentait autrefois.

Pourtant, elle se sentait étrangement attirée par l'homme qui se tenait à ses côtés, en bras de chemise. Il lui semblait presque mince pour un amateur de bières et de pizzas. Sans prétendre à un physique de star, il avait la taille fine, le ventre plat et une carrure rassurante. Mais, surtout, la flamme qui brillait dans son regard témoignait des épreuves qu'il avait traversées, lui aussi, depuis plusieurs années.

Après un silence, le juke-box repartit avec *Born in the USA* de Bruce Springsteen. L'air était imprégné de fumée, malgré les ventilateurs qui tournaient au plafond. Le ronronnement monotone des plaisanteries et des rires donnait à Sarah l'impression d'être seule au monde avec Miles.

Celui-ci joua une deuxième fois, observa d'un œil critique la place des billes, changea de côté, et manqua son troisième coup.

Sarah posa sa bière et prit sa queue de billard.

– Vous avez de la chance, observa Miles en lui tendant la craie. La bille est juste au bord de la poche.

– Je vois…

Comme elle reposait sa craie sans se hâter, Miles perçut une légère hésitation de sa part.

– Si je vous montrais comment placer votre main ? proposa-t-il résolument.

– Volontiers.

– L'index recourbé et trois doigts sur la table.

– Comme ça ?

– Presque.

Après s'être approché, Miles se pencha un peu en avant, une main posée sur celle de Sarah. Une véritable décharge électrique la secoua des pieds à la tête. La chaleur de sa paume et les effluves de son after-shave la bouleversaient…

– Serrez le doigt un peu plus, reprit-il. Sinon, votre coup manquera de précision.

– C'est mieux ?

– Oui, fit Miles, sans deviner le moins du monde le trouble de sa partenaire. Maintenant, reculez lentement et visez bien droit. Inutile de frapper la bille trop fort : elle est juste au bord du trou.

Sarah obtempéra. Comme l'avait prédit Miles, la neuf tomba dans la poche. La bille de choc s'arrêta près du milieu de la table.

– Bravo ! s'écria Miles. Vous allez maintenant viser la quatorze.

– Ah oui ?

– Placez-vous correctement et refaites la même chose !

Sarah prit son temps. La quatorze tomba à son tour, et la bille de choc se plaça dans la position idéale pour le coup suivant. Elle fit la grimace malgré l'air admiratif de Miles.

– Moins bien que la première ! Ça ne vous ennuierait pas de m'aider encore une fois ? demanda-t-elle, impatiente de retrouver le contact de son corps.

– Avec plaisir !

Penché sur Sarah, Miles l'aida à placer sa main. Elle respira les mêmes effluves, mais un fait nouveau se produisit : son partenaire s'attarda plus longtemps qu'il n'eût fallu. Au contact de son corps, elle sentit une vibration délicieusement enivrante…

– C'est bien, soupira Miles. Maintenant, essayez sans moi.

Elle envoya la bille onze d'une main sûre dans l'une des poches.

– Vous avez trouvé le truc ! s'écria-t-il.

Tandis qu'il attrapait sa bouteille de bière, Sarah fit quelques pas autour de la table pour jouer le coup suivant. Il apprécia à l'instant même la grâce de sa démarche, les courbes harmonieuses de son corps, le velouté de sa peau. Quand elle enroula ses cheveux derrière son oreille, il avala une gorgée de bière. Pourquoi diable son ex-mari l'avait-il laissée partir ? Était-il aveugle ou idiot ?

La douze tomba dans une poche ; puis la dix, après avoir roulé le long de la bande. Sarah semblait détendue, et Miles, adossé au mur, les jambes croisées, attendait son tour.

Quand la treizième tomba, il fronça brusquement les sourcils. Sarah n'avait pas encore raté un seul coup…

La quinze, sans doute par un heureux hasard, suivit bientôt la treize, et Miles fut à deux doigts de sortir son paquet de cigarettes de sa veste.

Plus que la bille huit. Sarah s'éloigna de la table et prit la craie.

– Je joue la huit ?

– Oui, mais vous devez annoncer la poche de votre choix.

– J'opte pour la poche latérale.

C'était un coup jouable, mais difficile.

– Attention ! Si vous déviez, c'est moi qui gagne !

– Pas de danger, marmonna Sarah entre ses dents.

Elle tourna le dos à Miles et visa ; la huit disparut dans la poche.

– Génial ! s'exclama-t-elle, radieuse.

– Pas mal, admit Miles, qui n'en croyait pas ses yeux.

– Sans doute la veine des débutants ! On rejoue ?

– Pourquoi pas ? répliqua Miles sans conviction. Vous avez réussi de très beaux coups.

Il termina sa bière, disposa à nouveau les billes, et rata son deuxième coup.

Après avoir haussé les épaules d'un air compatissant, Sarah mena le jeu jusqu'à la fin, sans une erreur. Le dos au mur, Miles l'observait en silence. Il avait posé sa queue de billard et commandé deux autres bières à une serveuse.

– Battu à plates coutures, grommela-t-il enfin.

– Vous avez de la chance que nous n'ayons pas parié, constata Sarah en se rapprochant.

Miles, abasourdi, l'interrogea.

– Qui vous a appris à jouer ?

– Mon père. Nous avions une table de billard à la maison et j'ai fait de nombreuses parties avec lui.

– Mes conseils ont dû vous sembler ridicules.

– Je craignais de vous vexer si je refusais votre aide.

– Merci quand même…

Miles tendit une bière à Sarah. Leurs doigts se frôlèrent.

Elle était encore plus belle de près, se dit-il. Puis un léger brouhaha, derrière lui, l'arracha à ses pensées et l'obligea à se retourner.

– Ça va, shérif ? fit Otis Timson.

À côté d'Otis se tenait son frère, une bière à la main et le regard vitreux.

Sarah se rapprocha aussitôt de Miles.

– Et toi, ça va ? ricana Otis en faisant mine de la saluer. Enchanté de te revoir !

Miles suivit le regard de Sarah, qui murmura à son oreille :

– C'est le type qui m'a fait peur.

Otis haussa les sourcils sans un mot.

– Que veux-tu ? lui demanda Miles, crispé au souvenir de sa conversation avec Charlie.

– Rien, à part vous saluer.

– Si on allait au bar ? proposa Miles à Sarah.

– Volontiers.

– J'voudrais pas vous déranger tous les deux, marmonna Otis. Elle est charmante votre nouvelle petite amie, shérif !

Piqué au vif, Miles ne parvint pas à articuler un seul mot. Les poings serrés, il prit une profonde inspiration.

– Allons-y, souffla-t-il à Sarah avec une rage contenue.

– À propos de cette histoire avec Harvey, ajouta Otis, faut pas vous faire trop de bile. Je lui ai dit de vous laisser tranquille.

Un attroupement se formait déjà autour d'eux. Miles jeta un regard noir à Otis, qui ne broncha pas. Le frère de celui-ci s'était déjà rapproché, prêt à bondir au premier signal.

De peur que la situation ne dégénère, Sarah serra le bras de Miles.

– Partons, je vous en prie ! dit-elle d'une voix suppliante.

Leurs deux vestes calées sous son bras, elle l'entraîna, et la foule s'écarta sur leur passage. Une minute après, ils étaient dehors.

Furieux d'avoir failli perdre son sang-froid avec Otis, Miles se dégagea brusquement et marcha à grands pas vers la rue.

– Miles, attendez-moi ! lança Sarah en enfilant sa veste.

Perdu dans ses pensées, il finit par s'arrêter. Elle le rejoignit et lui tendit son vêtement.

– Désolé, dit-il, les yeux baissés.

– Vous n'y êtes pour rien.

N'obtenant aucune réaction, elle ajouta doucement :

– Ça ne va pas, Miles ?

– Si… Ça va…

Sarah croyait entendre la voix défaillante de Jonah quand elle lui donnait trop de travail.

– Non, ça n'a pas l'air d'aller. Vous faites peur à voir.

– Trop aimable ! ricana Miles.

Une voiture passa près d'eux au ralenti. Un mégot s'envola par une vitre et atterrit dans le ruisseau. Le temps avait fraîchi et Miles enfila sa veste.

– Je peux vous demander une explication ? lança Sarah quand le silence se fit trop pesant.

– C'est une longue histoire…

– Comme de juste.

Leurs pas résonnaient bruyamment dans la rue déserte.

– Une histoire pas très réjouissante, précisa Miles.

– Je l'aurais juré ! Mais si vous préférez garder le secret…

Miles ferma les yeux, fourra les poings dans ses poches et se mit à parler. Pendant dix minutes, il raconta tout à Sarah – les précédentes arrestations, le vandalisme, l'écorchure sur la joue de Jonah, le dernier épisode et même l'avertissement de Charlie.

Ils repartirent vers le centre-ville, les magasins et l'église épiscopale déserts ; puis ils traversèrent Front Street et marchèrent vers le parc.

Quand Miles se tut, Sarah leva les yeux vers lui.

– Je regrette de vous avoir retenu, murmura-t-elle. Il aurait mérité une bonne correction…

– Non, vous avez bien fait !

Ils passèrent devant l'ancien club féminin, dont le bâtiment désuet tombait presque en ruine. Les crues de la Neuse avaient fini par le rendre inhabitable, sauf pour des nichées d'oiseaux et toute une faune sauvage.

Au bord de la rivière, ils s'arrêtèrent pour admirer les eaux d'un noir d'encre, au clapotis régulier.

– Parlez-moi de Missy, demanda soudain Sarah.

– De Missy ?

– Elle a tant compté pour vous, et je ne sais rien d'elle.

Miles hocha la tête.

– Mais par où commencer ?

– Eh bien, dites-moi ce qui vous manque le plus.

Au loin, de l'autre côté de la rivière, les lumières des porches brillaient comme des lucioles par une chaude nuit d'été.

– Sa présence me manque le matin à mon réveil et quand je pars travailler. À mon retour, j'aimerais la voir dans la cuisine, dans le jardin, partout… Même si nous ne passions pas beaucoup de temps ensemble, c'était extraordinaire de savoir que je pouvais compter sur elle. Comme beaucoup de couples, nous avons connu des hauts et des bas, mais nous avions trouvé une paisible harmonie… En sept ans, beaucoup de nos amis – qui s'étaient mariés très jeunes eux aussi – ont eu le temps de divorcer et même de se remarier ; pas nous.

Miles tourna le dos à la rivière et regarda Sarah dans les yeux.

– Je suis fier, rétrospectivement, de notre réussite. Tout le monde n'a pas cette chance.

Après s'être éclairci la voix, il reprit :

– Nous passions des heures à parler de tout et de rien. Elle adorait les romans et elle me les racontait d'une manière qui me donnait envie de les lire à mon tour. Quand je me réveillais au milieu de la nuit, je la trouvais parfois endormie, son livre posé à côté d'elle et sa lampe de chevet encore allumée. Je me levais pour éteindre. C'est arrivé souvent après la naissance de Jonah, car elle ne se plaignait jamais de sa fatigue. Je me souviens qu'à sept mois il a voulu apprendre à marcher avant même de se mettre à quatre pattes ! Elle a passé des semaines, pliée en deux, à lui tenir les mains ; simplement pour lui faire plaisir. Le soir, elle avait si mal au dos que je devais la masser. Sinon, elle aurait été incapable de bouger le lendemain matin…

Miles s'interrompit et croisa le regard de Sarah.

– Je pense qu'elle était heureuse avec moi. Elle désirait avoir quatre enfants, mais après la naissance de Jonah je lui ai demandé de patienter quelque temps. Elle voulait lui donner des frères et sœurs. Je regrette maintenant pour mon fils, car je sais, par expérience, à quel point c'est difficile d'être un enfant unique.

Sur la rivière, un chalutier remontait le courant, avec un ronronnement de moteurs. Sarah, émue, serra le bras de Miles. Dans un souffle de brise, il respira les effluves de son shampooing au chèvrefeuille.

Le silence de la nuit les enveloppait comme un doux cocon. Miles aurait souhaité que cet instant se prolonge éternellement mais Mme Knowlson l'attendait avant minuit.

– Il est l'heure de partir, dit-il.

Cinq minutes plus tard, Sarah, devant sa porte, cherchait ses clefs dans son sac.

– J'ai passé une bonne soirée, dit-elle.

– Moi aussi.

– À demain !

Miles parut surpris.

– Le match est à neuf heures, précisa Sarah pour lui rafraîchir la mémoire.

– Vous savez sur quel terrain ?

– Aucune idée, mais je finirai bien par vous trouver.

Elle eut alors l'impression qu'il allait l'embrasser, mais il recula d'un pas en marmonnant :

– Je dois vraiment partir.

– Je sais, fit-elle, à la fois rassurée et déçue par sa discrétion. Bonne route !

Miles marcha jusqu'au coin de la rue et se glissa derrière le volant de son petit pick-up métallisé. Puis il adressa un signe d'adieu à Sarah, avant de démarrer.

Le regard vague, elle resta sur le trottoir longtemps après que ses feux arrière eurent disparu.

12.

Le lendemain matin, Sarah arriva quelques minutes avant le début du match. Vêtue d'un jean, de bottes et d'un pull à col roulé, les yeux cachés par des lunettes de soleil, elle se plaça dans les rangs des parents.

À la fois élégante et désinvolte, se dit Miles, fasciné.

Jonah, qui shootait dans le ballon avec un groupe de copains, courut se jeter dans ses bras. Puis il lui prit la main pour l'entraîner vers son père.

– Tu vois qui j'ai trouvé, papa ?

– Oui, fit Miles en ébouriffant les cheveux de son fils.

– Mlle Andrews avait l'air perdue, alors je suis allé la chercher.

– Heureusement que tu es là, champion !

Les yeux rivés sur Sarah, Miles aurait voulu lui déclarer qu'il la trouvait charmante et qu'il n'avait cessé de penser à elle depuis la veille.

– Comment allez-vous ? furent les seuls mots qu'il parvint à articuler.

– Bien, mais je n'ai pas l'habitude d'être aussi matinale pendant les week-ends, répliqua-t-elle.

L'équipe de football commençait à se rassembler ; Miles prit ce prétexte pour s'adresser à son fils.

– Il me semble que ton entraîneur vient d'arriver…

– J'trouve plus mon ballon, fit Jonah, une fois débarrassé de son sweat-shirt.

– Tu étais en train de shooter, il y a à peine une minute.

– Ouais.

– Alors, où est-il ?

– J'sais pas.

Un genou à terre, Miles glissa la chemise de l'enfant dans son pantalon.

– On le retrouvera plus tard ; je suppose que tu peux t'en passer pour l'instant.

– L'entraîneur nous a dit de l'apporter pour l'échauffement.

– Empruntes-en un à des copains !

– Non, ils ont besoin de leur ballon.

– Ne t'inquiète pas ; ce n'est rien.

– Tu es sûr ?

– Mais oui ! Va vite, ton entraîneur t'attend.

À moitié ragaillardi, Jonah rejoignit son équipe. Sarah, fascinée par cette complicité entre père et fils, esquissa un sourire.

– Voulez-vous un café ? lui proposa Miles. J'ai apporté une Thermos.

– Non merci, j'ai pris un thé avant de venir.

– Quelle marque de thé ?

– Un Earl Grey.

– Avec des toasts et de la confiture ?

– Non, des céréales. Pourquoi ?

– Simple curiosité de ma part.

Un coup de sifflet retentit et les équipes prirent place sur le terrain.

– Je peux vous poser une dernière question ? demanda Miles.

– Pourvu qu'elle ne concerne pas mon petit déjeuner…

– Vous risquez d'être surprise.

– On verra bien !

– Je voudrais savoir, déclara Miles après s'être éclairci la voix, si vous vous enveloppez la tête d'une serviette après votre douche.

– Je m'attendais à tout sauf à ça !

– Vous me trouvez bizarre ?

Un second coup de sifflet retentit et le match commença.

– Alors, vous ne me répondez pas ? insista Miles.

– Oui, dit Sarah d'un air perplexe, j'enveloppe ma tête d'une serviette.

Miles ne put dissimuler sa satisfaction.

– Je m'en doutais.

– Vous n'avez jamais songé à limiter votre consommation de caféine ?

– Jamais.

– Eh bien, vous avez tort.

– On me l'a déjà dit, murmura Miles en se versant nonchalamment une seconde tasse de café.

Quarante minutes plus tard, le match prenait fin. Malgré les efforts de Jonah, son équipe avait perdu, mais il ne semblait pas contrarié outre mesure. Après avoir tapé dans la main de ses coéquipiers, il courut vers son père, escorté de son copain Mark.

– Vous avez bien joué tous les deux, leur assura Miles.

Les deux garçons bredouillèrent des remerciements, puis Jonah tirailla le sweater de son père.

– Dis, p'pa… Mark m'a proposé de dormir chez lui.

– Vraiment, Mark ?

– Maman est d'accord. Vous pouvez lui parler si vous voulez ; elle est là-bas. Zach vient aussi.

– P'pa, s'il te plaît ! insista Jonah. Je ferai tout ce que j'ai à faire – et même plus – dès qu'on sera rentrés.

Miles hésita : il ne voulait pas priver Jonah de ce plaisir, mais sa maison lui semblait bien vide quand son fils le délaissait.

– D'accord, dit-il, si tu y tiens...

– Merci, p'pa, tu es formidable !

– Merci, monsieur Ryan, fit Mark à son tour. Viens, Jonah, on va dire à ma mère que c'est d'accord.

Les deux garçons s'élancèrent à travers la foule en jouant des coudes et en pouffant de rire. Miles se tourna vers Sarah, qui les suivait des yeux.

– Mon fils a l'air absolument navré à l'idée de ne pas me voir ce soir.

– Inconsolable !

– Pourtant, on avait prévu de louer une cassette.

Sarah haussa les épaules.

– C'est dur de se sentir si vite oublié !

Miles rit de bon cœur. Il ne pouvait plus nier qu'il avait un faible pour cette jeune femme.

– Eh bien, puisque je suis tout seul ce soir...

– Oui.

– Je voulais dire que...

Sarah haussa les sourcils d'un air espiègle.

– Vous voulez peut-être reparler du ventilateur ?

Elle n'oublierait donc jamais sa maladresse ? se demanda Miles, avant d'ajouter avec une feinte assurance :

– Pas question du ventilateur !

– Quelle est votre idée ?

– Je ne vais pas non plus vous proposer une partie de billard.

Sarah éclata de rire.

– Alors, si nous allions dîner chez moi ?

– Du thé et un bol de céréales ?

– Exactement, et je vous promets d'envelopper ma tête d'une serviette.

Le visage de Miles s'éclaira. Il avait une chance inespérée…

– Hé, p'pa ?

Miles redressa la visière de sa casquette et leva les yeux vers son fils, qui ratissait avec lui les premières feuilles mortes.

– Oui ?

– Je regrette de pas regarder une cassette avec toi ce soir. T'es fâché ?

– Mais non !

– Tu vas en louer une quand même ?

– Sans doute pas.

– Qu'est-ce que tu vas faire ?

Miles posa son râteau, ôta sa casquette et essuya son front du dos de sa main.

– Je vais probablement voir Mlle Andrews.

– Encore ?

– Nous avons passé une agréable soirée hier, observa Miles, ne sachant sur quel pied danser.

– C'était quoi, votre soirée ?

– Nous avons dîné, parlé et fait un petit tour.

– C'est tout ?

– À peu près.

– Vous vous êtes pas ennuyés ?

– Je t'assure que non.

Jonah réfléchit un moment.

– Alors, tu sors encore avec elle ce soir ?

– C'est ça.

Jonah détourna les yeux.

– Ça veut dire qu'elle te plaît ?

Miles se baissa pour regarder Jonah en face.

– Pour l'instant, nous sommes seulement amis, elle et moi.

Voyant son fils pensif, Miles le souleva dans ses bras et le serra contre lui.

– Je t'aime, Jonah, dit-il.

– Moi aussi, p'pa.

– Tu es un bon petit garçon.

– Je sais.

Miles prit son râteau pour se remettre au travail.

– P'pa, j'ai faim !

– Qu'est-ce que tu veux manger ?

– Si on allait au McDo ?

– Bonne idée ; on n'y est pas allés depuis longtemps.

– Je pourrai prendre un Happy Meal ?

– C'est encore de ton âge ?

– Je n'ai que sept ans, p'pa.

– Tu as raison, reconnut Miles. Rentrons nous laver !

Ils se dirigèrent vers la maison, le bras de Miles autour des épaules de Jonah.

– P'pa ? marmonna ce dernier au bout de quelques pas.

– Je t'écoute.

– Ça ne m'ennuie pas que tu aimes bien Mlle Andrews…

– Ah bon ?

– Oui, déclara Jonah avec le plus grand sérieux. Ça ne m'ennuie pas parce que je crois qu'elle t'aime bien, elle aussi.

Durant le mois d'octobre, Miles et Sarah sortirent ensemble une demi-douzaine de fois, sans compter les jours où ils se virent après la classe.

Ils parlaient pendant des heures. Pendant leurs promenades, Miles prenait la main de Sarah. Malgré l'absence de relations sexuelles, il y avait dans leurs rapports une sensualité évidente.

Quelques jours avant Halloween, quand Jonah eut disputé le dernier match de la saison, Miles proposa à Sarah de l'accompagner un soir à la « parade des fantômes ». C'était l'anniversaire de Mark, et Jonah dormait chez lui.

– En quoi ça consiste ? demanda-t-elle.

– On fait le tour des demeures historiques et on écoute des histoires de fantômes.

– Une tradition locale ?

– C'est la coutume ; sinon on s'assoit sur son porche pour priser et jouer du banjo.

– Je préfère la parade.

– Ça ne m'étonne pas. Je viens te chercher à sept heures ?

– Je t'attendrai en retenant mon souffle. On dîne chez moi ensuite ?

– Excellente idée ; mais tu ne crains pas de me gâter si tu m'invites toujours à dîner ?

– Pas de problème, répliqua Sarah avec un clin d'œil, ça n'a jamais fait de mal à personne d'être un peu gâté.

13.

– Dis-moi ce qui te manque le plus depuis que tu as quitté la ville, demanda Miles à Sarah, après avoir dîné chez elle le soir d'Halloween.

– Les galeries d'art, les musées, les concerts, les restaurants ouverts après neuf heures du soir.

– C'est tout ?

Sarah passa son bras sous celui de Miles.

– Je regrette aussi les terrasses de café où je pouvais m'asseoir pour lire le journal du dimanche. Une véritable oasis en plein milieu de la ville. Les gens que je voyais passer autour de moi avaient l'air de courir comme des fous.

Ils marchèrent un moment en silence.

– Tu peux retrouver ce passe-temps ici, plaisanta Miles.

– Ah oui ?

– Il suffit d'aller sur Broad Street, mais ce n'est pas exactement une terrasse de café.

– Qu'est-ce que c'est ?

– Une station d'essence. Il y a un banc très agréable dehors. Si tu apportais ton sachet de thé, je suis certain qu'ils t'offriraient une tasse d'eau chaude.

– Quelle perspective ! s'esclaffa Sarah.

En traversant la rue, ils tombèrent sur des individus en costume d'époque, qui participaient manifestement aux festivités. On les aurait crus tout droit sortis du dix-huitième siècle. Les femmes portaient de longues jupes et les hommes des culottes noires, des bottes, des cols hauts et des chapeaux à large bord. À un croisement, ils se scindèrent en deux groupes ; Miles et Sarah suivirent le plus petit.

– Tu as toujours vécu ici ? demanda Sarah.

– Sauf quand j'étais étudiant.

– Tu n'as jamais eu envie de découvrir autre chose ?

– Par exemple les terrasses de café ?

Sarah, espiègle, poussa Miles du coude.

– Pas seulement ça. Il y a dans les villes une vibration particulière...

– À vrai dire, ça ne m'a jamais attiré. Un endroit paisible pour me détendre après mon travail, de beaux paysages et quelques bons copains suffisent à mon bonheur.

– Parle-moi de ton enfance ici.

– Imagine-toi une petite bourgade provinciale, dans le style des anciens feuilletons télévisés. Quand j'avais sept ou huit ans, j'allais pêcher, ou simplement me promener et jouer dehors avec mes camarades. Mes parents n'avaient aucune raison de s'inquiéter s'ils ne me revoyaient pas avant l'heure du dîner. Parfois, nous allions camper toute la nuit au bord de la rivière, sans courir le moindre risque. Je garde de merveilleux souvenirs de mon enfance et j'aimerais que Jonah ait la même chance...

– Tu le laisserais camper toute la nuit dans la nature ?

– Pour rien au monde ! Les temps ont changé, même à New Bern.

Au bout de la rue, une voiture se gara à côté d'eux. Des attroupements se formaient dans les allées de différentes maisons.

– On peut se considérer comme des amis ? fit soudain Miles.

– Je l'espère de tout mon cœur.

– Dans ce cas, me permets-tu de te poser une question ?

– Tout dépend de laquelle.

– Comment était ton ex-mari ? Depuis que nous parlons ensemble, tu n'as jamais fait la moindre allusion à son sujet.

Sarah fixa obstinément le trottoir.

– Tu n'es pas obligée de me répondre, ajouta Miles, intrigué par son silence. De toute façon, ça ne changera rien à mon opinion.

– Quelle opinion ?

– Il ne m'est pas sympathique…

– Tu ne le connais pas !

– Oui, mais du moment que tu ne l'aimes plus…

– J'avoue que tu as une certaine intuition.

Miles se tapa sur la tempe d'un air inspiré.

– C'est mon métier qui veut ça. Je découvre des indices qui échappent au commun des mortels.

– Eh bien, fit Sarah en souriant, mon ex-mari s'appelle Michael King… Il venait d'obtenir un diplôme de gestion quand nous nous sommes connus. Notre mariage a duré trois ans. Il est riche, bien élevé et beau garçon…

– Hum ! Je commence à comprendre pourquoi il ne m'inspire aucune sympathie.

– Tu ne veux pas en savoir plus ?

– Désolé de t'avoir interrompue ; vas-y !

– Les premières années, reprit Sarah après un instant d'hésitation, ont été des années heureuses. Pour moi, en tout cas. Nous habitions un bel appartement, nous profitions ensemble de nos loisirs, et je croyais bien le connaître. Mais je me faisais des illusions… À la fin, nous nous disputions tout le temps et nous n'avions plus rien à nous dire. Ça allait de mal en pis !

– Et c'est tout ?

– C'est tout. Nous avons totalement cessé de nous voir.

– Il ne te manque pas ?

– Oh, non !

– Je regrette d'avoir abordé un sujet délicat.

– Ne t'inquiète pas ; je me passe très bien de lui !

– Quand as-tu compris que tout était fini entre vous ?

– Le jour où il m'a donné les papiers à remplir pour le divorce.

– Tu ne t'y attendais pas ?

– Non.

– Je savais bien qu'il ne méritait pas ma sympathie, conclut Miles.

Il savait aussi que Sarah ne lui avait pas tout dit.

– Ce n'est pas moi qui te jetterai la pierre ! fit celle-ci en souriant. Nous sommes presque toujours d'accord…

– Sauf sur les agréments de la vie à la campagne !

– Je n'ai jamais dit que je ne me plaisais pas à New Bern.

– Pourrais-tu te fixer ici ?

– Définitivement ?

– Avoue que ce n'est pas désagréable ! insista Miles. Mais tu t'en lasserais vite, n'est-ce pas ?

– Ça dépend…

– De quoi ?

– Des raisons que j'aurais de rester.

Les yeux fixés sur Sarah, Miles se surprit à penser que ses paroles étaient une incitation ou une promesse.

La lune se levait lentement, noyant d'un halo jaune, puis orange, le toit de l'ancienne demeure Travis-

Banner, le premier arrêt de la parade nocturne. Cette construction victorienne à étage était entourée d'un large balcon à la peinture écaillée.

Un petit groupe entourait deux femmes déguisées en sorcières qui servaient du cidre dans un grand pichet. Elles prétendaient évoquer le souvenir du premier propriétaire, décapité accidentellement alors qu'il tronçonnait du bois. De la porte d'entrée s'échappaient des cris d'horreur, des grincements de portes, d'étranges martèlements et des rires discordants.

Soudain, les deux sorcières s'inclinèrent, les lumières du porche s'éteignirent et un fantôme décapité apparut dans le vestibule – silhouette sombre aux mains squelettiques, drapée d'une cape. Une femme hurla et laissa tomber son verre de cidre. Sarah se blottit contre Miles et s'accrocha à son bras avec une force surprenante. Ses cheveux lui parurent doux comme de la soie. Bien que ceux de Missy aient été d'une couleur différente, il se revit en train d'y promener ses doigts, le soir quand ils étaient au lit.

Les incantations marmonnées par les sorcières firent disparaître le fantôme. Les lampes se rallumèrent au bout de quelques secondes et le public se dispersa en riant nerveusement.

Pendant les heures suivantes, Miles et Sarah furent invités à visiter plusieurs autres maisons. Soit ils entraient, soit ils restaient dans le vestibule, soit ils écoutaient du dehors les récits évoquant le passé. Habitué à cette promenade traditionnelle, Miles avait choisi les demeures les plus intéressantes, et racontait à Sarah des anecdotes au sujet de celles qui n'étaient pas programmées cette année-là.

Ils déambulaient sur les trottoirs craquelés, en savourant cette délicieuse soirée. La foule se dispersait peu à peu, certaines maisons fermèrent. Quand Sarah suggéra à Miles d'aller dîner, il lui proposa une dernière visite.

La main dans la main, ils s'engagèrent dans une rue ténébreuse. Du haut d'un noyer blanc de Virginie, une chouette hulula, puis se tut. Un peu plus loin, un groupe de pseudo-fantômes s'entassait sur un vieux chariot. Au coin de la rue, ils aperçurent une grande maison d'un étage, apparemment déserte. Ses fenêtres, noires comme de l'encre, semblaient fermées de l'intérieur par des volets. Seule une lumière diffuse provenait d'une douzaine de bougies, fixées le long du porche et sur un petit banc, près de la porte d'entrée.

Près du banc, une femme âgée se balançait sur un rocking-chair, les genoux sous une couverture. La blancheur de ses cheveux et son corps frêle lui donnaient l'air d'un mannequin de cire. À la lumière vacillante des bougies, sa peau apparaissait translucide et son visage craquelé comme une vieille porcelaine.

Miles et Sarah s'installèrent sur la balancelle, tandis qu'elle les scrutait avec curiosité.

– Bonjour, mademoiselle Harkins, murmura Miles. Beaucoup de visiteurs ce soir ?

– Comme toujours, fit la vieille femme d'une voix rauque de fumeuse invétérée. Alors, vous vous intéressez à l'histoire de Harris et Kathryn Presser ?

– Je voulais la faire entendre à mon amie, répondit Miles solennellement.

Les yeux pétillants, Mlle Harkins prit la tasse de thé posée à côté d'elle. Miles passa un bras autour des épaules de Sarah, qui se détendit comme par miracle.

– Ça va te plaire, lui souffla-t-il.

Elle n'en doutait pas…

Dès que leur hôtesse eut reposé sa tasse, un filet de voix s'éleva dans la nuit.

– Vous qui écoutez cette histoire d'amour et de fantômes, sachez qu'elle vous dira où se trouve le véritable amour et s'il est proche…

Sarah jeta un regard furtif à Miles.

– Harris Presser, reprit Mlle Harkins, naquit en 1843. Ses parents vendaient des chandelles dans une petite boutique, en ville. Quand éclata la guerre civile, il voulut s'engager dans les rangs des confédérés comme beaucoup de jeunes gens d'alors. Ses parents le supplièrent de rester, car il était fils unique. Il céda à leurs vœux et scella ainsi son destin.

La conteuse s'interrompit et laissa peser son regard sur les deux jeunes gens.

– Il tomba amoureux, murmura-t-elle avec une infinie douceur.

Une allusion à peine déguisée ? se demanda un instant Sarah. Devinant sans doute sa pensée, Mlle Harkins haussa les sourcils avant de poursuivre son récit.

– Kathryn Purdy, fille unique elle aussi, n'avait que dix-sept ans. Ses parents étaient propriétaires de l'hôtel et de la scierie. Figurant parmi les plus riches familles de la ville, ils ne fréquentaient pas les Presser. Les Purdy et les Presser restèrent sur place après que New Bern fut tombée entre les mains des soldats de l'Union. Malgré la guerre et l'occupation, Kathryn et Harris se rencontraient souvent les soirs d'été, au bord de la Neuse. Furieux, les parents de la jeune fille lui interdirent de fréquenter le fils Presser, qu'ils considéraient comme un rustre. Leur attitude ne fit que renforcer les liens entre les deux jeunes gens. Pour continuer à se voir, ils durent inventer un stratagème. Dans la boutique familiale, au coin de la rue, Harris attendait le signal de Kathryn : la jeune fille devait allumer une chandelle au bord de sa fenêtre dès que ses parents s'étaient endormis. Il grimpait alors dans un grand chêne et aidait son amie à sortir… de sorte qu'ils se voyaient aussi souvent qu'ils le souhaitaient. Le temps passant, ils s'aimèrent de plus en plus…

Mlle Harkins avala une gorgée de thé, plissa les paupières, et sa voix se fit menaçante.

– Les forces de l'Union resserraient leur étau sur le Sud, de mauvaises nouvelles arrivaient de Virginie, et le bruit courait que le général Lee allait tenter, avec son armée, de reconquérir la Caroline du Nord. On institua un couvre-feu et il n'était plus question, surtout pour un homme, de sortir le soir. Privé de Kathryn, Harris travaillait fort tard à la boutique de ses parents, allumant une chandelle pour faire savoir à sa bien-aimée qu'il pensait à elle. Au bout de quelques semaines, par l'intermédiaire d'un pasteur compatissant, il lui proposa de l'enlever. Elle allumerait une chandelle si elle était d'accord, et une deuxième pour signaler le moment opportun. Le soir même, le pasteur les maria sous la pleine lune, au péril de sa vie et de la leur…

Les parents de Kathryn découvrirent une lettre d'amour écrite par Harris. Furieux, ils semoncèrent leur fille, qui les mit au défi de la séparer de son mari. Elle se faisait, hélas, des illusions !

Le père de Kathryn avait des relations d'affaires avec un colonel des forces d'occupation et lui signala la présence d'un espion qui transmettait au général Lee des informations sur la défense de la ville. Arrêté dans la boutique de ses parents, Harris Presser demanda l'autorisation d'allumer une chandelle dans la vitrine ; on lui accorda cette dernière faveur. Il fut pendu au grand chêne devant la fenêtre de Kathryn. Le cœur brisé, la jeune fille comprit que son père était responsable. Elle alla demander aux parents de Harris, fous de chagrin, de lui donner la chandelle qui brûlait dans la vitrine, le soir de la mort de leur fils. Elle l'alluma à côté de celle qui brûlait sur le rebord de sa fenêtre. Le lendemain matin, ses parents la découvrirent pendue au même chêne que son bien-aimé.

Miles attira Sarah contre lui.

– Qu'en dis-tu ?

– Chut ! souffla-t-elle, je crois qu'on en vient aux histoires de fantômes.

– Ces chandelles, reprit la vieille femme, brûlèrent toute la nuit. Le lendemain, elles n'étaient plus que des amas de cire, mais elles restèrent pourtant allumées pendant trois jours. Le temps qu'avait duré le mariage de Kathryn et Harris ! L'année suivante, le jour de leur anniversaire de mariage, l'ancienne chambre de Kathryn prit feu mystérieusement, mais la maison fut épargnée. D'autres malheurs fondirent sur les Purdy : ils perdirent leur hôtel au cours d'une inondation et durent revendre la scierie pour payer leurs dettes. Ruinés, ils finirent par quitter la ville, mais...

Mlle Harkins se pencha en avant et chuchota avec un regard espiègle :

– De temps en temps, des gens prétendent avoir vu deux chandelles brûler à une fenêtre de l'étage supérieur. D'autres en ont vu une seule... mais disent qu'une seconde brûlait dans une autre maison de la rue. Encore maintenant, un siècle après cette tragédie, on voit parfois des chandelles brûler aux fenêtres de certaines demeures abandonnées du voisinage... Bizarrement, les témoins de ce phénomène sont toujours de jeunes amoureux. Vous verrez ou non ces chandelles, selon les sentiments que vous éprouvez l'un pour l'autre.

Mlle Harkins, apparemment épuisée par l'effort qu'elle avait fourni, garda un moment les yeux clos.

Sarah et Miles ne bronchèrent pas, de peur de rompre le charme.

Ils attendirent qu'elle ait repris sa tasse de thé pour lui faire leurs adieux, puis s'éloignèrent en silence par l'allée de gravier, la main dans la main.

– Je suis contente que tu m'aies amenée, chuchota Sarah.

– Ça t'a plu ?

– Les femmes adorent les histoires romantiques.

Après avoir tourné au coin de la rue, ils se dirigèrent vers Front Street. Au loin, la rivière noire et silencieuse scintillait entre les maisons.

– Tu n'as pas faim ? demanda Sarah.

– Attendons un peu.

Miles ralentit le pas, puis s'arrêta, songeur. Elle suivit son regard mais n'aperçut, derrière son épaule, qu'une nuée de moucherons voletant dans le halo du réverbère.

– Qu'y a-t-il ? demanda-t-elle.

Miles, perdu dans ses pensées, hocha la tête. Puis, au lieu de reprendre sa route, il l'attira doucement vers lui.

Les yeux fermés et la gorge sèche, elle s'abandonna. Le monde, autour d'elle, avait cessé d'exister…

Leur baiser dura longtemps. Miles pressa ensuite ses lèvres contre son cou et embrassa la naissance de son épaule. Elle frissonna au contact de sa langue humide, avant de fondre dans le délicieux cocon de ses bras.

Il la raccompagna en lui murmurant des mots tendres et en promenant doucement son pouce sur le dos de sa main.

Une fois chez elle, il la suivit des yeux tandis qu'elle se dirigeait vers la cuisine.

– Qu'avons-nous à dîner ? demanda-t-il après avoir déposé sa veste sur le dossier d'une chaise.

Sarah sortit du réfrigérateur un grand plat recouvert de papier d'aluminium.

– Des lasagnes, du pain français et une salade. Ça te va ?

– Oh, oui ! Je peux t'aider ?

– Tout est prêt. Je n'ai plus qu'à réchauffer les lasagnes pendant une demi-heure environ. Mais tu peux allumer le feu et ouvrir la bouteille de vin posée sur le comptoir.

– Pas de problème !

– Je te rejoins dans quelques minutes.

Sarah laissa Miles dans le séjour et disparut dans sa chambre pour se brosser les cheveux.

À son corps défendant, elle avait peur… Après ce long baiser, sa relation avec Miles avait atteint un point de non-retour, et le moment était venu de lui avouer le véritable motif de son divorce. Un point délicat à aborder, surtout avec quelqu'un qui lui était cher.

Apparemment, il tenait à elle lui aussi, mais rien ne prouvait que son aveu n'allait pas ébranler ses sentiments. Ne lui avait-il pas dit un jour qu'il voulait donner un frère ou une sœur à Jonah ? Accepterait-il de renoncer à ce projet ?

Sarah scruta son reflet dans le miroir.

Oui, c'était le moment ou jamais de parler à Miles. Si leur relation devait se poursuivre, elle ne supporterait pas de revivre avec lui l'épreuve qu'elle avait traversée avec Michael.

Après s'être brossé les cheveux, elle rectifia machinalement son maquillage. Sa décision était prise ; mais que dirait Miles quand il saurait toute la vérité ? Avant de se jeter à l'eau, à ses risques et périls, elle se rassit un moment sur son lit dans l'espoir de retrouver son calme.

Quand elle réapparut dans le living, le feu étincelait dans l'âtre, et Miles revenait de la cuisine, la bouteille de vin à la main.

– Ça te fera du bien, dit-il en soulevant délicatement la bouteille.

– Comment as-tu deviné ?

Intrigué par cette réponse, Miles s'assit sur le canapé et Sarah se mit à boire en silence.

– Ça va ? dit-il au bout d'un moment, en lui prenant la main.

Elle fit tournoyer le vin dans son verre.

– Il y a quelque chose que tu ne sais pas encore…

Des grondements de moteur s'élevaient dans la rue, tandis que le feu crépitait au milieu de gerbes d'étincelles. Des ombres dansaient sur les murs. Une jambe ramenée sous elle, Sarah semblait perdue dans ses pensées. Miles l'observa en silence, avant de lui serrer tendrement la main.

– J'ai beaucoup d'estime pour toi, murmura-t-elle, le regard brillant, comme si elle revenait à la réalité. Je n'oublierai jamais ce que j'ai vécu ces dernières semaines…

Miles, sur le qui-vive, se demanda ce qui avait bien pu se passer pendant les quelques minutes où Sarah s'était retirée dans sa chambre.

– L'autre jour, reprit-elle, tu m'as posé certaines questions sur mon ex-mari.

Miles hocha la tête.

– Je ne t'ai pas tout raconté, et je ne sais pas comment m'y prendre pour t'en dire plus…

– Pourquoi hésites-tu ?

– J'ai peur de ta réaction, répliqua Sarah, les yeux rivés sur les flammes.

En tant que shérif, Miles émit aussitôt une hypothèse : son ex-mari lui avait fait subir des mauvais traitements et elle avait connu avec lui une expérience traumatisante. Il la soupçonnait de lui cacher quelque chose au sujet des circonstances de son divorce.

– Écoute-moi, Sarah, fit-il, surpris par son visage figé, tu n'as pas besoin de m'en dire plus. Cette affaire ne me concerne pas, et ce que j'ai appris sur toi jusqu'à maintenant me suffit amplement. D'ailleurs, je ne vois pas en quoi tes confidences pourraient faire varier mes sentiments.

Sarah lui adressa un sourire fugitif.

– Te souviens-tu des questions que je t'ai posées à propos de Missy ?

– Bien sûr !

– Et de tes réponses ?

– Je m'en souviens.

Leurs regards se croisèrent enfin, et Sarah ajouta :

– Sache que je ne serai jamais comme elle.

Miles fronça les sourcils.

– Je m'en doute et je ne cherche absolument pas à la retrouver en toi.

– Miles, je n'ai pas dû être claire…

– Alors, explique-toi !

– Missy était une si bonne mère et, d'après ce que tu m'as dit, vous souhaitiez tous les deux donner des frères et sœurs à Jonah. Eh bien, je ne peux pas… Je n'ai pas pu être enceinte de Michael ; nous nous sommes séparés pour cette raison.

Comme si elle ne voulait laisser aucun doute à Miles, elle conclut, son regard rivé au sien :

– Je ne pourrai *jamais* être mère.

Elle reprit la parole, après un silence.

– Cette révélation m'a anéantie ! À vingt ans, je vivais dans l'angoisse de tomber enceinte. Je paniquais si j'oubliais de prendre ma pilule, et je n'aurais jamais imaginé que j'étais stérile…

– Comment l'as-tu appris ?

– De la manière habituelle. Comme rien ne venait, j'ai fait des tests, et voilà.

– Je regrette, marmonna Miles.

– Moi aussi, soupira Sarah. Quant à Michael, il n'a pas pu faire face à cette situation. J'aurais volontiers adopté un enfant, mais c'était hors de question, à cause de sa famille.

– Tu plaisantes ?

– Je t'assure que non. Pourtant, j'aurais dû m'y attendre… Quand nous nous sommes connus, il me considérait comme la femme idéale ; au premier obstacle, plus rien n'a compté pour lui. Il a fait une demande de divorce, et je suis partie la semaine suivante.

Miles prit la main de Sarah sans un mot, en lui faisant signe de continuer son récit.

– Ensuite… ça n'a pas été facile. J'ai évité de parler de mes problèmes, sauf à mes parents – et à Sylvia, qui m'a soutenue de ses conseils.

Elle s'interrompit. À la lueur du feu, ses cheveux formaient un halo lumineux autour de sa tête.

– Alors, pourquoi m'en parles-tu ? demanda Miles, frappé par sa beauté.

– Ça me paraît évident. Il faut que tu sois au courant… Parce que, si ça devait recommencer…

Miles orienta doucement le visage de Sarah vers le sien.

– Tu me crois capable d'agir comme lui ?

– Oh, Miles… Bien sûr, ça ne te contrarie pas pour l'instant. Mais si nous continuons à nous voir et si nous nous entendons toujours aussi bien, réfléchis à la suite des événements. Crois-tu que le fait de ne plus jamais avoir d'enfants ne te chagrinerait pas ? Tu priverais sans regret Jonah d'un petit frère ou d'une petite sœur ?

Sarah s'éclaircit la voix.

– Ne t'imagine pas que je me suis mis en tête de t'épouser ! Je te dis simplement la vérité pour que tu saches à quoi tu t'engages – avant qu'il ne soit trop tard. Je ne supporterais pas que tu me tournes le dos comme l'a fait Michael. Tu me quitteras pour d'autres raisons si tel est notre destin ; mais revivre la même épreuve serait au-dessus de mes forces.

Miles observa le reflet de la lumière dans son verre.

– J'aimerais te faire un aveu à mon tour, dit-il. J'ai beaucoup souffert de la mort de Missy. J'ai souffert en tant qu'homme, mais aussi en tant que shérif, car je n'ai pas retrouvé la personne qui était au volant ce soir-là. Pendant longtemps, j'ai enquêté par moi-même, j'ai interrogé beaucoup de gens, mais le coupable a disparu. Ce problème m'a rongé, et je me suis senti au bord de la folie. Cependant, depuis peu…

La voix de Miles vibra quand il croisa le regard de Sarah.

– J'essayais de te dire, poursuivit-il, que j'ai pris mon temps… Je ressens un grand vide, et c'est en te rencontrant que j'ai compris ce qui me manquait. Si tu veux que je réfléchisse encore, je le ferai par égard pour toi ; mais ta révélation ne change rien à mes sentiments. Crois-moi, je n'ai aucun point commun avec Michael !

La minuterie retentit dans la cuisine : le dîner était prêt. Ni Sarah ni Miles ne bougèrent.

Sarah se sentait soudain légère. Le vin ou les paroles de Miles ?

– Je sors les lasagnes avant qu'elles brûlent, dit-elle en se levant.

J'ai pris mon temps. Ta révélation ne change rien à mes sentiments…

Dans la cuisine, elle s'accouda au comptoir. Les paroles de Miles résonnaient toujours en elle. Depuis son divorce, elle n'avait que trop tendance à se méfier des hommes ; mais la manière dont il lui avait parlé, en la regardant dans les yeux, ne lui laissait aucun doute.

Elle le rejoignit dans le living, où ils s'assirent au coin du feu. La tête sur son épaule, elle sentit sa peau vibrer quand il lui prit la main.

– Merci de m'avoir fait confiance, murmura-t-il.

– Je n'avais pas le choix.

– On a toujours le choix…

– Non, pas avec toi !

Elle leva alors la tête en silence et pressa ses lèvres contre les siennes, une première fois, puis une deuxième, avant de l'embrasser vraiment. Il l'étreignit en glissant sa langue dans sa bouche entrouverte. Du bout des doigts, elle effleura la barbe autour de ses lèvres, puis elle sentit la chaleur de son haleine, tandis qu'il couvrait son cou de baisers.

Ils firent longuement l'amour. Le feu se consuma et l'ombre envahit la pièce. Toute la nuit, Miles murmura des mots tendres à Sarah, sans cesser de la câliner pour s'assurer qu'elle était bien là. À deux reprises, elle se leva pour remettre des bûches dans l'âtre, puis elle alla chercher sa couette dans sa chambre. Affamés, ils dévorèrent le plat de lasagnes devant le feu. Ce repas partagé – nus sous la couette – leur parut étrangement enivrant.

Peu avant l'aube, Sarah finit par s'endormir. Miles la porta dans sa chambre à coucher, tira les rideaux et vint s'allonger à côté d'elle. Le lendemain, un jour couvert et pluvieux, ils dormirent jusqu'à midi, ce qui ne leur était pas arrivé ni à l'un ni à l'autre depuis une éternité.

Quand Sarah, blottie contre Miles, ouvrit les yeux, elle souleva la tête et roula sur elle-même pour lui faire face. Il tendit un bras et caressa sa joue du bout du doigt.

– Je t'aime, Sarah, souffla-t-il.

– Oh, Miles, je t'aime moi aussi, répondit-elle, une main sur le cœur.

14.

Pendant les semaines suivantes, Sarah et Miles passèrent ensemble tout leur temps libre. Jonah fit taire provisoirement sa curiosité. Quand son institutrice venait voir son père, il l'emmenait dans sa chambre pour lui montrer sa collection de cartes de base-ball ou lui parler des plaisirs de la pêche. Il lui apprit même à lancer une ligne et il la surprit en l'entraînant par la main pour lui montrer ses secrets.

Miles observait le manège et se réjouissait. Le fait que Sarah ne soit pas totalement étrangère à l'univers de Jonah ne pouvait que lui simplifier la vie.

À l'occasion d'Halloween, ils allèrent à la plage et passèrent l'après-midi à ramasser des coquillages. Puis Jonah et ses copains firent le tour du quartier en demandant des sucreries, tandis que Miles et Sarah traînaient derrière avec d'autres parents.

Quand la nouvelle s'ébruita en ville, Brenda bombarda Sarah de questions, et Charlie fit allusion à l'événement. « Je l'aime », lui répondit simplement Miles. Le shérif, plutôt vieux jeu, estima qu'il avait été un peu vite en besogne ; mais il lui donna une claque dans le dos et l'invita à dîner avec Sarah.

La relation entre Miles et Sarah devenait plus intense de jour en jour. Séparés, ils se languissaient l'un de l'autre ; et quand ils étaient ensemble, le temps passait trop vite à leur gré. Ils se retrouvaient pour déjeuner, discutaient au téléphone et faisaient l'amour chaque fois qu'ils en avaient l'occasion.

Malgré tout, Miles parvint à ne jamais délaisser Jonah. Sarah s'efforçait elle aussi de ne rien changer à son attitude. Pendant ses heures de soutien scolaire, elle le traitait comme n'importe quel élève en difficulté ; et s'il s'interrompait un instant pour l'observer d'un air rêveur, elle ne s'en formalisait pas.

À la mi-novembre, trois semaines après sa première nuit d'amour avec Miles, Sarah réduisit de trois à une ces séances de soutien. Globalement, Jonah avait rattrapé son retard. Il se débrouillait bien en lecture et en orthographe, et n'avait plus à progresser qu'en arithmétique.

Un dîner à la pizzéria célébra l'événement, mais, au moment de border son fils dans son lit, Miles le trouva étrangement paisible.

– Ça ne va pas, champion ? fit-il.

– Je suis un peu triste.

– Pourquoi ?

– Parce que je resterai moins souvent à l'école après la classe…

– Je croyais que tu n'aimais pas rester.

– Au début, mais plus maintenant.

– Ah, oui ?

– Je me sens bien avec Mlle Andrews.

Miles était assis devant la maison, avec Sarah, quand il lui raconta cette anecdote. Pendant ce temps, Jonah et Mark faisaient sauter leurs vélos sur un tremplin, dans l'allée.

– Il a dit ça ? s'étonna la jeune femme en serrant ses jambes entre ses bras.

– Mot pour mot !

Escorté par Mark, Jonah passa près d'eux à la vitesse de l'éclair en faisant le tour de la pelouse.

– Franchement, je me demandais comment il réagirait à notre « relation », reprit Miles. À la maison, tout se passe bien pour lui. Pas de problème non plus à l'école ?

– Les premiers temps, certains gosses lui ont posé des questions, mais ça a l'air de se calmer.

Jonah et Mark repassèrent, indifférents à la présence des deux adultes.

– Voudrais-tu fêter Thanksgiving avec nous ? proposa Miles. Je travaille en fin de journée, mais nous pourrions déjeuner tous les trois si tu n'as pas d'autres projets.

– Impossible. Mon frère revient pour quelques jours et ma mère organise un grand déjeuner de famille – oncles, tantes, cousins et grands-parents. Elle serait furieuse que je me décommande.

– Ça ne m'étonne pas.

– Mais elle meurt d'envie de te connaître et elle m'a supplié maintes fois de t'amener à la maison.

– Qu'est-ce que tu attends ?

– Tu n'es peut-être pas prêt… Dans ce cas, je ne voudrais pas t'effrayer.

– Est-elle vraiment si redoutable ?

– À toi de juger… Tu seras le bienvenu si tu viens, et ça nous permettra de fêter Thanksgiving ensemble.

– Vous êtes déjà nombreux…

– Deux de plus ou de moins ne changeront pas grand-chose. Par la même occasion, tu pourras rencontrer le reste du clan… Te sens-tu prêt à cela aussi ?

– Certainement.

– Alors, je compte sur toi. Mais si ma mère se met à te poser des questions bizarres, surtout n'oublie pas que j'ai plus de points communs avec mon père qu'avec elle.

Comme Jonah dormait chez Mark ce soir-là, Sarah suivit Miles dans sa chambre à coucher. Une grande première pour eux, car ils se retrouvaient habituellement chez elle. Dans le lit jadis partagé par Miles et Missy, ils firent l'amour avec une folle ardeur qui les laissa hors d'haleine.

Ils restèrent ensuite allongés en silence, et Miles passa doucement les mains dans les cheveux de Sarah, dont la tête reposait sur son torse.

En promenant son regard autour de la pièce, elle réalisa soudain qu'elle était entourée de photos de la défunte. Il y en avait même une à sa portée, sur la table de nuit.

Mal à l'aise, elle remarqua aussi l'enveloppe de papier kraft contenant les informations collectées par Miles. Cette épaisse enveloppe, bien en vue sur une étagère, la narguait chaque fois que sa tête se soulevait au rythme de la respiration de son amant.

Quand le silence se fit trop oppressant, elle plongea son regard dans ses yeux.

– Tu ne dis rien ? murmura-t-elle.

– Je pensais à toi.

– De bonnes choses, j'espère.

– Les meilleures ! Je t'aime, Sarah.

– Moi aussi, Miles.

– Tu vas passer la nuit ici ?

– Le souhaites-tu ?

– De tout mon cœur…

Elle s'endormit dans les bras de Miles.

Le matin à son réveil, elle se demanda où elle était, mais son corps vibra aussitôt.

Ils refirent l'amour, différemment.

Leurs caresses et leurs murmures, plus paisibles que la veille, lui rappelaient leurs premières étreintes. Chacun des gestes et des regards de Miles semblait exprimer la profondeur de ses sentiments. Mieux encore, il avait pris la peine de se relever sans bruit pendant qu'elle dormait pour enlever les photos et l'enveloppe en papier kraft dont l'ombre avait plané sur eux le soir précédent.

15.

– Je me demande vraiment ce que tu attends pour me le présenter…

Sarah et sa mère déambulaient dans une allée du supermarché en emplissant leur chariot. Maureen achetait assez de vivres pour soutenir un siège pendant des semaines.

– Maman ! s'impatienta Sarah. Tu vas le rencontrer dans quelques jours puisque je l'ai invité à déjeuner avec Jonah.

– Tu pourrais nous l'amener avant, pour que nous fassions déjà connaissance.

– À quoi bon ? Vous aurez tout le temps de vous parler à Thanksgiving.

– Nous serons nombreux et je ne pourrai pas me consacrer à lui comme je le souhaiterais.

– Il comprendra parfaitement.

– Tu m'as dit qu'il devait partir de bonne heure…

– Il va travailler vers quatre heures.

– Un jour férié ?

– Il travaille le soir de Thanksgiving pour être libre à Noël. Souviens-toi qu'il est shérif.

– Qui s'occupera de Jonah ?

– Moi. Je le ramènerai probablement chez Miles vers six heures, quand papa commencera à tomber de sommeil.

– Si tôt ?

– Nous passerons tout de même l'après-midi ensemble !

– Tu as raison, mais cette histoire me rend un peu nerveuse…

– Ne t'inquiète pas, m'man ; tout ira bien.

– Il y aura d'autres enfants ? demanda Jonah.

– Peut-être…

– Des garçons ou des filles ?

– Aucune idée.

– Ils ont quel âge ?

Miles hocha la tête.

– Je te répète que je n'en sais rien.

– Mais qu'est-ce que je ferai si je suis le seul enfant ? grommela Jonah, les sourcils froncés.

– Tu regarderas le match de foot avec moi.

– Ça m'ennuie.

Miles fit glisser son fils sur le siège avant pour le rapprocher de lui.

– Comme je travaille le soir, on n'y passera pas toute la journée ; mais ça serait très impoli de partir la dernière bouchée avalée. Peut-être qu'on ira se promener un peu…

– Avec Mlle Andrews ?

– Si ça te fait plaisir.

– Papa…

Jonah s'interrompit pour tourner la tête vers un bouquet de pins de Montezuma.

– Tu crois qu'on mangera de la dinde ?

– Je suppose. Pourquoi ?

– Est-ce qu'elle aura un goût bizarre comme celle de l'année dernière ?

– Ma cuisine ne te plaît pas ?

– Si…

– Alors, tu me taquines ?

– Oui, mais ta dinde avait vraiment un goût bizarre, tu sais.

Miles se gara devant la boîte aux lettres d'une maison de brique à un étage. La pelouse impeccable faisait honneur à son propriétaire. Des pensées avaient été plantées le long de l'allée, la base des arbres était paillée, et les seules feuilles visibles avaient dû tomber au cours de la nuit précédente.

Sarah apparut à l'une des fenêtres et fit signe à ses hôtes. Au bout d'un instant, elle leur ouvrit la porte.

– Oh, splendide ! s'écria-t-elle.

Miles porta spontanément une main à sa cravate.

– Je m'adressais à ton fils, précisa Sarah avec un clin d'œil espiègle.

Jonah, vêtu d'un pantalon bleu marine et d'une chemise d'une blancheur immaculée, se rengorgea.

Après l'avoir embrassé sur les deux joues, Sarah lui tendit une boîte de petites voitures Matchbox qu'elle avait cachée derrière son dos.

– Pour moi ? demanda-t-il.

– Oui, pour que tu puisses jouer ici. Elles te plaisent ?

– Génial ! T'as vu, p'pa ? s'écria l'enfant en brandissant la boîte.

– As-tu dit merci ?

– Merci, mademoiselle Andrews.

– Tu es splendide toi aussi, fit Sarah, quand Miles s'approcha. Je n'ai pas l'habitude de te voir en veston au milieu de la journée.

Elle lissa soigneusement le revers de sa veste.

– Mais c'est une habitude que je pourrais prendre facilement…

– Merci, mademoiselle Andrews, susurra Miles en imitant son fils. À propos, tu es plus ravissante que jamais.

Sarah fit entrer ses invités.

– Désolée, il n'y a que des adultes, annonça-t-elle à Jonah, mais ils sont gentils et ils ont très envie de te connaître.

– Je l'ouvre maintenant ? demanda l'enfant qui n'avait d'yeux que pour sa boîte.

– Bien sûr, et tu peux aller jouer dehors…

– Quand tu auras dit bonjour à tout le monde, précisa Miles. Et si tu sors, essaye de ne pas trop te salir avant le dîner.

– Ouais, grommela Jonah.

Malgré la promesse de son fils, Miles ne se faisait aucune illusion : il ne faut pas trop en demander à un gamin de sept ans, quelle que soit sa bonne volonté.

– Allons-y ! proposa Sarah, mais je te mets en garde…

– Au sujet de ta mère ?

– Comment as-tu deviné ? plaisanta Sarah.

– Ne t'inquiète pas. J'aurai une conduite exemplaire. Et toi aussi, n'est-ce pas, Jonah ?

L'enfant acquiesça sans même lever les yeux.

– Ce n'est pas votre conduite qui me préoccupe, mais la sienne, souffla Sarah en se penchant vers Miles.

– Ah, vous voilà ! s'écria Maureen qui venait de surgir de la cuisine, vêtue d'une robe bleue et d'un tablier blanc.

Sarah poussa Miles du coude, et celui-ci constata à quel point la mère et la fille étaient différentes. Les cheveux grisonnants de Maureen avaient dû être noirs en d'autres temps, alors que Sarah était blonde. Grande et mince, elle frôlait à peine le sol quand elle marchait ; alors que sa mère semblait rebondir à chaque pas comme un ballon.

– J'ai tellement entendu parler de vous ! s'écria-t-elle en accueillant le père et le fils avec de grands gestes démonstratifs.

Sur ces mots, elle les serra contre son cœur, sans attendre que Sarah ait fait les présentations.

– Je suis si contente que vous soyez venus, reprit-elle, tout excitée. Comme vous voyez, nous sommes nombreux, mais vous êtes nos invités d'honneur.

– Qu'est-ce que ça veut dire ? marmonna Jonah.

– Ça veut dire que tout le monde se réjouit de te voir.

– Mais personne ne me connaît, observa innocemment l'enfant, entouré de visages inconnus.

Miles posa une main rassurante sur son épaule.

– Enchanté de faire votre connaissance, Maureen, articula-t-il ; et merci de nous avoir invités.

– J'en suis ravie, tout comme Sarah.

– Maman ! fit celle-ci.

– Tu es ravie. Pourquoi le nier ?

Après maintes simagrées, Maureen entreprit de présenter Miles et Jonah aux grands-parents de Sarah et à l'ensemble de la famille – une douzaine de personnes en tout. Miles donna plusieurs poignées de main à la ronde ; Jonah suivit son exemple.

« Voici l'ami de ma fille », disait Maureen avec un mélange de fierté maternelle et de jubilation qui ne laissait aucun doute sur ce qu'elle entendait par là. Son numéro achevé, elle se tourna à nouveau vers Miles.

– Que puis-je vous offrir à boire ?

Miles opta pour une bière et Jonah pour une limonade.

– Je t'accompagne, maman, déclara Sarah en prenant sa mère par le bras. J'ai soif, moi aussi.

Elles firent quelques pas en direction de la cuisine, et Maureen donna libre cours à son enthousiasme.

– Je suis si heureuse pour toi, Sarah ! Il est charmant. J'adore son sourire, et il m'a tout de suite inspiré confiance. Son petit garçon est un amour…

Sarah lui coupa la parole pour s'étonner de l'absence de son père.

– Je l'ai envoyé faire quelques courses de dernière minute avec Brian, répliqua Maureen. Il me fallait des petits pains et une bouteille de vin supplémentaires.

Sarah ouvrit le four et jeta un coup d'œil sur la dinde ; une bouffée odorante emplit la cuisine.

– Brian a donc fini par se lever ?

– Il paraît fatigué. Il avait un examen mercredi après-midi, et il est arrivé à minuit passé.

La porte de derrière s'ouvrit à cet instant. Larry et Brian entrèrent, chargés de sacs qu'ils déposèrent sur le comptoir.

Sarah trouva son frère aminci et plus adulte qu'à l'époque de son départ, en août.

– Tout va bien ? lui demanda-t-elle en l'embrassant. Il y a des siècles que je ne t'ai pas parlé.

– Ça va. Et toi ? Contente de ton poste ?

Après avoir bavardé un moment avec son frère et son père et les avoir aidés à ranger leurs achats, Sarah leur annonça qu'elle serait heureuse de leur présenter quelqu'un.

– Maman m'avait prévenu, remarqua Brian avec un air de conspirateur. Je suis content que tu aies fait une rencontre intéressante.

– Moi aussi.

– C'est sérieux ?

Sarah remarqua que sa mère, aux aguets, avait cessé d'éplucher ses pommes de terre.

– Je ne sais pas encore, dit-elle d'un ton évasif. Tu viens ?

– D'accord, fit Brian en haussant les épaules.

Sarah lui tapota le bras.

– Je suis sûre qu'il te plaira. Et toi, papa, tu nous accompagnes ?

– J'arrive dans une minute. Ta mère m'a demandé de chercher les coupelles. La boîte doit être quelque part dans le cellier.

Sarah ne trouva ni Miles ni Jonah dans le living. Miles venait de sortir, lui annonça sa grand-mère. Ne le voyant pas devant la porte, elle fit le tour de la maison. Jonah avait découvert un petit tas de sable, où il faisait rouler ses Matchbox sur des routes imaginaires.

– Ton ami est dans l'enseignement ? demanda Brian à sa sœur.

– Non, mais je l'ai rencontré parce que j'ai son fils dans ma classe. En fait, il est shérif adjoint. Miles ! Jonah ! cria-t-elle. J'ai quelqu'un à vous présenter.

Jonah se releva, révélant deux taches brunes sur son pantalon, puis il s'approcha avec son père. Quand Sarah fit les présentations, Brian tendit la main à Miles d'un air emprunté.

– Ravi de vous connaître !

– Vous êtes étudiant ? bredouilla Miles.

– Oui, monsieur.

Sarah éclata de rire.

– Détends-toi, dit-elle à son frère. Miles n'a que deux ans de plus que moi.

Brian ébaucha un sourire et Jonah leva les yeux vers lui.

– Bonjour !

– Bonjour, répondit Brian en reculant d'un pas comme s'il craignait le contact d'un enfant.

– Vous êtes le frère de Mlle Andrews ? Elle est mon institutrice.

– Je sais, marmonna Brian entre ses dents.

– Oh !

Lassé, Jonah se mit à jouer avec ses voitures et plus personne ne dit mot.

– Je ne cherchais pas à m'éloigner, expliqua Miles un peu plus tard à Sarah. Jonah m'a demandé de venir voir s'il avait le droit de jouer ici. Je pense que ça ne pose pas de problème…

– Aucun, pourvu qu'il s'amuse !

Larry, le père de Sarah, rejoignit le petit groupe et pria Brian d'aller chercher au garage les coupelles introuvables. Le jeune homme s'éclipsa.

Aussi peu loquace que son fils, Larry semblait guetter les expressions sur le visage de Miles. Passé le premier moment d'embarras, ils se trouvèrent un centre d'intérêt commun – le prochain match entre les Dallas Cowboys et les Miami Delphins – et la glace se rompit. Ils parlèrent avec chaleur, puis Larry rentra à la maison, laissant Sarah avec Miles et Jonah.

– Ton père est un sacré gaillard, dit Miles quand Jonah se remit à jouer. Au début, j'avais l'impression qu'il essayait de deviner si, oui ou non, nous avions couché ensemble.

Sarah rit de bon cœur.

– C'est fort possible. Je suis sa « petite fille », tu sais.

– Depuis combien de temps tes parents sont-ils mariés ?

– Près de trente-cinq ans. Je me dis parfois que mon père est un saint…

– Ne sois pas aussi dure ! J'aime bien ta mère aussi.

– Ce sentiment m'a paru réciproque. J'ai cru, un moment, qu'elle allait proposer de t'adopter.

– En tout cas, elle ne souhaite que ton bonheur.

– Si elle t'entendait, elle ne te lâcherait plus ! Elle a besoin de materner quelqu'un, depuis le départ de Brian. À propos… ne te formalise pas de la timidité de mon frère : c'est un garçon très réservé, mais il sortira de sa coquille dès qu'il te connaîtra mieux.

– Rassure-toi, je l'ai trouvé sympathique. À son âge, je n'étais pas très loquace moi non plus.

Sarah ouvrit de grands yeux.

– Sans blague ? Moi qui te prenais pour un brillant causeur, d'une éloquence à toute épreuve…

– Tu n'as pas honte de te montrer sarcastique un jour d'action de grâces !

– Pas du tout.

Il enlaça Sarah.

– Tu admettras, au moins, que je me suis conduit à la perfection.

– Il te faut un trophée pour te récompenser ?

– Ça ne me déplairait pas.

– Eh bien, regarde ce que tu tiens en ce moment entre tes bras ! s'exclama Sarah en souriant.

L'après-midi s'écoula sans incidents.

Quand on eut débarrassé la table, certains membres de la famille allèrent regarder le match, d'autres aidèrent à ranger dans la cuisine les montagnes de restes. Après avoir engouffré deux parts de tartes, Jonah lui-même finit par se détendre. Larry et Miles causaient de New Bern et de l'histoire locale. Sarah faisait la navette entre la cuisine – où sa mère lui chantait les louanges de son « ami » – et le living, pour que Miles et Jonah ne se sentent pas délaissés. Brian passa son temps à laver et sécher avec précaution la vaisselle de porcelaine de sa mère.

Une demi-heure avant le départ de Miles, ils allèrent se promener tous les trois. Jonah prit la main de Sarah et l'entraîna en riant vers un bosquet, au bout de la rue. C'est en les regardant se faufiler parmi les arbres que Miles prit conscience de la gravité de l'événement. Non seulement il aimait Sarah, mais il avait été touché par son invitation, et il s'était senti bienvenu à cette fête de famille, chaleureuse et détendue.

L'idée lui vint alors de la demander en mariage et ne le lâcha plus.

Sarah et Jonah, qui jetaient des petits cailloux dans un ruisseau, poursuivaient leur chemin.

– Viens ! cria Sarah ; nous explorons.

– Allez, p'pa, dépêche-toi !

– Ne m'attendez pas, je vous rejoindrai, répondit Miles.

Perdu dans ses pensées, il les laissa s'éloigner dans les profondeurs du bosquet.

Le mariage... songeait-il les mains dans les poches. Le moment n'était pas encore venu de se mettre à genoux et de présenter sa demande, mais il ne tarderait pas. Sarah et lui étaient faits l'un pour l'autre. En outre, elle s'entendait merveilleusement avec Jonah ; sans cela, il n'aurait jamais pu y penser.

Un déclic se fit en lui et il se sentit plus détendu. Maintenant que sa décision était prise, le reste n'était qu'une question de temps.

Sarah et Jonah avaient disparu de l'autre côté du ruisseau, mais il ne tarda pas à les rejoindre. Depuis des années, il ne s'était pas senti aussi heureux.

De Thanksgiving à la mi-décembre, Miles et Sarah entretinrent une relation amoureuse de plus en plus intense et stable.

Miles faisait des allusions à leur avenir commun ; elle y répondait par une complicité croissante. La rénovation de la maison était l'un de leurs terrains d'entente. S'agissait-il de repeindre la chambre ? Sarah suggérait une teinte jaune pâle et ils allaient choisir la peinture ensemble. Le jardin avait-il besoin d'une note de couleur ? Puisque Sarah adorait les camélias, Miles en plantait cinq buissons devant la maison, pendant le week-end.

L'enveloppe de papier kraft ne sortait plus du placard, car Miles s'était remis à vivre dans le présent. Entraînés par leur désir de se tourner vers l'avenir, Sarah et lui ne se doutaient pas que les événements allaient bientôt faire obstacle à leur bonheur.

16.

Encore une nuit blanche. Malgré mon envie d'aller me recoucher, je n'y parviendrai pas sans vous avoir raconté comment ça s'est passé.

L'accident ne s'est pas produit comme vous le croyez sans doute, ni comme Miles l'a imaginé. Je n'avais pas bu et aucune drogue ne troublait ma lucidité. J'étais absolument sobre.

Ç'a été un simple concours de circonstances.

J'y ai repensé des milliers de fois depuis quinze ans. Aux moments les plus imprévisibles, je me retrouve le soir de la mort de Missy Ryan. Il y a quelques années, par exemple, j'étais en train de charger des caisses sur un camion de déménagement quand j'ai éprouvé une émotion si forte que j'ai dû m'interrompre.

Le jour J, je déchargeais des caisses sur des palettes, dans un entrepôt local. Je m'étais mis au travail très tôt et je devais partir à six heures, mais on nous a livré une cargaison de tuyaux en plastique juste avant la fermeture.

Mon employeur, qui était à l'époque le fournisseur de presque tous les magasins de Caroline du Nord et du Sud, m'a prié de rester. J'ai accepté de bon cœur, car les heures supplémentaires, payées cinquante pour cent plus cher, étaient une source de revenus appréciable pour moi. Je ne pouvais pas me douter que le camion serait plein à ras bord et que je devrais m'acquitter de cette tâche sans aucune aide.

Nous étions quatre dans mon équipe. L'un de nous était malade ce jour-là, un autre ne voulait pas manquer le match de base-ball auquel participait son fils ; mais deux personnes pouvaient suffire. Malheureusement, mon camarade s'est foulé la cheville quelques minutes après l'arrivée du camion, et je me suis retrouvé tout seul…

En outre, il faisait chaud. La chaleur moite et torride de l'entrepôt était à peine supportable. J'avais travaillé huit heures ; il m'en restait encore trois. Des camions étaient arrivés toute la journée, et comme je n'étais pas employé régulièrement, on me confiait les tâches les plus pénibles. Je devais en principe décharger l'arrière des camions, puis transporter les caisses sur des palettes jusqu'au chariot élévateur. Mes copains utilisaient à tour de rôle l'élévateur et pouvaient faire des pauses de temps en temps ; pas moi.

Après avoir effectué ce dernier déchargement, j'étais vanné. Je pouvais à peine remuer les bras, j'avais des crampes dans le dos, et, surtout, je me sentais affamé. C'est pourquoi, au lieu de rentrer directement chez moi, j'ai décidé de m'arrêter au Rhett's Barbecue.

Après une longue journée de travail, rien ne vaut un barbecue… Je suis monté dans ma voiture en me disant que j'allais pouvoir me détendre dans quelques minutes.

Je roulais à l'époque dans un vieux tacot tout cabossé – une Pontiac Bonneville, déjà sur les routes depuis une douzaine d'années. Je l'avais achetée d'occasion l'été précédent et payée trois cents dollars seulement. Elle n'était pas belle à voir, mais elle avait un bon moteur et j'avais réglé les freins moi-même par mesure de sécurité.

J'ai donc démarré au coucher du soleil, à cet instant étrange où la couleur du ciel fluctue bizarrement, d'une seconde à l'autre. Des ombres pareilles à de longs doigts décharnés s'étalaient sur les routes. Comme il n'y avait pas un seul nuage, la lumière devenait éblouissante et je devais cligner des yeux pour y voir clair.

Devant moi, un autre conducteur semblait avoir encore plus de problèmes. Il passait son temps à accélérer ou à ralentir en fonction du soleil, et je le vis franchir plusieurs fois la ligne médiane. J'ai freiné à plusieurs reprises moi aussi, puis je me suis lassé. Comme la route était trop étroite pour me permettre de dépasser ce véhicule, j'ai préféré ralentir et le laisser s'éloigner.

J'ignore qui était au volant, mais le conducteur a ralenti à son tour. Quand la distance s'est resserrée à nouveau entre nous, j'ai vu ses feux de stop clignoter comme des ampoules de Noël et, brusquement, rester rouges. J'ai freiné à mort, ma voiture s'est arrêtée net avec un crissement de pneus, et j'ai manqué de peu la voiture qui arrivait en sens inverse.

À ce moment, le destin a frappé un grand coup. Je regrette parfois de ne pas avoir percuté cette voiture, car j'aurais dû m'arrêter, et Missy Ryan serait rentrée tranquillement chez elle. Après avoir évité le choc, j'ai décidé de tourner à droite, malgré le détour. Camelia Road sillonnait un ancien quartier de la ville. Le soleil avait cessé de m'éblouir. Quelques minutes après, le ciel s'est assombri et j'ai allumé mes phares.

La route tournait à droite, puis à gauche, et bientôt les maisons se sont espacées. Les jardins devenaient plus vastes et il y avait moins de monde dehors. Au bout de quelques minutes, je me suis engagé sur Madame Moore's Lane, que je connaissais bien. Quelques kilomètres seulement me séparaient de Rhett's.

Je me revois en train d'allumer la radio, de déplacer l'aiguille sur le cadran et de l'éteindre ; sans quitter la route des yeux, je le jure.

Une route étroite et tortueuse ; mais je vous répète que je la connaissais par cœur. J'ai eu le réflexe de freiner dans le tournant. C'est alors que je l'ai aperçue, et il me semble que j'ai continué à ralentir, mais tout s'est enchaîné si vite que je ne peux jurer de rien. J'arrivais derrière elle et l'espace entre nous rétrécissait à vue d'œil.

Je la revois marchant sur le bas-côté d'un pas tranquille. Elle portait un chemisier blanc et un short bleu.

Il n'y avait plus personne dans les grands jardins de ce quartier. Elle m'a entendu arriver derrière elle et je crois même qu'elle m'a aperçu du coin de l'œil. Elle a fait un pas pour s'écarter de la route.

J'étais donc vigilant, elle aussi, mais aucun de nous deux n'a vu le chien.

Comme s'il la guettait, il a surgi d'un fourré quand elle n'était plus qu'à quatre ou cinq mètres de ma voiture, et il a bondi sur elle avec des jappements furieux. Prise au dépourvu, elle a brusquement reculé et fait un pas de trop sur le côté de la route.

Ma voiture – au moins deux tonnes de métal – l'a percutée à cet instant.

17.

À quarante ans, Sims Addison avait tout l'air d'un rat : nez pointu, front fuyant, menton dont la croissance semblait prématurément interrompue. Il se lissait les cheveux en arrière à l'aide d'un peigne aux dents très espacées qu'il portait toujours sur lui.

En outre, Sims était alcoolique.

Pas le genre d'alcoolique qui boit le soir. Ses mains tremblaient le matin avant même qu'il absorbe son premier alcool de la journée ; et sa tournée se terminait à l'heure où beaucoup de gens ne sont pas encore partis au travail. Malgré sa préférence pour le whisky, il devait la plupart du temps se contenter de vins bon marché. Il en buvait des litres. Ses maigres revenus suffisaient tout juste à payer ses boissons et son loyer ; il préférait ne pas dire d'où il les tirait.

Sims avait le don particulier de se rendre invisible. Don grâce auquel il était au courant de toutes sortes de ragots. Quand il buvait, il n'était ni bruyant ni agressif. Rassurés par son air hébété – yeux mi-clos et bouche distendue – qui lui donnait l'air plus ivre qu'il ne l'était réellement, les gens parlaient en sa présence de choses qu'ils auraient dû garder secrètes.

Sims gagnait donc un peu d'argent en donnant des tuyaux à la police. Pas n'importe lesquels ; uniquement ceux qui lui permettaient d'empocher sa récompense en restant anonyme, car les criminels sont rancuniers et il aurait risqué gros s'il avait témoigné contre eux.

Il avait été incarcéré pour de menus larcins quand il avait une vingtaine d'années ; et deux fois encore, à la trentaine, parce qu'il était en possession de marijuana. Son troisième séjour derrière les barreaux l'avait particulièrement marqué. Déjà alcoolique à l'époque, il avait été pendant une semaine dans un effroyable état de manque. Il tremblait, vomissait, et voyait des monstres dès qu'il fermait les yeux. Et, surtout, il avait failli mourir : l'homme qui partageait sa cellule, n'en pouvant plus de l'entendre crier et gémir, l'avait tabassé. Après trois semaines à l'infirmerie, un juge de l'application des peines compatissant l'avait placé en liberté surveillée. On l'avait prévenu, toutefois, qu'il serait réincarcéré s'il buvait ou faisait usage de drogues.

Sims tremblait donc de peur à l'idée de retourner en prison, mais il était incapable de rester sobre. Au début, il avait pris la précaution de ne boire que chez lui, puis il s'était mis à prendre un verre avec des copains, tout en se modérant. Petit à petit, il s'était enhardi à boire sur son chemin, sa bouteille cachée dans un sac en papier. Finalement, il était trop imbibé d'alcool, à toute heure, pour entendre la petite sonnette d'alarme qui aurait pu le rappeler à l'ordre.

Tout alla bien jusqu'au jour où il emprunta la voiture de sa mère – bien qu'il n'ait pas son permis de conduire – pour rejoindre ses potes dans un petit bar minable aux abords de la ville. Peu après minuit, il tituba jusqu'à sa voiture, parvint par miracle à sortir indemne du parking et prit la route du retour. Quelques kilomètres plus loin, il aperçut des lumières rouges clignotant derrière lui.

Miles Ryan sortait de son véhicule.

– C'est toi, Sims ? fit Miles en s'approchant lentement.

Comme la plupart de ses collègues, il connaissait bien Sims, mais il braqua sa torche électrique sur lui pour s'assurer qu'il ne courait aucun risque.

– Salut, shérif Ryan, articula Sims avec peine.

– Tu as bu ?

Sims détourna les yeux.

– Non, j'ai… rien bu…

– Même pas une bière ?

– Même pas !

– Peut-être un verre de vin au dîner ?

– Non.

– Pourtant, tu faisais des embardées sur la route.

– C'est la fatigue.

Comme pour donner plus de poids à ses paroles, Sims bâilla et Miles respira une bouffée de son haleine alcoolisée.

– Tu vas me montrer ton permis, fit-il.

– Hum… Je crois que je l'ai oublié chez moi…

– Alors, sors de ta voiture, fit Miles, sa torche électrique braquée sur Sims.

– Pour quoi faire ? s'étonna celui-ci.

– Sors, je te prie !

– Vous allez pas m'arrêter ?

– Cesse de faire des histoires !

Sims, qui avait bu encore plus que de coutume, resta un moment perplexe. Le voyant immobile et le regard fixe, Miles ouvrit la portière.

– Allons ! reprit-il en lui tendant la main.

Sims hocha la tête et tenta de sortir par ses propres moyens, ce qui se révéla plus difficile qu'il n'aurait cru. Au lieu de faire face à Miles Ryan et d'implorer son indulgence, il se retrouva à terre et perdit immédiatement connaissance.

Le lendemain matin, Sims se réveilla en frissonnant, et il lui fallut un certain temps pour réaliser qu'il était derrière les barreaux. Glacé d'horreur à cette idée, il se remémora petit à petit sa dernière soirée. Il était allé dans un bar avec des copains. Ensuite, tout devenait brumeux jusqu'au moment où il avait vu ces lumières clignotantes ; mais il avait l'impression que c'était Miles Ryan qui l'avait coincé.

À l'idée de refaire de la prison, son front se couvrit de sueur. Maintenant qu'il avait récapitulé les événements, l'essentiel était de trouver un moyen de se tirer de là. Pas question de retourner en taule, car il avait la certitude d'en crever !

Et pourtant, il y était déjà.

La prison. Les coups. Les cauchemars. Les tremblements, les vomissements, la mort…

Il se leva du lit en se retenant au mur, puis il tituba jusqu'aux barreaux pour regarder dans le corridor. Trois autres cellules étaient occupées. Quand il se demanda si Miles Ryan était dans les parages, deux détenus le prièrent de se taire ; le troisième ne daigna pas lui répondre.

Deux années au trou, voilà ce qui l'attendait. Il n'était pas assez naïf pour s'imaginer qu'on le libérerait ou que l'avocat de l'assistance judiciaire plaiderait l'indulgence. Son sursis avec mise à l'épreuve stipulait qu'il serait réincarcéré à la première infraction. Après avoir été arrêté pour conduite en état d'ivresse, il n'aurait plus qu'à moisir en prison jusqu'à la mort…

Il essuya son front moite du revers de la main et décida de tenter l'impossible pour échapper à son triste sort.

Son esprit se mit à fonctionner par saccades, de plus en plus vite. Le seul moyen de s'en sortir était de faire annuler son arrestation de la veille.

Mais comment diable allait-il s'y prendre ?

Tu possèdes des informations, lui souffla une petite voix.

Miles venait de sortir de sa douche quand il entendit le téléphone sonner. Il avait préparé le petit déjeuner de Jonah à l'heure habituelle et il l'avait accompagné à l'arrêt de l'autocar ; mais au lieu de vaquer à ses occupations, il s'était recouché pour sommeiller un moment. Il travaillait de midi à huit heures ce jour-là et comptait passer une soirée tranquille en compagnie de Sarah, car Jonah allait au cinéma avec Mark.

Ce coup de téléphone allait bouleverser ses projets.

Une serviette autour de la taille, il répondit juste avant le déclenchement du répondeur. Charlie était au bout du fil.

– J'aimerais te voir au plus vite, dit celui-ci après avoir échangé quelques plaisanteries avec lui.

– Pourquoi ?

– Tu as arrêté Sims Addison hier soir, non ?

– Effectivement.

– Je n'ai pas trouvé ton rapport.

– Un autre appel m'a obligé à repartir d'urgence. Je pensais arriver en avance pour m'en occuper. Un problème ?

– On va voir… Quand peux-tu venir ?

L'insistance de son chef surprit Miles.

– Dans une demi-heure ; je sors juste de la douche…

– Eh bien, je t'attends. Viens me voir dès que tu seras là.

– Tu ne peux pas me dire en deux mots de quoi il s'agit ?

– Dépêche-toi d'arriver si tu veux en savoir plus, fit Charlie après un long silence.

– Alors, raconte ! demanda Miles, à peine arrivé.

Charlie l'avait entraîné dans son bureau et refermé la porte derrière lui.

– Raconte-moi d'abord ce qui s'est passé hier soir, répliqua le shérif.

– Avec Sims Addison ?

– Dis-moi tout, de A à Z.

– Hum… Je m'étais posté, peu après minuit, sur la route de Beckers – près du bar de Vanceboro. Tu vois ?

Charlie, les bras croisés, parut se concentrer.

– J'attendais, après une soirée tranquille. Le bar allait fermer. Vers deux heures du matin, j'ai vu quelqu'un en sortir et j'ai eu la bonne idée de le suivre : sa voiture s'est mise à faire des embardées sur la route. Quand j'ai arrêté le conducteur pour un test antialcoolique, j'ai réalisé quc j'avais affaire à Sims Addison. Son haleine empestait l'alcool. En sortant de sa voiture, il est tombé dans les pommes. Alors, je l'ai embarqué ici et il a repris conscience avant d'arriver. Ça m'a évité de le porter jusqu'à la cellule, mais j'ai dû le soutenir. Au moment où j'allais remplir les papiers, j'ai eu un appel qui m'a obligé à partir immédiatement et je ne suis pas revenu. Comme je remplace Tommie aujourd'hui, je comptais m'en occuper avant de prendre mon tour.

– C'est tout ? fit Charlie sans quitter Miles des yeux.

– Tu ne vas pas me reprocher de l'avoir brutalisé ? Je te répète que je ne l'ai pas touché. Il est tombé. Je t'assure qu'il était complètement cuit…

– Je ne dis pas le contraire.

– Alors, de quoi s'agit-il ?

– Encore une question ! Il ne t'a rien dit, hier soir ?

– Rien de particulier. (Miles réfléchit un moment.) Il m'a salué par mon nom, c'est à peu près tout…

– Il avait un comportement bizarre ?

– Il était dans les vapes.

– Hum ! marmonna Charlie, perdu dans ses pensées.

– Allons, dis-moi ce qui se passe ! insista Miles.

Charlie soupira.

– Sims veut te parler… À toi, personnellement, il prétend avoir des informations.

– Ah bon ?

– Il n'a rien voulu me dire, mais il affirme que c'est une question de vie ou de mort.

À travers les barreaux, Miles observa le prisonnier, qui lui parut fort mal en point. Sa peau était jaunâtre comme celle de beaucoup d'alcooliques, ses mains tremblaient, et son front ruisselait de sueur. Assis sur un lit de camp, il avait les bras couverts de traînées rouges, car il s'était gratté frénétiquement pendant des heures.

Après avoir approché une chaise, Miles s'assit à côté de lui, les coudes sur les genoux.

– Tu voulais me parler ? fit-il.

Sims se retourna, surpris par le son de sa voix. Quand il eut remis ses idées en place, il essuya sa lèvre supérieure, leva la tête, et murmura :

– Shérif…

Miles se pencha vers lui.

– Qu'as-tu à me dire, Sims ? D'après mon chef, tu aurais des informations à me communiquer.

– Pourquoi vous m'avez bouclé, hier soir ? J'avais rien fait de mal.

– Tu conduisais en état d'ivresse ! C'est un délit.

– Pourtant, vous ne m'avez pas encore inculpé.

Où voulait en venir Sims ? se demanda Miles.

– Je n'ai pas eu le temps, admit-il en toute franchise. Légalement, ça ne pose pas de problème si je le fais maintenant. Tu n'avais rien d'autre à me raconter ?

Miles fit un pas en direction du corridor.

– Attendez ! lança Sims.

– Oui ? fit Miles en tournant la tête.

– J'ai quelque chose d'important à vous dire.

– D'après Charlie, c'est une question de vie ou de mort…

Sims passa le dos de sa main sur ses lèvres.

– Pas question que je retourne en taule ! Je suis en sursis avec mise à l'épreuve. Si vous m'inculpez, c'est foutu pour moi.

– Quand on commet une infraction, on va en prison ; tu devrais le savoir.

– J'en crèverai si on m'envoie au trou.

– Il fallait y penser hier soir !

Miles fit mine de partir et Sims se leva de son lit de camp.

– Vous allez pas me jouer ce tour-là !

Miles hésita un instant.

– Je n'y peux rien, Sims…

– Vous *pouvez* me libérer. J'ai fait de tort à personne et si on me boucle, je suis foutu. C'est clair comme de l'eau de roche.

– Que veux-tu que j'y fasse ?

– Dites que vous vous êtes trompé. Que je zigzaguais parce que je m'étais endormi au volant…

– Désolé, marmonna Miles, vaguement apitoyé.

Il était déjà dans le corridor quand Sims s'agrippa aux barreaux de sa cellule.

– J'ai des informations pour vous !

– On en reparlera quand j'aurai rempli les papiers te concernant.

– Attendez !

Le ton péremptoire du prisonnier incita Miles à s'arrêter.

– Oui ? fit-il.

Les trois occupants des cellules voisines avaient été emmenés à l'étage ; mais Sims s'assura d'un regard qu'il n'avait omis personne, avant de faire signe à Miles de s'approcher.

Celui-ci resta immobile, les bras croisés.

– Si je vous donne un renseignement important, vous retirez l'inculpation, chuchota Sims en se raclant la gorge.

Voilà, se dit Miles, on y est !

– Tu sais bien que je ne peux rien faire sans en parler au procureur.

– Non, ça ne me va pas ! Vous connaissez mes méthodes de travail… Anonyme, et jamais de déclarations sous serment.

Comme Miles se taisait, Sims regarda furtivement autour de lui pour s'assurer une dernière fois que personne ne l'entendait.

– Je peux pas vous donner de preuve tangible, mais ce que j'ai à vous dire est vrai.

Le prisonnier baissa la voix et ajouta d'un ton mystérieux :

– Je *sais* qui est le coupable.

Miles crut sentir ses cheveux se dresser sur sa tête.

– De quoi parles-tu ?

– Je peux pas vous en dire plus tant que vous m'avez pas relâché…

Miles s'approcha en tenant à peine sur ses jambes.

– Me dire quoi ? demanda-t-il.

– D'abord, faisons un deal. Pour me sortir d'ici, racontez-leur que vous n'aviez pas l'Alcootest. Donc, vous ne pouvez pas prouver que j'avais bu…

– Pas question d'un deal !

– Pas de deal, pas d'information…

Les deux hommes se faisaient face, les yeux dans les yeux.

– Ça vous intéresse donc pas de savoir qui est le coupable ? dit finalement Sims.

Le cœur de Miles se mit à battre la chamade. Ses mains se crispèrent.

– Vous saurez tout si vous me relâchez, ajouta Sims.

Miles ouvrit la bouche et la referma aussitôt. Ses souvenirs affluaient comme l'eau d'un évier en train de déborder. C'était incroyable, absurde, et pourtant…

Si par hasard cet homme connaissait réellement l'individu qui avait causé la mort de Missy ?

– Tu devras témoigner, articula-t-il enfin.

– Jamais de la vie ! fit Sims en levant les bras au ciel. J'ai rien vu, mais j'ai entendu des gens causer. S'ils apprennent que j'ai parlé, je suis mort. Donc, je refuserai de témoigner ; tout doit rester entre vous et moi. Si on m'interroge, je jurerai que je n'ai rien dit…

Sims haussa les épaules et plissa les yeux en imitant son interlocuteur.

– À vous de décider si vous voulez savoir la vérité. Si c'est oui, je peux vous la dire. Que Dieu me fasse tomber raide mort si je mens !

– Parle ! cria Miles en s'agrippant aux barreaux de toutes ses forces.

– Quand vous m'aurez sorti d'là, répliqua Sims, imperturbable.

Miles resta un long moment à le dévisager sans un mot.

– J'étais au *Rebel*, dit enfin Sims, lorsque Miles eut cédé. Vous connaissez cet endroit, non ?

Il essuya ses cheveux gras du revers de la main et ajouta, sans attendre une réponse :

– Ça s'est passé il y a deux ans, environ. Je me rappelle plus exactement. Je prenais un verre, et, derrière moi, j'ai aperçu Earl Getlin dans un box. Vous vous souvenez de lui ?

Miles hocha la tête. Earl Getlin était bien connu de la police. Ce grand escogriffe au visage grêlé et aux bras couverts de tatouages – l'un représentant un lynchage, l'autre un crâne transpercé par un poignard – avait déjà été arrêté pour sévices sexuels, pour effraction, pour vente de marchandises volées. On le soupçonnait aussi de faire du trafic de drogue. Incarcéré depuis un an à la prison centrale de Hailey pour vol de voiture, il ne risquait pas d'être libéré avant quatre ans.

– Earl jouait nerveusement avec son verre, reprit Sims. Il avait l'air d'attendre quelqu'un. Alors, je les ai vus entrer. Les Timson… Comme j'aime pas trop me frotter à ces gars-là, j'ai évité de me faire remarquer. Ils se sont assis en face d'Earl et ils se sont mis à chuchoter, mais je pouvais tout entendre de l'endroit où j'étais.

Miles écoutait Sims, le dos raide et la bouche aussi sèche que s'il avait passé des heures dehors, un jour de canicule.

Après une pause, Sims poursuivit son récit.

– Ils menaçaient Earl, qui leur répétait qu'il n'avait pas encore l'argent. Tout à coup, Otis a pris la parole et ses frères n'ont plus rien dit. Otis a annoncé à Earl que s'il n'avait pas le pognon le week-end suivant il ferait bien de se méfier, parce que c'était pas dans ses habitudes de se laisser rouler.

Miles cligna des yeux, le visage blême.

– Il a ajouté, conclut Sims, qu'il arriverait à Earl la même chose qu'à Missy Ryan. Mais, cette fois-ci, il reculerait pour passer une seconde fois sur son corps…

18.

Je me souviens que je me suis mis à hurler avant même d'avoir arrêté ma voiture.

Je me souviens, aussi, de l'impact – un léger sursaut de la roue et un bruit sourd qui m'a soulevé le cœur. Mais je me souviens surtout de mes cris déchirants. Ils ont résonné entre les vitres fermées jusqu'au moment où j'ai coupé le contact et ouvert la portière. Mes cris se sont alors mués en une supplication affolée, et j'ai simplement murmuré : « Non, non, non… »

En respirant avec peine, j'ai couru vers l'avant de la voiture. Je n'ai pas constaté de dégâts. Ma Pontiac était, je vous le rappelle, un ancien modèle, conçu pour supporter de forts impacts. Ne voyant pas le corps, je m'attendais à le trouver coincé sous ma voiture. L'estomac noué, j'ai posé mes mains sur mes genoux et j'ai failli vomir ; pourtant je ne me démonte pas facilement ; les gens apprécient mon sang-froid. Quand je me suis senti plus calme, j'ai cherché sous ma voiture. Toujours pas de corps !

J'ai couru dans tous les sens sans rien trouver.

Alors, je me suis mis à marcher en regardant des deux côtés de la route. Mon imagination m'avait-elle joué des tours ? J'espérais, malgré l'évidence, que j'avais simplement frôlé cette femme et qu'elle s'était effondrée quelque part, inconsciente. J'ai jeté un coup d'œil derrière ma Pontiac, puis devant, à la lumière de mes phares. Comme elle n'y était pas non plus, j'ai eu une soudaine intuition. Après avoir fait quelques pas hésitants, je l'ai découverte dans le fossé, quelques mètres plus loin.

Devais-je courir à la maison la plus proche pour appeler une ambulance ou m'approcher d'elle ? J'ai préféré la seconde solution et je me suis avancé de plus en plus lentement, comme pour retarder le moment de vérité.

Elle était dans une posture bizarre : une jambe croisée sur l'autre à partir de la cuisse, le genou tordu, et le visage de travers. L'un de ses bras était coincé sous son corps, l'autre étendu au-dessus de sa tête.

Je la revois sur le dos, les yeux grands ouverts.

Je n'ai pas réalisé tout de suite qu'elle était morte, mais son regard vitreux m'a frappé au bout de quelques secondes. Il paraissait figé, comme celui d'un mannequin dans la vitrine d'un grand magasin.

Soudain, j'ai remarqué la flaque de sang sous sa tête, et j'ai tout compris. Ses yeux, la position de son corps, le sang…

J'ai dû faire quelques pas sans m'en rendre compte et m'évanouir. Quand j'ai rouvert les yeux, j'étais près d'elle. J'ai placé mon oreille sur sa poitrine, puis contre sa bouche, et j'ai tâté son pouls. Pas le moindre sursaut, pas le moindre battement de cils… Rien.

Par la suite, l'autopsie a révélé qu'elle était morte sur le coup. J'insiste : Missy Ryan n'avait aucune chance de s'en tirer même si j'avais agi autrement.

Au bout de je ne sais combien de temps, je suis allé d'un pas chancelant ouvrir le coffre de ma voiture. J'ai pris une couverture et je l'ai déposée sur son corps. Charlie a suggéré lors de l'enquête que c'était une manière de demander pardon. Il a deviné juste, en partie. Mais je voulais aussi éviter que quelqu'un d'autre ne voie de ses propres yeux ce que j'avais vu moi-même. J'ai recouvert le corps de Missy pour cacher ma honte…

Ensuite, mes souvenirs se troublent. Je me souviens que j'ai roulé en direction de mon domicile. Comment expliquer ma fuite ? Je n'avais sans doute pas les idées très claires. À la lumière de mon expérience, je sais que je réagirais différemment aujourd'hui. Si les mêmes circonstances se présentaient, je me précipiterais vers la maison la plus proche et j'appellerais la police. Ce soir-là, je n'ai pas eu ce réflexe.

Pourtant, il ne s'agissait pas de dissimulation. En tout cas, au début. Je crois que je suis rentré chez moi parce que je n'avais pas le choix. J'étais attiré par ce refuge comme un moucheron par la lumière d'un porche.

Une fois rentré, je n'ai pas fait non plus ce qu'il fallait. Au lieu d'appeler la police, je me suis mis au lit, épuisé, et j'ai dormi jusqu'au lendemain matin.

Rien de pire, au réveil, que ce moment où nous savons inconsciemment que quelque chose d'effroyable s'est produit, mais où tous nos souvenirs ne nous sont pas encore revenus en mémoire. J'avais l'impression de manquer d'air ; il m'a suffi d'inspirer pour que tout resurgisse – la route, le choc, et le corps de Missy dans le fossé.

Le visage caché entre mes mains, je refusais d'y croire. Mon cœur s'est emballé dans ma poitrine et j'ai espéré qu'il s'agissait d'un rêve. Un de ces rêves bizarres qui se confondent avec la réalité tant qu'on n'a pas sérieusement réfléchi. Hélas, c'était bien la réalité. De plus en plus horrifié, j'ai eu l'impression de me noyer au fond d'un gouffre.

Quelques minutes plus tard, j'ai lu l'article dans le journal, et c'est alors que je suis devenu impardonnable.

J'ai vu les photos et j'ai lu le compte rendu. Des policiers se juraient de retrouver le coupable quoi qu'il arrive. J'ai compris aussitôt que ce tragique accident passerait pour un crime…

Malgré les circonstances, on m'accuserait d'avoir tué cette femme et pris la fuite. Or, ce que j'avais fait la veille ne pouvait pas être considéré comme un crime. Je n'étais pas en pleine possession de mes moyens quand j'avais décidé de rentrer chez moi !

Le téléphone, posé sur le comptoir, semblait me faire signe. Si j'ai commis un crime, c'est dans la cuisine, quand j'ai regardé ce téléphone sans oser prévenir la police.

J'étais bouleversé, mais pleinement lucide. Mes craintes ont pesé plus lourd que mon sens du devoir, et je ne mérite aucune excuse.

Affolé à l'idée d'aller en prison pour un simple accident, je me suis trouvé des prétextes pour attendre. Je me suis promis d'appeler plus tard, quand le calme serait revenu ; ensuite j'ai attendu les obsèques.

Le temps a passé, je n'ai rien fait, et un beau jour j'ai réalisé qu'il était trop tard.

19.

Sirènes hurlantes et gyrophares en action, Miles faillit déraper dans un tournant et remit le pied au plancher.

Après avoir tiré Sims de sa cellule, il l'avait entraîné dans l'escalier et à travers le bureau, sans même s'arrêter. Charlie avait raccroché son téléphone à la vue de son visage blême, trop tard pour l'empêcher d'atteindre la porte. Puis il l'avait rejoint sur le trottoir pour lui ordonner de l'attendre, mais il courait déjà vers son véhicule. Et il avait poursuivi son chemin…

– Que se passe-t-il ? avait rugi Charlie en martelant sa vitre au moment où il démarrait.

Au lieu de baisser sa vitre, il lui avait fait signe de dégager et avait foncé hors du parking, avec de grands crissements de pneus sur le bitume. Une minute plus tard, Charlie l'appelait par radio pour lui demander des explications. Il n'avait pas pris la peine de lui répondre.

Du poste de police au lotissement des Timson, on mettait normalement un quart d'heure ; avec la sirène et les gyrophares, Miles fit le trajet en moins de huit minutes. Il était déjà à mi-chemin au moment de l'appel radio de Charlie. Sur l'autoroute, il frôla les cent cinquante kilomètres à l'heure. Quand il arriva, hagard, devant le mobil-home d'Otis, il avait les mains engourdies autour du volant. Il se sentait fou de rage.

Otis Timson avait blessé son fils avec une brique.

Otis Timson avait tué sa femme.

Otis Timson avait failli s'en tirer à bon compte.

Sur le chemin de terre, la voiture cahotait, tandis que les arbres défilaient à la vitesse de l'éclair. Après un dernier tournant à droite, Miles leva le pied de l'accélérateur. Il était presque arrivé.

Et la torture qu'il endurait depuis deux ans allait bientôt prendre fin…

Il s'arrêta au milieu du lotissement et sortit de la voiture. Debout à côté de sa portière ouverte, il balaya les lieux du regard. Rien ne bougea. Les mâchoires serrées, il porta la main à son étui de revolver et sortit son arme.

Otis Timson avait tué sa femme. Il l'avait renversée de sang-froid sur la route.

Un silence inquiétant régnait sur le lotissement. Miles n'entendait que le rythme heurté de sa respiration et le cliquetis du moteur en train de se refroidir. Pas un souffle dans les branches des arbres, pas un pépiement d'oiseau.

Malgré le froid hivernal, le ciel était clair et dégagé comme par un jour de printemps. Au bout de quelques secondes, une porte s'entrouvrit en grinçant comme un vieil accordéon rouillé.

– Qu'est-ce que vous voulez ?

La voix de Clyde Timson, fêlée par des années de cigarettes sans filtre.

Miles se baissa. La portière de sa voiture ferait écran si des coups étaient tirés.

– Je viens chercher Otis. Amenez-le-moi !

La main du vieil homme disparut ; la porte claqua.

Le doigt sur la détente, Miles sentait son cœur s'emballer. Après la plus longue minute de sa vie, il vit la porte se rouvrir, poussée par la même main.

– De quoi on l'inculpe ?
– Amenez-le-moi, immédiatement.
– Pourquoi ?
– Je viens l'arrêter. Qu'il sorte, les mains levées !

La porte claqua une seconde fois, et Miles réalisa la précarité de sa situation. Dans sa hâte, il s'était mis en danger, car il y avait quatre mobil-home – deux en face et un de chaque côté. Bien qu'il n'ait aperçu personne, il les savait habités. Il remarqua aussi de nombreuses épaves de voitures entre les mobil-home. Les Timson étaient peut-être en train de l'encercler pour gagner du temps.

Il aurait dû venir avec des renforts, ou en demander maintenant. Non, il n'était plus temps !

La porte finit par se rouvrir et Clyde apparut. Il tenait d'une main une tasse de café, comme si ce genre d'événement était monnaie courante. En voyant le revolver de Miles pointé sur lui, il esquissa un pas en arrière.

– Qu'est-ce que vous voulez, Ryan ? grommela-t-il. Otis a rien fait de mal.
– Je viens l'arrêter, Clyde.
– Vous m'avez toujours pas dit pourquoi.
– Il sera inculpé dès son arrivée au poste de police.
– Où est votre mandat d'arrêt ?
– Je m'en passe dans un cas pareil !
– C'est illégal ; vous n'avez pas le droit de me donner des ordres. Tirez-vous, si vous n'avez pas de mandat d'arrêt. On en a marre de vos histoires !
– Je ne plaisante pas, gronda Miles. Sortez-le d'ici, Clyde, ou bien j'appelle tous les flics du comté et j'arrête toute ta famille pour avoir caché un criminel.

Ce bluff porta ses fruits. Otis apparut derrière la porte et Miles le visa de son arme ; il ne semblait pas plus ému que Clyde.

– Pousse-toi, papa, fit calmement Otis.

Miles dut se retenir pour ne pas appuyer sur la détente. Maîtrisant sa rage, il se redressa, son revolver toujours pointé sur Otis. Puis il se mit à découvert en faisant le tour de sa voiture.

– Dehors ! cria-t-il.

Otis s'avança, mais resta sur le porche, les bras croisés.

– De quoi vous m'inculpez, Ryan ?

– Tu le sais bien. Haut les mains !

– Je comprends pas ce que vous me voulez.

Bravant le danger, Miles s'avança vers la maison, son doigt crispé sur la détente.

Un geste d'Otis, un seul…

– Sors de là !

Otis jeta un coup d'œil à son père, bouillant d'indignation, mais le regard de Miles le persuada de descendre les marches du porche.

– Bon, dit-il, j'arrive…

– Mains en l'air !

Des portes s'étaient ouvertes dans les autres mobil-home ; cependant, personne ne bougeait. Rares étaient les occupants de ce lotissement qui avaient la conscience nette mais ils ne se sentaient pas visés personnellement et le regard de Miles était celui d'un homme prêt à tirer…

– À genoux, tout de suite !

Otis eut beau obtempérer, Miles ne rengaina pas. Il avança, sur le qui-vive. Le reste du monde avait cessé d'exister. Il n'y avait plus que lui et le meurtrier… Une lueur de crainte – et peut-être de lassitude – passa dans les yeux d'Otis, qui restait muet. Miles s'arrêta, plongea son regard dans le sien et amorça un mouvement tournant vers son dos.

Le canon de son revolver frôlait presque la tempe du jeune homme. Le scénario d'une exécution… Une simple pression du doigt suffirait. Oui, il allait le tuer, pour en finir. Il devait bien ça à Missy et à Jonah.

Jonah…

L'image de son fils le ramena brusquement à la réalité. Il hésita encore quelques secondes puis poussa un profond soupir et rengaina. Il détacha ses menottes de sa ceinture, les plaça autour des poignets d'Otis et boucla le système. Il ordonna ensuite à son prisonnier de se relever.

– Et maintenant, tu as le droit de te taire, lança-t-il.

Clyde, d'abord figé sur place, s'agita dans tous les sens, comme une fourmilière sur laquelle on vient de marcher par mégarde.

– C'est illégal ! rugissait-il. Je vais appeler mon avocat. Vous n'avez pas le droit de venir ici et de pointer votre arme sur mon fils.

Il continua à s'époumoner jusqu'à ce que Miles installe Otis à l'arrière de la voiture et démarre.

Les yeux rivés sur la route, le shérif adjoint gardait le silence. Maintenant qu'Otis était à sa merci, il n'était pas certain de se contrôler si leurs regards se croisaient dans le rétroviseur.

Il avait bien failli le tuer. Grâce à Dieu, il s'était retenu à temps, mais combien de fois avait-il enfreint le règlement ? Peut-être une demi-douzaine…

Il avait libéré Sims et procédé à une arrestation de sa propre initiative – sans l'accord de son chef, sans demander des renforts, et en plaçant le revolver contre la tempe d'Otis. Charlie ainsi qu'Harvey Wellman allaient lui en faire voir de toutes les couleurs.

Advienne que pourra ! se dit-il en regardant la ligne pointillée défiler à toute vitesse. Il avait rongé son frein pendant deux ans ; l'essentiel était qu'Otis soit enfermé.

– Pourquoi vous m'arrêtez ? demanda platement le prisonnier.

– Tu vas la fermer ?

– J'ai le droit de savoir de quoi on m'accuse.

Miles, écumant de colère, se retourna sans un mot, et Otis ajouta avec un flegme inattendu :

– Vous voulez que j'vous dise un petit secret ? Je me doutais que vous n'alliez pas tirer. C'était pas possible…

Miles, écarlate, se mordit les lèvres.

– À propos, vous sortez toujours avec cette fille que vous avez amenée à la Taverne ? insista Otis. Je me demandais, parce que…

Miles enfonça la pédale de frein. Les pneus crissèrent, laissant des traces noires sur la chaussée. Otis, qui n'avait pas de ceinture de sécurité, fut projeté en avant, puis en arrière – comme un yo-yo – dès que Miles appuya sur l'accélérateur.

Pendant le reste du trajet, Otis n'ouvrit plus la bouche.

20.

– Sapristi, tu vas m'expliquer ce qui se passe ? gronda Charlie.

Miles venait d'entrer dans le bureau du shérif, après avoir bouclé Otis dans l'une des cellules. Quand celui-ci avait exigé de voir son avocat, il s'était dirigé vers l'escalier sans un mot.

Charlie referma la porte derrière lui, tandis que les autres policiers tournaient les yeux vers la fenêtre, histoire de dissimuler leur curiosité.

– Ça crève les yeux, marmonna Miles.

Charlie croisa les bras sur son bureau.

– Soyons sérieux, s'il te plaît. Tu vas répondre immédiatement à mes questions ! Commençons par Sims. Je veux savoir pourquoi tu n'as pas rempli les papiers, pourquoi tu l'as relâché, et pourquoi c'était « une question de vie ou de mort ». Tu me diras ensuite pourquoi tu es parti d'ici comme un fou et pourquoi Otis est enfermé au sous-sol.

Pendant les quinze minutes suivantes, Miles lui fit un récit détaillé des événements. Il l'écouta, abasourdi, tout en marchant de long en large.

– De quand date cette histoire ? s'étonna-t-il.

– À peu près deux ans… Sims ne se souvenait pas exactement.

– Tu l'as cru ?

Miles hocha la tête. Après sa violente décharge d'adrénaline, il se sentait étrangement las.

– S'il mentait, il est un acteur de première catégorie.

– Donc, tu l'as libéré, constata Charlie.

– Ça s'imposait.

– Non, Miles, la décision ne t'appartenait pas ! Tu aurais dû me consulter d'abord.

– Tu n'étais pas là. Et si je vous avais mêlé à cette affaire, Harvey et toi, il ne m'aurait rien dit. Je me suis fié à mon intuition, et, contrairement à ce que tu crois, j'ai obtenu la réponse que je cherchais.

Charlie, pensif, regarda par la fenêtre. Cette histoire sentait mauvais. Miles avait outrepassé ses droits et il aurait fort à faire pour se justifier, mais ce n'était pas tout.

– Que vaut cette réponse ? marmonna-t-il enfin.

Miles leva les yeux.

– Tu as des doutes ?

– Permets-moi d'être sceptique ! Menacé de faire de la prison s'il ne trouve pas un arrangement, Sims prétend tout à coup avoir des informations à te communiquer. (Charlie fit facc à Miles.) Où était-il, il y a deux ans ? On avait offert une récompense. Sachant de quoi il vit, comment t'expliques-tu qu'il n'ait rien dit à l'époque ?

– Il a peut-être eu peur…

Ou il ment, pensa Charlie.

– Écoute, reprit Miles, comme s'il avait lu dans ses pensées, il suffit de parler à Earl Getlin. S'il confirme la version de Sims, on lui demandera de témoigner.

Charlie resta silencieux. Miles était en train de le fourrer dans un sacré pétrin !

– Je te rappelle qu'il a renversé ma femme, ajouta Miles.

– Sims *dit* qu'Otis *dit* qu'il a renversé ta femme… ça fait beaucoup de on-dit.

– Tu connais mon problème avec Otis.

Charlie leva les mains au ciel.

– Si je le connais ! D'ailleurs, je te rappelle que nous avons vérifié l'alibi d'Otis en premier. Des témoins ont affirmé qu'il était chez lui le soir de l'accident.

– Il s'agissait de ses frères !

– Bien que tu n'aies pas participé à l'enquête, tu sais qu'on a mis le paquet pour trouver la clef de l'énigme. On n'est pas une bande de bouffons, et les hommes de la patrouille routière non plus. On n'a rien négligé parce qu'on voulait, autant que toi, connaître la vérité… On a interrogé les suspects, on a fait faire des analyses en laboratoire, mais on n'a trouvé aucun indice concernant Otis. Aucun !

– Rien de moins sûr.

– Beaucoup plus sûr que la version de Sims, soupira Charlie. Tu es rongé par le doute depuis l'accident de Missy, et je t'assure que je suis de tout cœur avec toi. Si Brenda avait été la victime, j'aurais probablement cherché, moi aussi, à découvrir le coupable par mes propres moyens… Mais, tu sais quoi ?

Charlie s'interrompit pour vérifier que Miles l'écoutait.

– Je n'aurais pas cru le premier venu, surtout s'il s'agissait d'un type comme Sims, reprit le shérif. Sais-tu à qui tu as affaire ? Sims Addison trahirait sa propre mère si ça pouvait lui rapporter trois sous. Tu devrais réaliser qu'il est prêt à tout quand sa liberté est en jeu…

– Il ne s'agit pas de lui.

– Bien sûr que si ! Il t'aurait dit n'importe quoi pour ne pas retourner en taule. Comprends-tu ?

– Il ne m'aurait pas menti à ce sujet.

Charlie regarda Miles droit dans les yeux.

– Pourquoi pas ? Parce que c'est trop personnel ? Trop important pour toi ? Ce type a beau picoler, c'est un malin. Il a su comment s'y prendre pour te faire craquer.

– Tu n'étais pas là quand il m'a parlé. Si tu avais vu son visage !

– Je le vois comme si j'y étais. Supposons maintenant qu'il ait dit la vérité et oublions le fait que tu n'étais pas autorisé à le libérer sans nous consulter, Harvey ou moi. Eh bien, tu te fies à de simples ragots ! Sims n'est pas un témoin direct…

– Ça n'est pas nécessaire.

– Allons, Miles ! Tu connais la loi mieux que quiconque. On ne peut pas croire à des on-dit, donc tu n'as pas de preuves.

– Earl Getlin peut témoigner.

– Qui le prendra au sérieux ? Avec ses tatouages et son casier judiciaire, il aura du mal à convaincre le jury. Et puis, Miles, tu négliges un point important.

– Lequel ?

– Que feras-tu si Getlin dément les propos de Sims ?

– Dans ce cas, Otis devra passer aux aveux.

– Je doute qu'il accepte. À moins que tu n'exerces une pression suffisante sur lui.

Miles se leva, à bout de nerfs.

– Écoute, Charlie, martela-t-il, Otis a tué Missy. C'est clair ? Quelque chose a dû vous échapper au moment de l'enquête, et pour rien au monde je ne lâcherai prise. (Il s'approcha de la porte.) J'ai un prisonnier à interroger…

Charlie pivota sur lui-même et referma la porte.

– Miles, tu ferais mieux de ne pas te mêler de cette affaire pour l'instant.

– Ne pas m'en mêler ?

– Exactement. C'est un ordre que je te donne.

– Il s'agit de Missy, Charlie !

– Non, il s'agit de l'un de mes hommes qui a outrepassé ses droits et pris de fâcheuses initiatives.

Ils se toisèrent un instant, et Charlie hocha la tête.

– Miles, conclut-il, je comprends ton émotion, mais tu dois garder ton sang-froid. Je parlerai à Otis, j'irai trouver Sims, et je m'arrangerai pour rencontrer Earl. Rentre chez toi, et reste tranquille aujourd'hui !

– Je viens d'arriver…

Charlie posa la main sur la poignée de la porte.

– Aucune importance ! Considère que ta journée est terminée et laisse-moi prendre cette affaire en main.

Depuis près de trente ans qu'il était shérif, Charlie avait appris à se fier à son intuition. Et son intuition, pareille à un signal d'alarme, lui dictait la prudence.

Mais par où commencer ? Sans doute par Otis, puisqu'il était au sous-sol. Pourtant, il aurait préféré interroger Sims le premier. Miles affirmait que Sims ne mentait pas ; vu les circonstances, il doutait de son objectivité.

Il avait été un témoin privilégié du combat mené par Miles après la mort de Missy. Dieu, qu'ils s'étaient aimés, ces deux-là ! Toujours à échanger des regards langoureux ; et la naissance de Jonah n'avait rien changé. Brenda disait, pour plaisanter, que même à la maison de retraite ils se bécoteraient encore.

Sans Jonah, Miles n'aurait probablement pas survécu à son deuil. D'ailleurs, il avait bien failli se détruire à petit feu en abusant de l'alcool et du tabac. Il avait maigri, perdu le sommeil, et l'idée qu'il s'agissait d'un crime l'avait longtemps obsédé.

Oui, un crime… Miles ne croyait pas à la possibilité d'un accident.

Charlie martela son crayon contre son bureau. C'était le fond du problème. Il n'ignorait rien de l'enquête personnelle menée par son adjoint, et il n'avait pas pu le freiner. Harvey Wellman avait pesté contre lui, mais qu'y faire ? Ils savaient parfaitement l'un et l'autre que Miles donnerait sa démission si on l'obligeait à céder.

Grâce au ciel, il avait réussi à le tenir à distance d'Otis Timson. L'animosité entre ces deux hommes dépassait la norme. Tous les coups pendables montés par les Timson y étaient pour quelque chose ; mais la tendance de Miles à les coincer sous le moindre prétexte rendait la situation explosive.

Otis pouvait-il avoir renversé volontairement Missy Ryan ?

Cette hypothèse était plausible, car Otis était agressif et bagarreur. Mais il n'avait, apparemment, jamais franchi certaines limites. Pour l'instant. En outre, l'enquête avait été menée avec la plus grande diligence. Auraient-ils par hasard négligé un indice ?

Il prit son bloc-notes et inscrivit ses pensées au fur et à mesure qu'elles lui traversaient l'esprit.

Sims Addison ment-il ?

Par le passé, il avait toujours été un bon informateur, mais l'enjeu était plus important que d'habitude. Il n'avait pas parlé pour de l'argent, mais pour sauver sa peau. Cette différence le rendait-elle plus crédible ? Ou moins ?

Il allait avoir une conversation avec lui. Si possible, le jour même. Le lendemain au plus tard.

Reprenant son bloc-notes, Charlie griffonna le nom suivant.

Earl Getlin. Que va dire ce type ?

S'il ne confirmait pas les propos de Miles, inutile d'insister. Il libérerait Otis, et il lui faudrait au moins un an pour convaincre Miles que son ennemi juré n'était pas coupable – au moins de ce crime-là. Mais si Earl confirmait ? Avec son casier judiciaire, il n'était pas un témoin de choix ; et il exigerait évidemment quelque faveur en échange de son témoignage, ce qui fait toujours mauvaise impression aux yeux d'un jury.

En tout cas, il fallait lui parler sur-le-champ. Après avoir placé son nom en tête de liste, il en nota un troisième.

Otis Timson. Coupable ou non ?

S'il avait tué Missy, la dénonciation de Sims prenait du poids. Mais que faire alors ? Le garder sous les verrous et procéder à une enquête complémentaire ? Le libérer pendant l'enquête ? De toute façon, Harvey ne serait pas trop favorable à une procédure basée uniquement sur Sims Addison et Earl Getlin. Et que pouvaient-ils espérer, deux ans après l'événement ?

Malgré ses doutes, il allait rouvrir l'enquête. Autant pour lui-même que pour Miles.

Plusieurs hypothèses lui semblaient envisageables.

Sims avait dit la vérité et Earl confirmait ses propos – une hypothèse douteuse, mais à ne pas négliger. Dans ce cas, pourquoi Otis avait-il parlé ? Probablement parce qu'il était coupable. Alors, il n'y avait plus qu'à reprendre l'affaire à zéro. Mais si…

Une nouvelle hypothèse se présenta à lui. Mais si Otis avait menti le soir où Sims l'avait entendu menacer Earl ?

Charlie, pensif, ferma les yeux.

Otis avait pu se vanter d'avoir commis un crime resté impuni… Dans quel but ? Obliger Earl, sous la menace, à lui rendre son argent.

Ou aurait-il manigancé le coup, sans faire le sale boulot lui-même ? Mais comment pouvait-il se douter que Missy irait marcher sur la route ce soir-là ?

Les pensées de Charlie tourbillonnaient dans sa tête. Il se frotta les tempes et posa son crayon. Dans cette affaire, Sims, Earl et Otis étaient en jeu ; mais aussi Miles – son adjoint, son ami.

Fallait-il conclure un accord avec Sims et renoncer à faire un rapport à son sujet ? Puis traîner le plus vite possible Otis en justice, sans prendre la peine d'interroger Earl Getlin ?

Harvey n'était pas un mauvais bougre, mais sa réaction allait poser des problèmes.

– Madge ! appela Charlie en soupirant.

Sa secrétaire, une femme rondelette et grisonnante, passa la tête dans son bureau. Elle avait toujours travaillé avec lui et il ne pouvait rien lui cacher. Sa conversation avec Miles était-elle parvenue à ses oreilles ?

– Joe Hendricks est toujours directeur de la prison de Hailey ? fit-il.

– Tom Vernon a dû lui succéder.

Charlie se souvint qu'il avait lu quelque chose à ce sujet.

– Vous pouvez me chercher son numéro de téléphone ?

– Tout dc suitc. Je l'ai dans mon bureau.

Moins d'une minute après, Madge tendait à Charlie la fiche de Vernon. Il la prit avec un air étrange et elle attendit, au cas où il souhaiterait lui en dire plus.

Il n'en fit rien.

– Earl Getlin ? Oui, nous l'avons toujours ici, fit Tom Vernon au bout du fil.

Charlie griffonnait sur un papier posé devant lui.

– Il faut que je lui parle.
– Un problème officiel ?
– Oui, si on veut.
– Quand comptez-vous venir ?
– Cet après-midi, si possible.
– Vous êtes bien pressé ! Ça paraît sérieux…
– En effet.
– J'annonce votre visite pour quelle heure ?
Charlie consulta sa montre et décida de renoncer à son déjeuner.
– Quatorze heures ; ça vous va ?
– D'accord. Je suppose que vous aurez besoin de lui parler en petit comité.
– J'aimerais autant.
– Pas de problème ! À tout à l'heure.
Charlie prenait sa veste, après avoir raccroché, quand Madge réapparut dans son bureau.
– Vous allez là-bas ?
– Il le faut.
– Je vous signale que Thurman Jones a appelé. Il souhaiterait vous parler.
Thurman Jones, l'avocat d'Otis Timson.
– S'il rappelle, dites-lui que je serai de retour vers six heures.
– Il ne peut pas attendre, paraît-il.
Ces avocats… Toujours pressés quand ils ont quelque chose à vous dire, songea Charlie ; quand on veut les joindre, c'est une autre paire de manches.
– Il vous a dit de quoi il s'agit ?
– Non, mais il m'a semblé furieux.
Comme de juste ! Son client était derrière les barreaux et n'avait pas encore été inculpé. Rien d'illégal pour l'instant, mais il n'avait pas intérêt à traîner.
– Dites-lui de me rappeler, maugréa-t-il.
Madge hocha la tête, les lèvres pincées.

– Autre chose ? s'enquit Charlie.

– Harvey demande aussi à vous parler. C'est urgent…

Charlie enfila sa veste. Un jour pareil, un appel d'Harvey n'avait rien de surprenant.

– S'il rappelle, faites-lui la même réponse.

– Mais…

– Madge, inutile de discuter ! Maintenant, envoyez-moi Harris ; j'ai une mission à lui confier.

Madge obtempéra, les sourcils froncés. Harris Young, un jeune policier, entra dans le bureau.

– Tu vas me trouver Sims Addison et le tenir à l'œil, lui ordonna Charlie.

– Je l'arrête ? demanda Harris, perplexe.

– Non. Retrouve-le et veille sur lui le plus discrètement possible.

– Combien de temps ?

– Au moins jusqu'à mon retour. Je reviens vers six heures.

– J'aurai presque terminé mon service…

– Je sais.

– Qu'est-ce que je fais si on me demande ailleurs ?

– Tu n'y vas pas. Aujourd'hui, tu te consacres à Sims. Je vais te faire remplacer.

– Toute la journée ?

Charlie adressa un clin d'œil narquois à Harris.

– Oui, mon vieux. N'est-ce pas un beau métier que tu exerces là ?

Après son entrevue avec Charlie, Miles ne rentra pas directement chez lui. Il erra en ville, sans but précis, mais son instinct le mena, comme par hasard, vers l'arche en marbre du cimetière de Cedar Grove.

Une fois garé, il se faufila, au milieu des tombes, jusqu'à celle de sa femme. Sur la dalle, un petit bouquet de fleurs fanées semblait déposé là depuis plusieurs semaines.

Miles trouvait toujours des fleurs sur la tombe de Missy. Des fleurs anonymes…

Dans la vie comme dans la mort, elle serait toujours aimée.

21.

Deux semaines après les obsèques de Missy Ryan, j'étais au lit, un matin, quand un oiseau s'est mis à gazouiller derrière mes carreaux. J'avais laissé ma fenêtre ouverte toute la nuit, à cause de l'insupportable moiteur de ma chambre. J'avais un sommeil agité depuis l'accident et je me réveillais souvent dans des draps trempés de sueur. Tandis que j'écoutais l'oiseau, l'odeur douceâtre de ma transpiration est parvenue comme d'habitude à mes narines.

J'ai essayé d'ignorer l'oiseau dans l'arbre, d'oublier que j'étais toujours vivant, alors que Missy Ryan était morte. Je n'ai pas réussi... « Je sais qui tu es et ce que tu as fait », semblait me dire l'oiseau moqueur, qui s'égosillait sur une branche.

La police ne tarderait pas à arriver...

C'était un accident, mais l'oiseau savait que je n'en avais plus pour longtemps. La police allait me soupçonner d'avoir été au volant ce soir-là. On allait frapper à ma porte, des policiers allaient entrer, et l'oiseau allait me dénoncer. C'était absurde, mais, dans mon délire, plus rien ne me surprenait.

On allait bientôt m'arrêter...

Entre les pages d'un livre rangé dans un tiroir, j'avais glissé la notice nécrologique de Missy. Je gardais aussi, pliées à côté de ce livre, des coupures de presse concernant l'accident. C'était dangereux, car personne ne pourrait douter de ma culpabilité après les avoir trouvées, mais je ne pouvais pas m'en passer. Loin de me procurer un réconfort, ces articles m'aidaient à prendre conscience de l'acte que j'avais commis. Ces mots et ces photos étaient animés du souffle de la vie, alors que ma chambre – d'où j'entendais l'oiseau ce matin-là – était hantée par la mort.

Je faisais des cauchemars depuis les obsèques. J'avais rêvé une fois que le prêtre s'interrompait au milieu de l'office et déclarait en me montrant du doigt : « Voici le coupable. » Tous les visages se tournaient vers moi les uns après les autres, comme une vague dans un stade bondé, et les gens me dévisageaient d'un air horrifié. Seuls Miles et Jonah m'ignoraient. Figé sur place dans l'église silencieuse, je me demandais s'ils allaient se retourner pour voir qui avait été désigné, mais ils ne bougeaient pas.

Dans un autre cauchemar, je retrouvais Missy vivante dans le fossé. Elle gémissait et respirait avec peine, mais je me détournais et la laissais mourir toute seule. Quand je m'étais réveillé, haletant, j'avais dû faire les cent pas dans ma chambre pour retrouver la réalité.

Missy était morte d'un traumatisme crânien, suivi d'une hémorragie cérébrale – d'après ce que j'avais lu dans les journaux. Je ne conduisais pas vite, je tiens à le rappeler, mais elle s'était cogné la tête contre une pierre en atterrissant dans le fossé. Un malheureux concours de circonstances, comme il n'en arrive qu'une fois sur un million.

Pourtant, il m'arrivait encore d'avoir des doutes.

Miles me soupçonnerait-il au premier regard ? Une sorte d'intuition divine lui révélerait-elle que j'étais coupable ? Que lui dirais-je s'il m'accusait ? S'intéresserait-il au fait que j'aime le base-ball, que le bleu est ma couleur favorite et qu'à sept ans je sortais en cachette pour observer les étoiles ?

Non, il s'en ficherait. Ce qui lui importait, c'était que le meurtrier avait les cheveux bruns, les yeux verts et mesurait un mètre quatre-vingts. Il voudrait savoir où je me cachais et comment c'était arrivé.

Que dirait-il en apprenant qu'il s'agissait d'un funeste hasard ? Que Missy était morte par sa propre faute, plus que par la mienne ? Que si elle n'avait pas couru la nuit sur une route dangereuse, et sauté pratiquement sous les roues de ma voiture, elle serait rentrée sans encombre chez elle ?

J'ai remarqué que, dehors, l'oiseau avait cessé de pépier. Pas une branche ne remuait et j'ai entendu le léger grondement d'une voiture en train de passer. Il faisait déjà chaud. Miles Ryan devait être réveillé lui aussi. Je l'imaginais assis dans sa cuisine avec Jonah, devant un bol de céréales. Que se disaient-ils ? Leurs paroles étaient un mystère pour moi, mais je croyais entendre leur souffle régulier, ponctué par le cliquetis de leur cuillère.

J'ai porté mes mains à mes tempes, dans l'espoir d'apaiser ma douleur. De véritables coups de poignard me transperçaient au rythme dément de ma respiration, et j'avais devant moi le visage de Missy, les yeux grands ouverts sur le néant.

22.

Charlie arriva à la prison centrale de Hailey peu avant deux heures. Son estomac gargouillait ; il avait les yeux fatigués et les jambes ankylosées comme si sa circulation sanguine s'était bloquée.

Il se faisait vieux. Trop vieux pour rester assis trois heures sans bouger… Il aurait dû écouter Brenda quand elle lui avait conseillé de prendre sa retraite l'année précédente, et de se consacrer à des occupations gratifiantes – comme la pêche à la ligne.

Tom Vernon vint l'accueillir à l'entrée.

Dans son costume de ville, il avait l'allure d'un banquier plutôt que du directeur de l'une des prisons les plus strictes de Caroline du Nord. Ses cheveux striés d'argent étaient soigneusement peignés, la raie sur le côté. Droit comme un i, il tendit la main à Charlie. Celui-ci nota au passage qu'il devait se faire faire les ongles par une manucure.

Vernon l'invita à entrer.

La prison était, comme de juste, froide et morne. Partout du ciment et de l'acier, éclairés d'une lumière au néon. Ils s'engagèrent dans un long couloir menant au bureau de Vernon.

Une pièce non moins lugubre que le reste de l'édifice. Des meubles réglementaires, depuis la table jusqu'aux lampes et aux classeurs disposés dans un coin. Une petite fenêtre à barreaux donnait sur la cour où se tenaient les prisonniers. Certains soulevaient des poids, d'autres étaient assis ou debout par petits groupes. La plupart fumaient.

Quelle idée de porter un costume dans un endroit pareil ! se dit Charlie.

– Je vous prierai d'abord de remplir quelques formulaires ; vous savez ce que c'est, fit le directeur.

Il tendit son stylo au shérif, sans lui laisser le temps de trouver le sien.

– Vous avez annoncé ma visite à Earl Getlin ? s'enquit celui-ci.

– Je suppose que vous n'y teniez pas.

– Est-il prêt à me voir ?

– Nous vous l'amènerons dès que vous serez installé. Mais j'aimerais d'abord vous dire un mot à son sujet, pour votre gouverne.

– Ah oui ?

– Voilà. Earl Getlin a été mêlé, l'année dernière, à une bagarre… C'est toujours la même histoire, en prison. Personne ne voit rien, personne ne sait rien, et…

Vernon soupira.

– Finalement, il a eu un œil arraché à l'occasion de ce pugilat, dans la cour. Il essaye de nous intenter je ne sais combien de procès, sous prétexte que nous sommes responsables.

Charlie écoutait, intrigué. Pourquoi Vernon lui donnait-il tant de précisions ?

– D'autre part, reprit le directeur de la prison après un silence, il a toujours déclaré qu'il n'avait rien à faire ici. Il aurait été piégé… (Vernon leva les mains au ciel.) On connaît la chanson : tous nos détenus se prétendent innocents… Mais je peux vous assurer qu'il ne vous donnera aucune information s'il n'a pas l'espoir d'une contrepartie. Bien sûr, il n'hésitera pas à mentir…

Vernon avait beau ressembler à une gravure de mode, il en savait long sur ce qui se passait dans sa prison, constata Charlie, perplexe.

– Selon lui, qui l'aurait piégé ? fit-il, après avoir parcouru les formulaires rituels.

Vernon leva un doigt.

– Je vous le dis dans une minute.

Il composa un numéro de téléphone et remercia la personne qui l'avait renseigné.

– D'après ce que nous savons, il s'agirait d'un certain… Otis Timson.

Charlie ne sut s'il devait en rire ou en pleurer. Earl avait donc de bonnes raisons d'en vouloir à Otis. Cela faciliterait une partie de sa tâche, mais rendrait le reste encore plus ardu.

La prison semblait avoir éprouvé Earl Getlin plus que quiconque. Ses cheveux étaient tailladés comme s'il les avait coupés lui-même avec une paire de ciseaux rouillés. Charlie remarqua également son teint jaunâtre, sa maigreur, ses mains décharnées, et surtout le bandeau qu'il portait sur l'œil. Un bandeau noir, à la manière d'un pirate ou d'un traître dans les anciens films de guerre.

Menotté comme il convient – les poignets joints et reliés par une chaîne à ses chevilles – , il entra dans la pièce en traînant les pieds. Il s'immobilisa un instant après avoir reconnu le shérif, puis alla s'asseoir de l'autre côté de la table.

Avec l'approbation de Charlie, le gardien se retira. Le borgne dévisagea son visiteur d'un regard perçant, qu'il avait dû soigneusement mettre au point pour impressionner son public.

– Pourquoi êtes-vous ici ? grogna-t-il.

– Je voudrais te parler.

Malgré sa maigreur, le détenu avait gardé toute sa voix, nota Charlie. Cet homme blessé n'avait pas dit son dernier mot…

– De quoi ? fit Earl.

– D'Otis Timson.

Earl sursauta en entendant prononcer ce nom.

– Qu'est-ce que vous voulez donc savoir ?

– Je m'intéresse à une conversation que tu as eue avec Otis il y a environ deux ans. Tu avais rendez-vous au Rebel et tu te trouvais dans le même box que ses frères et lui… tu te souviens ?

Earl, sur ses gardes, prit le temps de réfléchir.

– C'était il y a longtemps, dit-il en clignant des yeux. Faudrait me rafraîchir la mémoire.

– Il s'agissait de Missy Ryan. C'est plus clair pour toi ?

Earl haussa légèrement le menton, fixa le bout de son nez, et regarda d'un côté et de l'autre.

– Ça dépend…

– De quoi ?

– De ce que j'y gagnerai.

– Qu'est-ce que tu veux ?

– Allons, shérif, jouez pas les idiots ! Vous savez très bien…

– Je ne peux rien te promettre tant que je ne t'ai pas entendu, fit simplement Charlie.

Earl se cala dans son siège d'un air désinvolte.

– Alors, on est mal barrés !

– Peut-être, mais j'ai comme l'impression que tu finiras par parler.

– Pourquoi ?

Charlie considéra un moment le détenu.

– Otis t'a piégé, oui ou non ? Tu me répètes ce qu'il t'a dit ce jour-là, et je te promets de m'intéresser à ta version des événements. Si Otis t'a piégé, je m'occuperai de ton cas, et il se pourrait qu'il vienne prendre ta place ici.

Il n'en fallait pas plus pour qu'Earl se décide à parler.

– Je lui devais de l'argent, marmonna le borgne, mais j'étais un peu à court.

– De combien ?

Earl renifla bruyamment.

– Quelques milliers de dollars.

Une affaire de drogue, supposa Charlie en hochant la tête d'un air bon enfant.

– Voilà que tous les Timson s'amènent en même temps, reprit Earl. Ils me disent qu'ils vont avoir des ennuis et que ça suffit comme ça. Je leur réponds que je leur donnerai le pognon dès que je l'aurai. Otis m'écoute avec le plus grand calme. J'essaye de lui expliquer ma situation, et ses frères baissent le ton. Quand j'ai fini, il reste longtemps silencieux, avant de se pencher vers moi. Ensuite, il me dit que si je crache pas le fric, il m'arrivera la même chose qu'à Missy – et qu'en plus, il repassera une seconde fois sur mon corps.

Bien joué ! Sims n'avait donc pas menti…

Pourtant, Charlie resta imperturbable. Earl avait parlé, mais le plus dur restait à faire.

– Ça s'est passé quand ?

– Sans doute en janvier. Il faisait froid.

– Tu te rappelles comment tu as réagi ?

– Je savais pas trop quoi dire. J'ai dû me taire…

– Tu l'as cru ?

– Oh oui !

Hochement de tête insistant d'Earl. Un peu trop insistant, peut-être…

Charlie examina ses ongles avec attention.

– Pourquoi tu l'as cru ?

– J'ai bien vu que c'était du sérieux. Avec un type pareil, on peut s'attendre à tout.

– Tu as des raisons particulières de penser cela ?

– C'est vous le shérif. Vous devriez savoir.

– Ce qui m'intéresse, c'est ce que *tu* penses.

– J'vous l'ai déjà dit.

– Donc, tu as cru qu'il avait renversé Missy et qu'il en ferait autant avec toi ?

– J'vous répète que oui.

– Tu as eu peur ?

– Évidemment !

Earl semblait s'impatienter…

– Et quand as-tu été arrêté ? Je veux dire, pour vol de voiture.

– Fin juin.

– Qu'est-ce que tu bois, quand tu n'es pas en prison ?

– Ça vous intéresse ? marmonna Earl, désarçonné.

– Tu préfères la bière, le vin, ou d'autres alcools ?

– La bière.

– Tu en avais bu ce soir-là ?

– Pas plus de deux ou trois. J'étais pas soûl.

– Si tu les avais bues avant d'arriver, tu étais peut-être un peu dans les vapes…

– Non, je les ai commandées là-bas.

– Tu es resté combien de temps à table avec les Timson ?

– Qu'est-ce que ça peut faire ?

– Dis-moi simplement si tu es resté cinq minutes. Dix minutes ? Une demi-heure ?

– J'me rappelle pas.

– En tout cas, assez longtemps pour boire deux ou trois bières ?

– Ouais.

– Pourtant, tu as eu peur ?

Earl comprit que le shérif, mine de rien, le poussait dans ses derniers retranchements.

– Avec des gens comme ça, on s'en va pas quand on veut.

– Résumons-nous, fit Charlie, conciliant. Otis a déclaré, ou plutôt suggéré, qu'il était responsable de la mort de Missy. Comme tu lui devais beaucoup d'argent, tu as pensé qu'ils te réservaient le même sort, ses frères et lui. C'est bien ça ?

Earl acquiesça d'un signe de tête. Charlie lui rappelait fâcheusement ce damné procureur qui l'avait envoyé au trou.

– À propos de Missy, insista le shérif, tu savais qu'elle avait été renversée sur la route ?

– Comme tout le monde !

– Tu l'avais lu dans les journaux ?

– Ouais.

– Alors, pourquoi n'as-tu pas prévenu la police à ce moment-là ?

– Vous m'auriez cru ? ricana Earl.

– Et maintenant, on devrait te croire ?

– J'vous assure qu'il a dit, devant moi, qu'il avait tué Missy !

– Tu le déclarerais sous serment ?

– Ça dépend de ce qu'on m'offre en échange.

– Revenons un instant à ton affaire ! On t'a pincé en train de voler une voiture ?

Earl acquiesça.

– Et tu prétends avoir été piégé par Otis ?

– Je devais retrouver les Timson près du vieux moulin de Falls, mais ils se sont pas pointés. C'est moi qu'on a chopé.

– Tu leur devais toujours de l'argent ?

– Ouais.

– Combien ?

– Quelques milliers de dollars.

– Tu n'avais donc rien remboursé.

– Pratiquement.

– Six mois après, tu avais encore peur qu'ils te tuent ?

– J'pensais qu'à ça !

– Sans eux, tu ne te serais pas trouvé là ?

– Je viens de vous le dire.

Charlie se pencha en avant, perplexe.

– Sachant ce que tu savais, pourquoi n'as-tu pas cherché à faire commuer ta peine ou à faire arrêter Otis ? Et depuis le temps que tu te plains d'avoir été piégé par ce type, pourquoi n'as-tu jamais mentionné ce meurtre ?

Earl renifla à nouveau, les yeux tournés vers le mur.

– Personne ne m'aurait cru, grommela-t-il.

Charlie s'abstint de répondre.

Il se mit à ruminer dans sa voiture.

Sims n'avait pas menti, mais il passait pour un alcoolique invétéré, et il avait picolé ce soir-là.

Il avait entendu quelques mots, mais avait-il perçu le ton ?

Otis était-il sérieux ou plaisantait-il ?

Mentait-il ?

Et de quoi les Timson avaient-ils parlé avec Earl pendant les trente minutes suivantes ?

Earl n'avait pas du tout précisé ce point. Il avait manifestement oublié cette conversation, et la suite de son récit ne tenait pas debout. Il se sentait en danger de mort, mais il était resté avec les Timson le temps de prendre quelques bières. Il n'avait pensé qu'à *ça* pendant des mois, mais il ne les avait pas remboursés, alors que le vol de voiture lui procurait largement de quoi le faire. Il n'avait rien dit quand on l'avait arrêté. Il se plaignait auprès des autres prisonniers d'avoir été piégé par Otis, mais il taisait ses propos imprudents. Il n'en avait rien dit même après avoir perdu un œil. La récompense promise l'avait laissé indifférent.

Un alcoolique dans les vapes donnait une information pour retrouver sa liberté. Un détenu, blessé au cours d'une bagarre, se souvenait d'un point crucial, mais son témoignage manquait de cohérence.

N'importe quel avocat de la défense aurait la partie belle avec Sims Addison et Earl Getlin. Or, Thurman Jones était bon, vraiment bon.

Charlie fronça les sourcils. L'avenir lui paraissait bien sombre…

Il avait, cependant, une certitude : Otis avait bien dit à Earl qu'il lui arriverait « la même chose qu'à Missy Ryan ». Deux personnes l'avaient entendu, ce qui n'était pas rien.

Y avait-il de quoi le mettre en garde à vue ? Peut-être, pour l'instant. Mais ensuite ?

Et surtout, quelle preuve avait-il qu'Otis avait fait ce qu'il avait dit ?

23.

Hanté par l'image de Missy Ryan, les yeux ouverts sur le néant, je n'ai plus jamais été le même homme...

Six semaines après sa mort, j'ai garé ma voiture dans le parking d'une station-service, à quelques centaines de mètres de ma destination finale, et j'ai parcouru le reste du chemin à pied.

C'était un jeudi soir, vers neuf heures. Le soleil de septembre venait à peine de se coucher et j'ai fait de mon mieux pour me dissimuler. Vêtu de noir, je marchais au bord de la route et j'allais me tapir derrière les haies chaque fois que j'entendais des voitures se rapprocher.

Malgré ma ceinture, mon pantalon glissait sur mes hanches, d'autant plus que des branches m'accrochaient au passage. Le retenir était devenu un geste presque machinal, mais ce soir-là j'ai réalisé à quel point j'avais maigri. Depuis l'accident, je perdais l'appétit, et l'idée même de manger me répugnait.

Comme une maison rongée par les termites s'écroule peu à peu, mes cheveux tombaient par mèches entières. Je les retrouvais à mon réveil sur mon oreiller, ou dans ma brosse à cheveux, et je les jetais dans les toilettes. Après avoir tiré la chasse, je les regardais tourbillonner, et je tirais la chasse une seconde fois, machinalement.

En me faufilant ce soir-là à travers une clôture, je m'étais écorché sur un clou. J'avais la main en sang, mais au lieu de faire demi-tour, j'ai marché le poing serré ; mon sang, épais et poisseux, suintait entre mes doigts. Je ne me souciais pas plus de ma douleur que de ma cicatrice aujourd'hui.

Je devais poursuivre mon chemin.

Une semaine avant, j'étais allé sur le lieu de l'accident, puis sur la tombe de Missy. Une dalle venait d'être posée et je me souviens que l'herbe ne recouvrait pas encore toute la terre fraîche. J'avais déposé mes fleurs et je m'étais assis pour contempler le granit, en tournant le dos aux rares visiteurs qui circulaient entre les tombes.

Au clair de lune, mon sang était noir et brillait comme de l'huile sur ma paume. Les yeux fermés, j'ai pensé à Missy, puis j'ai marché encore une demi-heure. Des moustiques tourbillonnaient autour de ma tête. À la fin de mon parcours, j'ai trouvé plus commode de couper à travers des jardins ; ils sont vastes dans ce secteur, et les maisons s'élèvent loin de la route.

En approchant du but, j'ai ralenti pour ne faire aucun bruit. J'ai aperçu de la lumière aux fenêtres et une voiture garée dans l'allée.

New Bern est une petite bourgade. Je savais donc où habitaient les Ryan et j'avais vu leur maison en plein jour. J'y étais déjà retourné – comme sur le lieu de l'accident et sur la tombe de Missy – mais je ne l'avais jamais approchée de si près. Je retenais mon souffle… Aux abords de la maison, j'ai respiré une odeur d'herbe fraîchement tondue.

Une main sur le mur de brique, j'ai guetté le moindre craquement, la moindre ombre oscillant sur le porche. Personne ne semblait soupçonner ma présence.

J'ai marché jusqu'à la fenêtre de la salle de séjour et je me suis glissé dans un coin du porche. Un treillis couvert de lierre me cachait, au cas où des voitures passeraient sur la route. Au loin, un chien a aboyé. Quand il s'est tu, j'ai jeté un regard furtif à l'intérieur.

Je n'ai rien vu, mais j'étais fasciné.

C'était là qu'ils avaient vécu... Missy et Miles s'asseyaient sur ce canapé, posaient leurs tasses sur cette table basse. C'était leurs tableaux sur les murs, leurs livres... J'ai entendu le son d'une conversation à la télévision. Tout était en ordre dans la pièce ; bizarrement, ça m'a un peu rassuré.

Jonah est entré alors. Il s'est avancé vers la télévision, donc vers moi, mais il n'a pas eu un regard dans ma direction. Assis en tailleur, il fixait l'écran, comme sous hypnose.

Je me suis un peu rapproché de la vitre pour mieux le voir. Il avait grandi depuis deux mois. Malgré l'heure tardive, il portait un jean et une chemise, et non un pyjama. Quand je l'ai entendu rire, mon cœur a bondi dans ma poitrine.

Miles a fait son apparition dans la pièce, une enveloppe en papier kraft sous le bras. J'ai continué à épier... Il a longuement observé son fils en silence, d'un air absent, indéchiffrable ; puis il a jeté un coup d'œil à sa montre. J'ai remarqué qu'il était ébouriffé, comme s'il s'était plongé les mains dans les cheveux.

J'ai deviné la suite. Il allait bavarder avec son fils, lui demander ce qu'il regardait, et sans doute lui dire de se mettre en pyjama. C'était l'heure d'aller au lit, car il avait classe le lendemain. Il lui proposerait une tasse de lait ou un biscuit.

Eh bien, je me trompais ! Miles est passé comme une ombre et a disparu dans le vestibule obscur.

Une minute après, je suis reparti. Cette nuit-là, je n'ai pas trouvé le sommeil.

24.

Miles rentra chez lui à l'heure précise où Charlie se garait devant la prison centrale de Hailey.

Il alla droit dans sa chambre. Non point pour dormir, mais pour sortir son dossier du placard où il l'avait caché. Il passa plusieurs heures à le feuilleter, sans rien y trouver de nouveau, mais il ne put se résoudre à le reposer.

Il savait maintenant ce qu'il cherchait.

Un peu plus tard, le téléphone sonna ; il ne répondit pas. Vingt minutes après, la sonnerie retentit à nouveau, avec le même résultat.

Jonah descendit du bus à l'heure habituelle et aperçut la voiture paternelle. Au lieu d'aller chez Mme Knowlson, la voisine, il rentra chez lui dans l'espoir de passer un moment en compagnie de son père avant de sortir avec Mark. Mais, à la vue du dossier, il comprit aussitôt qu'il se faisait des illusions. Après avoir échangé quelques mots rapides avec Miles, il alla dans le living allumer la télévision.

Quand vint le crépuscule, les lumières de Noël se mirent à scintiller dans le voisinage. Jonah eut envie de rejoindre son père dans la chambre. Celui-ci ne leva même pas les yeux quand il lui adressa la parole sur le pas de la porte.

Jonah dîna d'un bol de céréales.

Miles était toujours plongé dans son dossier.

Il notait des questions et des commentaires dans les marges. Avant tout, obtenir le témoignage de Sims et d'Earl… Il parcourut ensuite les pages de l'enquête concernant Otis Timson ; il regrettait plus que jamais de ne pas avoir eu l'autorisation d'y participer. Questions et notes se succédèrent.

Avait-on examiné toutes les voitures accidentées du lotissement ? Même les épaves ? Otis avait-il par hasard emprunté un véhicule, et à qui ? Un employé d'un magasin de pièces détachées avait-il le souvenir de lui avoir vendu ne serait-ce qu'une trousse à outils ? Où les Timson auraient-ils abandonné la voiture si elle était endommagée ? Appeler d'autres services – et voir si des dépôts clandestins avaient fermé ces dernières années. Réaliser, autant que possible, des interviews. Promettre une contrepartie si quelqu'un se rappelait quelque chose.

Un peu avant huit heures, Jonah entra dans la chambre, déjà prêt à aller au cinéma. Il embrassa son père avant de partir. Miles, qui avait complètement oublié cette sortie, se replongea dans son dossier sans même lui demander l'heure de son retour.

– Miles ! Où te caches-tu ?

En voyant Sarah apparaître, il se souvint qu'ils avaient rendez-vous.

– Tu ne m'as pas entendue frapper ? reprit-elle. Je me gelais dehors en t'attendant et j'ai fini par entrer. (Elle remarqua son air anxieux.) Ça ne va pas ?

Miles rassembla ses papiers.

– Je travaillais… et j'ai perdu la notion du temps…

Sarah haussa les sourcils à la vue du dossier.

– Que se passe-t-il ?

Accablé de fatigue, Miles avait le dos et la nuque engourdis ; comme gainés d'une couche de poussière. Il mit le dossier de côté, frotta son visage de ses deux mains et glissa un regard à Sarah, par-dessus ses doigts.

– Otis Timson a été arrêté aujourd'hui, annonça-t-il.

– Otis, pourquoi ?

La réponse parut soudain évidente à Sarah.

– Oh… Miles ! souffla-t-elle en se rapprochant spontanément pour l'enlacer. Tu es sûr que ça va ?

Les sentiments contradictoires qu'il avait éprouvés ce jour-là – incrédulité, colère, rage et frustration – se cristallisèrent avec une violence soudaine. Debout au milieu de sa chambre, dans les bras de Sarah, il fondit en larmes pour la première fois de sa vie.

Au lieu de partir à son heure habituelle, Madge attendit le retour de Charlie.

Quand il sortit de sa voiture, il la trouva sur le parking, bras croisés et drapée dans une longue veste de lainage.

– Madge, que faites-vous là ? s'écria-t-il en époussetant les miettes du hamburger qu'il avait avalé à la hâte, en même temps que des frites et un café.

– Je vous gucttais… Il faut que je vous parle sans témoins.

Charlie prit son chapeau dans sa voiture : il n'avait plus assez de cheveux pour tenir son crâne au chaud les jours de grand froid.

– Je vous écoute.

Madge n'eut pas le temps de répondre ; un policier venait de sortir.

– Brenda a téléphoné, souffla-t-elle sans se démonter.

– Rien de grave ? fit Charlie, complice.

– Apparemment, non, mais il faut la rappeler…

Le policier salua Charlie au passage. Madge attendit qu'il se soit éloigné pour chuchoter :

– En fait, il y a un problème.

– À quel sujet ?

– Thurman Jones et Harvey Wellman sont ici, dans votre bureau.

– Ah oui ?

– Ils voudraient vous parler…

Charlie attendit la suite avec impatience, tandis que Madge jetait un coup d'œil furtif autour d'elle pour s'assurer qu'aucune oreille indiscrète ne pouvait surprendre ses paroles.

– Ils sont arrivés ensemble, Charlie ; et ils voudraient vous parler… ensemble.

Mauvais présage, songea le shérif en dévisageant sa collaboratrice. Les procureurs et les avocats de la défense ne faisaient cause commune que dans des circonstances exceptionnelles.

– Il s'agit de Miles, murmura Madge. J'ai l'impression qu'il a fait quelque chose de pas très recommandable.

Thurman Jones, un homme de taille et de poids moyens, avait cinquante-trois ans. Ses cheveux châtains, ondulés, semblaient toujours ébouriffés par un coup de vent. Il portait au tribunal des costumes bleu marine, des cravates sombres et des chaussures de sport noires, qui lui donnaient un air étrangement rustique. Son élocution claire et lente, jointe à son apparence, impressionnait les jurys. Mais pourquoi plaidait-il depuis des années pour des gens comme les Timson ? Charlie s'était souvent posé la question.

Harvey Wellman, quant à lui, s'habillait sur mesure et portait des chaussures élégantes ; il avait toujours l'air de se rendre à une noce. À la trentaine, ses tempes avaient commencé à grisonner. Maintenant qu'il atteignait la quarantaine, ses cheveux argentés lui donnaient une indéniable distinction. On aurait pu le prendre, à la limite, pour un présentateur de télévision ou un entrepreneur de pompes funèbres.

Tous deux faisaient grise mine en attendant Charlie derrière la porte de son bureau.

– Vous souhaitiez me voir ? demanda celui-ci.

Ils se levèrent comme un seul homme.

– C'est important, articula Harvey.

Après les avoir fait entrer, Charlie leur désigna deux sièges, qu'ils refusèrent.

– Que puis-je pour vous ? demanda-t-il, assis derrière son bureau afin d'établir une certaine distance entre ses visiteurs et lui.

– Charlie, dit simplement Harvey, l'arrestation de ce matin nous met dans l'embarras. J'ai essayé de vous en parler plus tôt, mais vous étiez déjà parti.

– Désolé, j'avais une affaire importante à régler. De quoi s'agit-il ?

– Il semblerait que Miles Ryan y va un peu fort.

– Oh ?

– Tous les témoignages concordent.

Charlie garda le silence. Tandis qu'Harvey se raclait la gorge, Thurman Jones fit un pas de côté et martela d'un air indéchiffrable :

– Il a placé le canon de son revolver contre la tempe d'Otis Timson.

Assis dans son living, Miles sirotait une bière. Tout en décollant l'étiquette d'un air absent, il fit un compte rendu détaillé à Sarah. Son récit, parfois confus comme ses propres sentiments, passait d'un point à l'autre, revenait en arrière, et n'évitait pas les répétitions. Sarah, les yeux fixés sur lui, ne l'interrompit pas une seule fois. Bien qu'il ne fût pas toujours clair, elle ne lui demanda aucune précision, de peur de le brusquer.

Miles lui en dit plus qu'à Charlie.

– Depuis deux ans, je me demandais ce qui se passerait le jour où je me trouverais en face du coupable, lui expliqua-t-il. Quand j'ai réalisé que c'était Otis… Je ne sais pas ce qui m'a pris… J'ai eu envie de le tuer… et j'ai bien failli appuyer sur la détente…

Sarah ne broncha pas. La réaction de Miles était compréhensible jusqu'à un certain point, et non moins inquiétante.

– Mais tu t'es retenu, murmura-t-elle.

Comme Miles gardait le silence, elle ajouta d'une voix hésitante :

– Et maintenant, que comptes-tu faire ?

Miles serra sa nuque d'une main. Malgré son trouble, il pouvait toujours se fier à son bon sens.

– Je dois reprendre l'enquête – obtenir des témoignages, procéder à des vérifications… Un travail d'autant plus dur que ça ne date pas d'hier… Je vais y passer pas mal de soirées et de week-ends. On en est au même point qu'il y a deux ans…

– Charlie ne peut pas s'en charger ?

– Il ne s'y prendrait pas comme moi.

– Tu as le droit d'enquêter ?

– Je n'ai pas le choix.

Sarah jugea plus prudent de changer de sujet.

– Si tu as faim, je peux nous préparer quelque chose ou commander une pizza…

– Non, merci.

– Tu as envie de sortir ?

– Pas spécialement.

– Ça te dirait de regarder une cassette ? J'en ai apporté une.

– Bonne idée !

– Tu ne veux pas savoir ce que c'est ?

– Inutile ! Je suis sûr que tu as bien choisi.

Le film, une comédie, amusa Sarah ; Miles resta de marbre. Au bout d'une heure, il disparut dans les toilettes. Inquiète de ne pas le voir revenir, elle le découvrit dans sa chambre, le dossier ouvert à côté de lui.

– Une simple vérification, grommela-t-il. J'en ai pour une minute.

Nouvelle attente interminable.

Finalement, Sarah interrompit le film, récupéra la cassette et alla chercher sa veste. Après avoir jeté un coup d'œil sur Miles, elle s'en alla discrètement. Celui-ci ne s'en rendit compte qu'au moment où son fils revenait du cinéma.

Charlie resta à son bureau jusqu'à minuit environ, plongé lui aussi dans son dossier.

Calmer Harvey n'avait pas été une mince affaire, surtout quand il avait fait allusion à l'incident survenu dans la voiture de Miles. Thurman Jones s'était montré plutôt silencieux, comme s'il préférait laisser Harvey parler à sa place. Il avait toutefois ébauché un sourire quand le procureur avait envisagé de porter plainte contre Miles.

C'est alors que Charlie avait révélé à ses deux interlocuteurs le motif de l'arrestation d'Otis.

Apparemment, Miles ne s'était pas donné la peine de lui signifier son chef d'inculpation. Le shérif lui dirait deux mots dès le lendemain, s'il résistait d'ici là à l'envie de lui tordre le cou. En présence d'Harvey et de

Thurman, il se comporta comme s'il était déjà au courant.

– Pourquoi procéder à une inculpation sans savoir si elle se justifie ? marmonna-t-il.

Il en fallait plus pour impressionner Harvey et Thurman. Les propos tenus par Sims ne leur semblèrent guère plus convaincants, mais Miles évoqua sa rencontre avec Earl Getlin – qui avait, selon lui, « tout confirmé ». Pas question, pour l'instant, de faire part de ses doutes à l'avocat et au procureur !

Harvey lui signifia d'un regard qu'il souhaitait lui reparler de cette histoire en privé. Sachant que le procureur avait besoin d'un certain temps pour digérer ses contrariétés, il fit comme si de rien n'était.

Ils parlèrent ensuite de Miles. Tel qu'il le connaissait, Charlie ne douta pas un instant qu'il ait pu avoir une réaction discutable. Malgré sa contrariété, il parvint à prendre, jusqu'à un certain point, la défense de son adjoint.

Pour conclure, Harvey exprima le vœu que Miles soit suspendu de ses fonctions, le temps d'y voir plus clair. Thurman Jones demanda qu'il soit statué au plus vite sur le sort d'Otis.

Comme Miles avait déjà terminé sa journée, Charlie s'engagea à prendre une décision le lendemain matin au plus tard.

Il espérait en savoir plus d'ici là, mais une conversation téléphonique avec Harris, avant de quitter son bureau, lui fit perdre toute illusion.

– Pas moyen de retrouver Sims, lui déclara celui-ci.

– Tu l'as bien cherché ?

– Partout ! grommela le policier. Je suis allé chez lui, chez sa mère, chez ses copains, et dans tous les bars du comté. Il a disparu…

Un peignoir passé sur son pyjama, Brenda attendait son mari. Après avoir écouté son récit, elle voulut savoir ce qui se passerait si Otis était finalement jugé.

– Jones n'aura aucun mal à le défendre, répondit Charlie d'un ton las. Il soutiendra, preuves à l'appui, qu'Otis était ailleurs le soir de l'accident. Si on lui prouve le contraire, il objectera qu'il n'a pas prononcé les paroles qu'on lui prête. Et si on le récuse, il dira qu'on ne peut pas citer ses paroles hors de leur contexte.

– Ça marchera ?

Le shérif buvait son café en se disant que sa journée de travail était loin d'être terminée.

– Tu sais bien que personne ne peut prévoir la réaction d'un jury.

Brenda posa une main sur son bras.

– Franchement, qu'est-ce que tu en penses ?

– Franchement ?

Brenda acquiesça – il a l'air d'avoir pris dix ans depuis le matin, pensait-elle.

– Si nous ne trouvons rien d'autre, Otis ne risque rien.

– Même s'il est coupable ?

– Oui.

– Miles accepterait une pareille injustice ?

Charlie ferma les yeux.

– Sûrement pas.

– Selon toi, quelle serait sa réaction ?

Charlie avala une dernière gorgée de café et prit son dossier.

– Je n'en ai pas la moindre idée, marmonna-t-il.

25.

Je me suis mis à les traquer, en prenant maintes précautions pour ne pas me trahir.

J'attendais Jonah à la sortie de l'école, je me rendais sur la tombe de Missy, je m'approchais de leur maison la nuit. Personne ne m'a jamais soupçonné.

J'avais honte, mais j'étais incapable de me contrôler. C'était plus fort que moi... Je me considérais comme un cas pathologique. Étais-je un masochiste, obsédé par sa faute ? Un sadique qui se délectait des tourments qu'il avait causés ? Ou les deux à la fois ?

Je ne pouvais pas oublier la scène à laquelle j'avais assisté le premier soir, quand Miles était passé à côté de son fils en ignorant totalement sa présence. Certes, ils avaient perdu Missy, mais un traumatisme resserre les liens familiaux, en principe...

C'est, du moins, ce que j'espérais. Je me suis répété ça les six premières semaines, comme une litanie. Le père et le fils survivraient, leurs blessures se cicatriseraient, leurs liens se resserreraient... Le pauvre fou y croyait.

Pourtant, tout n'allait pas pour le mieux, le premier soir. Loin de là !

Je ne suis pas assez naïf pour croire qu'un seul point de vue sur une famille révèle la vérité, et je sais qu'il ne faut jamais se fier à la première impression. Avais-je mal vu ou mal interprété la scène à laquelle j'avais assisté ? Cette hypothèse m'a presque rassuré, mais j'éprouvais le besoin de vérifier.

Je me suis laissé entraîner sur une mauvaise pente comme un homme qui boit un verre le vendredi, deux le lendemain, et finit par sombrer. Deux jours après ma première visite, je me suis demandé ce que devenait Jonah. Je vais aller le voir, et je me sentirai mieux s'il est souriant, me suis-je dit pour me justifier. Caché dans le parking de son école, je ne l'ai aperçu qu'un instant, après l'avoir longtemps guetté.

J'ai récidivé quelques jours après, et bien d'autres fois.

Je finissais par reconnaître son instituteur et sa classe au premier coup d'œil. Il sortait parfois avec le sourire, mais pas toujours. Je me demandais pourquoi, et je n'étais jamais satisfait.

La nuit tombait ensuite. L'envie d'épier me démangeait de plus en plus fort à mesure que les heures passaient. Renonçant à trouver le sommeil, je marchais de long en large dans ma chambre, je m'asseyais, je me recouchais. J'avais beau être furieux contre moi-même, je décidais d'y aller. Je prenais mes clefs de voiture en maudissant ma faiblesse, puis je roulais sur la route sombre. Si seulement j'avais pu faire demi-tour ! Une fois garé, je me faufilais dans les buissons, autour de leur maison, sans comprendre ce qui m'arrivait.

Et je me postais derrière les carreaux pour les observer…

Pendant un an, j'ai vu leur vie se dérouler sous mes yeux par petits tableaux successifs. Je me suis demandé qui s'occupait de Jonah les soirs où Miles était de garde. Une fois, j'ai suivi l'autocar scolaire.

J'ai constaté que Jonah allait chez une voisine, dont j'ai lu le nom sur la boîte aux lettres. Il m'arrivait d'assister à leur dîner. Je connais les plats que Jonah mange avec plaisir et ses programmes de télévision préférés. J'ai appris qu'il appréciait le football plus que la lecture. Il a grandi sous mes yeux.

J'observais Miles aussi.

Je le voyais s'activer dans la maison, ranger différentes choses dans les tiroirs, préparer le dîner, boire des bières et fumer, seul sur le porche.

Il s'asseyait souvent dans la cuisine. Plongé dans un dossier, il passait la main dans ses cheveux. J'avais supposé qu'il rapportait du travail chez lui, puis j'ai constaté que je me trompais. C'était toujours le même dossier… Alors, j'ai eu une illumination. Ce dossier me concernait. C'était moi qu'il cherchait, alors que je l'épiais derrière les carreaux.

À la suite de cette découverte, j'ai eu de bonnes raisons de venir guetter ses réactions quand il étudiait son, ou plutôt mon dossier. À quel moment allait-il pousser un « ah ! » triomphal, suivi d'un coup de téléphone frénétique m'annonçant sa visite et la fin de mon sursis ?

Après mes expéditions nocturnes, je m'écroulais à bout de forces dans ma voiture et je me promettais de laisser désormais Jonah et son père vivre en paix. J'avais honte de les épier. J'implorais Dieu de m'accorder son pardon ; il m'arrivait même de songer au suicide.

Moi qui avais rêvé de faire mes preuves, je détestais l'homme que j'étais devenu.

Malgré mon sentiment de culpabilité et mes efforts pour lutter contre moi-même, je finissais toujours par céder à la tentation. Alors, pareil à un vampire, je sortais dans la nuit en me disant que c'était la dernière fois…

26.

Cette nuit-là, pendant que Miles étudiait son dossier dans la cuisine, Jonah fit son premier cauchemar depuis des semaines.

Il était près de deux heures du matin, après une journée éprouvante et une garde le soir précédent. Harassé, Miles eut du mal à reprendre ses esprits en entendant les cris de son fils, et il se dirigea vers sa chambre, mû par un réflexe plus que par le désir de le réconforter.

Peu avant l'aube, il l'emmena donc sur le porche ; le temps qu'il se calme, le soleil se levait déjà. C'était un dimanche. Après avoir recouché Jonah, il avala deux aspirines avec un jus d'orange pour calmer sa migraine, ou plutôt sa gueule de bois.

Pendant que son café chauffait, Miles récupéra son dossier et ses notes pour les parcourir une dernière fois avant d'aller travailler. En revenant dans la cuisine, il eut la surprise de voir surgir Jonah, les yeux bouffis de sommeil.

– Déjà levé ? s'étonna-t-il. C'est trop tôt.

Jonah traîna les pieds jusqu'à la table.

– J'suis pas fatigué.

– Pourtant, tu n'as pas l'air en forme.

– J'ai fait un mauvais rêve.

– Ah oui ?

– J'ai rêvé que tu avais un accident, comme maman.

Miles se rapprocha de Jonah.

– Ce n'est qu'un rêve… En réalité, tout va bien.

– Dis, papa ?

Jonah s'essuya le nez du revers de la main. Dans son pyjama avec des voitures de course, il avait l'air d'un tout petit enfant.

– Oui ? fit Miles.

– Tu es fâché contre moi ?

– Je n'ai aucune raison d'être fâché !

– Tu m'as pas parlé du tout hier.

– Oh, pardon ! Je cherchais simplement à comprendre quelque chose.

– À cause de maman ?

– Comment le sais-tu ?

Jonah pointa un doigt vers le dossier posé sur la table.

– Parce que tu regardais encore ces papiers. Ils parlent de maman, non ?

– Plus ou moins, fit Miles en hochant la tête.

– J'aime pas ces papiers.

– Pourquoi ?

– Ils te rendent triste, et moi aussi.

– Parce que maman te manque ?

– Non, parce que tu m'oublies quand tu les regardes.

– C'est faux, souffla Miles, la gorge serrée.

– Alors, pourquoi tu m'as pas parlé hier ?

Miles serra dans ses bras son fils, au bord des larmes.

– Ça n'arrivera plus jamais ; je te le jure.

– Tu meurs si tu mens ?

– Oui, fit Miles, à bout de forces.

Après avoir pris son petit déjeuner avec Jonah, Miles appela Sarah pour lui exprimer ses regrets.

– Tu n'as rien à te reprocher ! s'exclama-t-elle sans lui permettre d'achever sa phrase. Ton besoin de solitude était parfaitement naturel. Comment te sens-tu ce matin ?

– À peu près pareil, il me semble.

– Tu vas travailler ?

– Je n'ai pas le choix. Charlie m'attend dans un moment.

– Tu m'appelleras ensuite ?

– J'essayerai, mais je vais avoir une journée très chargée.

– À cause de l'enquête ?

Désarçonnée par le silence de Miles, Sarah enroula plusieurs mèches de cheveux autour de ses doigts.

– Si tu n'arrives pas à me joindre chez moi, tu me trouveras chez ma mère…

– Bien, fit Miles.

Sarah raccrocha avec le pressentiment d'événements fâcheux.

À neuf heures du matin, Charlie, qui buvait sa quatrième tasse de café, pria Madge de lui en préparer d'autres. Après avoir dormi quelques heures, il était revenu à son bureau aux aurores.

Il n'avait pas chômé depuis. Rendez-vous avec Harvey, interrogatoire d'Otis dans sa cellule, bref entretien avec Thurman Jones. Il avait mis plusieurs policiers aux trousses de Sims Addison ; sans résultat pour le moment. Mais, surtout, il avait pris certaines décisions.

À son arrivée, vingt minutes plus tard, Miles le trouva en train de l'attendre devant la porte de son bureau.

– Ça va ? fit le shérif.

– J'ai passé une sale nuit.

– Et une sale journée, je suppose. Un café ?

– Merci, j'en ai bu des litres à la maison.

– Entre ! J'ai à te parler.

Charlie referma la porte derrière lui et s'accouda à son bureau, tandis que son adjoint s'asseyait.

– Je te préviens que j'ai beaucoup travaillé cette nuit, fit aussitôt Miles. Quelques idées me sont venues à l'esprit…

Charlie l'interrompit sèchement.

– Tu n'es pas ici pour me parler, mais pour écouter ce que j'ai à te dire.

Miles se crispa : ce ton était de mauvais augure.

Charlie observa le sol carrelé, puis reposa son regard sur son adjoint.

– Nous nous connaissons depuis trop longtemps pour que je tourne autour du pot.

– Où veux-tu en venir ? glissa Miles à la faveur d'un silence.

– J'ai décidé de libérer Otis Timson aujourd'hui.

Miles fit mine de parler, mais Charlie lui cloua le bec, les mains levées.

– Maintenant, écoute-moi avant de conclure que je vais trop vite en besogne. Étant donné les informations dont je dispose, je n'ai pas le choix. Hier, après ton départ, je suis allé voir Earl Getlin.

– Alors, tu as la preuve qu'il te faut ! conclut Miles quand Charlie lui eut fait le compte rendu de sa visite.

Le shérif fronça les sourcils.

– Un instant, s'il te plaît ! Son éventuel témoignage poserait quelques problèmes. D'après ce que j'ai compris, Thurman Jones n'en ferait qu'une bouchée, et pas un jury ne croirait à sa sincérité.

– C'est au jury de trancher, pas à toi ! protesta Miles. Tu ne peux pas le remettre en liberté comme ça.

– Je t'assure que j'ai les mains liées. J'ai réfléchi toute la nuit à cette affaire. Nous ne disposons pas, pour l'instant, de preuves suffisantes pour garder Otis en prison. D'autant plus que Sims s'est tiré.

– Qu'est-ce que tu racontes ?

– On est à sa recherche depuis hier, mais il a disparu dans la nature… Harvey bloquera tout s'il ne peut pas l'interroger.

– Bon Dieu, je te rappelle qu'Otis en a trop dit !

– Je n'ai pas le choix…

– Il a tué ma femme, marmonna Miles entre ses dents.

– Je suis navré, mais Harvey Wellman m'a prévenu qu'aucune poursuite n'était envisageable dans l'état actuel des choses.

– Tu te laisses influencer par Harvey ?

– J'ai passé la matinée à lui parler et je l'ai vu hier. C'est un homme honnête, qui fait son travail sans parti pris…

– Causc toujours !

– Mets-toi à ma place, Miles.

– Ça ne m'intéresse pas. Je veux simplement qu'Otis soit inculpé de meurtre.

– Tu me sembles très perturbé…

– Dis plutôt que je suis fou de rage.

– Je m'en doute, mais tout n'est pas joué. Relâcher Otis ne signifie pas qu'on renonce à l'inculper, et je te signale que la patrouille routière reprend son enquête.

– En attendant, Otis est libre !

– Pour un délit de fuite, il serait de toute façon libéré sous caution.

– Dans ce cas, inculpe-le de meurtre.

Miles, furibond, se dit que le système judiciaire laissait à désirer.

– As-tu parlé à Otis ? reprit-il.

– J'ai essayé ce matin. Son avocat lui a conseillé de ne pas répondre, si possible. Je n'ai obtenu aucune information intéressante pour nous.

– Et si moi, j'essayais de lui parler ?

– Pas question, Miles !

– Parce qu'il s'agit de Missy ?

– Non, à cause de tes derniers exploits.

– Je t'en prie, explique-toi !

– Tu sais parfaitement de quoi il s'agit.

Comme Miles tardait à réagir, Charlie se leva derrière son bureau.

– Je n'irai pas par quatre chemins. Otis a refusé de répondre à la plupart de mes questions concernant Missy, mais il a été plus éloquent au sujet de ta conduite hier. Je vais donc te demander… ce qui s'est passé dans la voiture.

– J'ai aperçu un raton laveur sur la route et j'ai freiné sec.

– Tu t'imagines que je suis assez naïf pour te croire ?

– C'est pourtant vrai.

– Et si Otis affirme que tu as fait ça pour le malmener ?

– Il ment.

Charlie se pencha en avant.

– Il ment aussi en affirmant que tu as placé le canon de ton revolver sur sa tempe – et que tu l'as maintenu là – alors qu'il était à genoux, mains en l'air ?

Miles se trémoussa sur son siège.

– Je devais maîtriser la situation, fit-il d'un ton évasif.

– C'était le meilleur moyen, à ton avis ?

– Je n'ai fait de mal à personne, Charlie.

– Tu estimes donc que ton geste se justifie pleinement.

– Oui.

– Eh bien, l'avocat d'Otis ne partage pas ton point de vue, et Clyde Timson non plus. Ils envisagent de porter plainte.

– Tu plaisantes ?

– Absolument pas ! Une plainte pour menaces et brutalités policières. Tout le paquet… Thurman a des amis à la Ligue des droits de l'homme qui sont prêts à le soutenir.

– Mais il ne s'est rien passé !

– Aucune importance, Miles. Rien ne les empêche de porter plainte. Je dois te dire aussi qu'ils ont demandé à Harvey de te poursuivre au pénal.

– Au pénal ?

– C'est ça.

– Je parie qu'Harvey se fera une joie d'accepter.

Charlie hocha la tête.

– Vous avez du mal à vous entendre tous les deux, mais je le connais bien et j'ai de l'estime pour lui. Ce matin, quand je lui ai parlé, il était beaucoup moins furieux qu'hier. Il m'a dit qu'il ne comptait pas donner suite…

– Alors, tout va bien !

Charlie, qui n'aimait pas être interrompu, foudroya Miles du regard.

– Même s'il ne donne pas suite, tu as intérêt à te méfier. Il sait que cette histoire te touche de près et que chaque être humain a ses faiblesses. Il comprend tes sentiments, mais ça ne change rien au fait que tu as agi d'une manière inadéquate ; c'est le moins qu'on puisse dire. Il estime donc qu'il faudrait te suspendre de tes fonctions – sans te priver de ton salaire, bien sûr – en attendant d'avoir réglé cette affaire.

– Me suspendre de mes fonctions ? s'indigna Miles.

– C'est pour ton bien. Quand le calme sera revenu, Harvey espère que Clyde Timson et l'avocat de son fils feront machine arrière. En revanche, si nous n'admettons pas, lui et moi, que tu t'es mis dans ton tort, il doute de pouvoir convaincre Clyde.

– Je me suis contenté d'arrêter l'homme qui a tué ma femme.

– Ce n'est pas tout !

– Tu vas suivre les conseils d'Harvey ?

– Des conseils judicieux, Miles… J'agis pour ton bien…

– En somme, on libère Otis, un criminel, et on me suspend de mes fonctions sous prétexte que je l'ai arrêté.

– C'est une manière comme une autre de voir les choses.

– La seule !

– Non, fit Charlie, imperturbable ; et tu ne tarderas pas à t'en apercevoir. En attendant, je te rappelle que tu es officiellement suspendu de tes fonctions.

– Tu ne vas pas me faire ça !

– J'agis dans ton intérêt… Et surtout n'envenime pas la situation. Si je constate que tu harcèles Otis ou que tu vas fourrer ton nez je ne sais où, je me verrai dans l'obligation de prendre des sanctions plus sévères.

– C'est absurde !

Charlie s'approcha de Miles.

– Il n'y a pas de meilleure solution, mon vieux. Mais souviens-toi que tout n'est pas joué. Quand on aura rattrapé Sims, on pourra en apprendre davantage ; et on trouvera peut-être d'autres témoignages concordants.

Sans attendre la conclusion de son chef, Miles avait jeté son badge sur son bureau. Son étui de revolver et son arme étaient accrochés à sa chaise.

Il claqua la porte derrière lui.

Vingt minutes plus tard, Otis Timson était libre.

Miles monta dans sa voiture, encore étourdi par les événements. Il mit le contact et démarra en trombe.

On le suspendait de ses fonctions et Otis serait bientôt libre. Le monde à l'envers !

Après avoir songé à rentrer chez lui, il changea d'avis en se souvenant des reproches que son fils lui avait adressés le matin même. Il valait mieux le laisser chez Mme Knowlson jusqu'au moment où il se sentirait plus calme. Et, surtout, il avait besoin de parler à quelqu'un qui l'aiderait à y voir plus clair.

À Sarah…

La route était dégagée. Il fit demi-tour pour la rejoindre au plus vite.

27.

Sarah était dans le living avec sa mère quand Miles vint se garer devant la maison. Maureen, qui ignorait tout des récents événements, ouvrit les bras en le voyant entrer.

– Quelle bonne surprise ! s'écria-t-elle. Je n'osais pas espérer votre visite.

Miles murmura quelques mots aimables en l'embrassant, mais déclina l'offre d'une tasse de café. Sarah prit sa veste et proposa d'aller faire un tour. Ils se dirigèrent vers le bosquet où ils s'étaient promenés avec Jonah le jour de Thanksgiving. Deux amoureux en mal d'intimité, se dit Maureen, rouge d'émotion.

Miles marchait sans parler, en serrant rageusement les poings. Ils s'assirent sur le tronc d'un pin recouvert de mousse et de lierre. Sarah lui prit la main ; leurs doigts s'entrelacèrent et il parut se détendre.

– Sale journée ? murmura-t-elle.

– Oui, on peut le dire.

– Otis ?

– Otis… Charlie… Sims… Tout le monde !

– Mais pourquoi ?

– Charlie a relâché Otis. Il prétend qu'il n'a pas d'arguments assez solides pour l'inculper.

– Pourtant, Otis a parlé devant témoin, non ?

– Ça ne lui suffit pas.

Miles tira sur une écorce d'un air écœuré.

– Charlie m'a suspendu de mes fonctions.

Sarah, incrédule, haussa les sourcils.

– Pas possible !

– Si.

– Je ne comprends pas...

Sarah avait, malgré tout, une petite idée.

– Il estime, reprit Miles en déchirant la même écorce en lambeaux, que j'ai eu une conduite *inadéquate* quand j'ai arrêté Otis. Mais ce n'est pas tout... (Miles s'interrompit, le regard perdu dans le vague.) L'avocat d'Otis et de Clyde, son père, voudrait, paraît-il, porter plainte contre moi.

Sarah ne sut que répondre et Miles dégagea sa main en soupirant.

– Tu y comprends quelque chose ? J'arrête le type qui a tué ma femme et on me suspend de mes fonctions. On le libère, et c'est moi qu'on inculpe !

– Je m'y perds, admit Sarah.

Miles hocha la tête.

– Et ce bon vieux Charlie, que je prenais pour un ami, ne trouve rien à redire.

– Miles, tu sais bien que tu peux compter sur lui.

– Plus maintenant.

– Ils ont déjà porté plainte contre toi ?

– Pas encore. Charlie espère convaincre l'avocat d'Otis de faire machine arrière. C'est aussi pour calmer le jeu qu'il me suspend de mes fonctions.

– Si tu commençais par le commencement ? Que t'a dit exactement Charlie ?

Sarah écouta, perplexe, le récit de Miles.

– J'ai l'impression que Charlie ne te veut que du bien ; il fait de son mieux pour t'aider, conclut-elle après réflexion.

– S'il me voulait du bien, il garderait Otis en taule.

– Malgré la disparition de Sims ?

– Il aurait dû inculper Otis de meurtre. Pas un seul juge ne pourrait le libérer sous caution, maintenant qu'Earl Getlin a confirmé les paroles de Sims. Charlie sait pertinemment que ce type ne tardera pas à réapparaître. Il n'a pas dû aller bien loin… Si je m'y mets, je parie que je le retrouve en moins de deux heures et je l'oblige à me signer une déclaration écrite sous serment.

– Tu n'es pas suspendu de tes fonctions ?

– Ma parole, tu prends le parti de Charlie !

– Miles, j'ai peur que tu t'attires des ennuis supplémentaires. D'ailleurs, Charlie a bien dit qu'on allait rouvrir l'enquête.

– Tu me conseilles de laisser tomber ?

– Je n'ai pas dit ça…

Miles interrompit Sarah.

– Tu t'imagines que je vais me tenir tranquille en attendant des jours meilleurs. Jamais de la vie ! Otis devra payer cher ce qu'il a fait.

Sarah repensait, malgré elle, à sa dernière soirée avec Miles. Au bout de combien de temps avait-il fini par s'apercevoir qu'elle était partie ?

– Et si on ne retrouve pas Sims ? demanda-t-elle à tout hasard. Ou s'il n'y a pas d'éléments suffisants pour inculper Otis ?

– Tu vas arrêter ?

Sarah blêmit.

– Arrêter quoi ?

– De tout remettre en question !

– Je ne voudrais pas que tu prennes des initiatives que tu regretteras par la suite.

– Que veux-tu dire ?

– Les choses ne se passent pas toujours comme on s'y attend, murmura Sarah en serrant la main de Miles.

Il la fixa un long moment d'un regard absent, sa main inerte – et glacée – dans la sienne.

– Tu ne le crois pas coupable, hein ?

– Ce n'est pas à Otis, mais à toi que je pense.

– Et moi, je parle de lui.

Miles se leva et dégagea sa main.

– Deux personnes affirment qu'Otis s'est quasiment vanté d'avoir tué ma femme, et on le remet en liberté. Pendant que ce type rentre tranquillement chez lui, tu voudrais que je reste assis dans mon coin, à ne rien faire. Tu as vu de tes propres yeux à quoi il ressemble. Alors, réfléchis bien. Crois-tu, oui ou non, qu'il a tué Missy ?

– Je n'ai pas d'opinion à ce sujet, fit Sarah, prise au dépourvu.

Furieux, Miles lui tourna le dos.

– Je sais ce que je dis ! gronda-t-il. Il est coupable, et j'en fournirai la preuve d'une manière ou d'une autre. Quant à ton opinion, je m'en fiche. C'est de ma femme qu'il s'agit ici.

Il avait dit *ma femme*... Sur ces mots, il s'éloigna d'un pas rapide sans laisser à Sarah le temps de répondre.

– Miles, attends-moi ! cria-t-elle.

– Pourquoi ? dit-il en se retournant. Tu veux continuer à me faire la leçon ?

– Miles, je voudrais seulement t'aider...

Il s'arrêta pour lui faire face.

– Je me passe de ton aide ! Cette affaire ne te concerne pas.

– Cette affaire me concerne... dans la mesure où je tiens à toi, bégaya Sarah, blessée.

– Alors, cesse de me contredire quand j'ai à te parler. La prochaine fois, contente-toi de m'écouter !

Il n'en dit pas plus, et Sarah se retrouva toute seule dans le bosquet.

Harvey entra dans le bureau de Charlie, l'air plus accablé que de coutume.

– Du nouveau au sujet de Sims ?

Charlie hocha la tête.

– Pas encore. Il se cache bien…

– Vous pensez qu'il va refaire surface ?

– Sûrement. Où pourrait-il aller ? Il garde un profil bas pour le moment, mais ça ne pourra pas durer bien longtemps.

Harvey ferma distraitement la porte derrière lui.

– Je viens de parler avec Thurman Jones, grommela-t-il.

– Alors ?

– Il n'a pas renoncé à porter plainte. C'est Clyde qui le pousse ; mais j'ai l'impression que le cœur n'y est plus.

– Qu'est-ce que ça signifie ?

– Ça ne m'étonnerait pas qu'il change d'avis. Il ne tient pas du tout à ce que la police vienne fouiner de trop près dans les affaires de son client ; or c'est exactement ce qui se passera s'il insiste. En outre, il se doute bien qu'un jury penchera plutôt du côté du shérif que d'un type comme Otis. D'autant plus que Miles n'a pas tiré une seule fois quand il était là-bas…

– Merci, marmonna Charlie.

– De rien, mais tenez-lui la bride haute pendant quelques jours. S'il faisait une gaffe, tant pis pour lui ! Je me verrais dans l'obligation de porter plainte.

– D'accord.

– Vous allez le mettre au courant ?

– Comptez sur moi pour lui parler.

En espérant qu'il m'écoutera, se dit Charlie en son for intérieur.

Quand Brian arriva chez ses parents vers midi, à l'occasion des congés de Noël, Sarah poussa un soupir de soulagement. Enfin quelqu'un à qui se confier ! Elle avait passé la matinée à éviter les questions indiscrètes de sa mère. En grignotant un sandwich, Brian parla de ses cours (« Ça peut aller »), de ses résultats (« Pas de problème majeur ») et de ses états d'âme (« Ça va aussi »).

Beaucoup moins en forme qu'à sa dernière visite, il avait le teint blême d'un rat de bibliothèque. Il se disait épuisé par ses examens de fin de semestre, mais Sarah se demanda s'il n'avait pas d'autres problèmes. De drogue, par exemple.

Malgré son estime pour lui, cette hypothèse lui paraissait vraisemblable. Un garçon aussi sensible, vivant tout seul et soumis à un stress important, était particulièrement exposé à un tel fléau. Elle se souvenait d'une camarade de sa résidence universitaire qui avait abandonné ses cours en milieu d'année pour cette raison. Son frère lui rappelait étrangement cette jeune fille.

La journée s'annonçait mal…

Maureen se tracassait au sujet de son fils et s'acharnait à emplir son assiette.

– M'man, je n'ai pas faim ! grommela-t-il.

Il repoussa son assiette, que Maureen alla déposer dans l'évier en se mordant les lèvres.

Après le déjeuner, Sarah accompagna Brian jusqu'à sa voiture pour l'aider à rapporter ses affaires.

– Maman a raison, tu as une tête à faire peur.

Il sortit ses clefs de sa poche.
– Merci du compliment, p'tite sœur.
– Le semestre a été dur ?
– Je m'en tirerai !
– Si tu as envie de bavarder un moment avec moi, tu sais où me trouver !
Il ouvrit le coffre mais déposa le sac qu'il portait à terre, car Sarah l'avait pris par le bras.
– Je sais, murmura-t-il.
– Sérieusement… Même si c'est un sujet difficile à aborder…
Brian haussa un sourcil inquisiteur.
– J'ai l'air si mal en point ?
– Maman pense que tu te drogues, mentit Sarah pour en savoir plus.
– Dis-lui qu'elle se trompe ! J'ai du mal à m'adapter à ma nouvelle vie mais ça finira par s'arranger.
Il décocha un sourire complice à sa sœur.
– À propos, cette réponse s'adresse à toi aussi.
– À moi ?
Brian sortit un second sac.
– Maman ne soupçonnerait rien même si elle me trouvait en train de fumer du hasch dans le living. Par contre, elle est capable de redouter que mes camarades de chambre ne me mènent la vie dure sous prétexte que je suis « tellement plus brillant qu'eux »… Si tu m'avais dit ça, tu m'aurais paru plus crédible…
– Tu n'as pas tout à fait tort, admit Sarah en riant.
– Au lieu de t'inquiéter à mon sujet, donne-moi de tes nouvelles !
– Je suis en vacances à partir de vendredi. Quelques semaines de repos me feront le plus grand bien.
Brian tendit à Sarah son sac de linge sale.
– Les enseignants aussi ont besoin d'une pause ?
– Encore plus que les élèves, je t'assure.

Après avoir refermé le coffre, Brian prit ses sacs et Sarah s'assura que sa mère ne risquait pas de surprendre ses paroles.

– Tu viens à peine d'arriver, dit-elle, mais aurais-tu quelques minutes à me consacrer ?

Brian reposa ses sacs et s'adossa à sa voiture.

– Bien sûr, Sarah. J'ai tout mon temps.

– Il s'agit de Miles. Nous avons eu une petite altercation aujourd'hui. Tu te doutes bien que maman est la dernière personne à qui je peux en parler…

– Que vous arrive-t-il ?

– Je crois t'avoir dit, le jour où je te l'ai présenté, qu'il a perdu sa femme il y a deux ans, à la suite d'un accident de la route. Le chauffard qui l'a renversée s'est enfui. Ça a été terrible pour lui… Figure-toi qu'hier, grâce à de nouvelles informations, il a arrêté un suspect. Mais ce n'est pas tout. Miles est allé un peu trop loin. Il m'a dit, hier soir, qu'il a bien failli le tuer…

Devant l'air effaré de Brian, Sarah hocha la tête.

– Finalement, tout est rentré dans l'ordre. Le sang n'a pas coulé… (Les bras croisés, elle chassa de son esprit cette horrible pensée.) Miles a pourtant été suspendu de ses fonctions. Ce qui m'inquiète le plus, c'est qu'ils ont libéré ce type. Miles, qui a toujours eu des problèmes avec lui, n'a pas l'intention de lâcher prise…

– Tu viens de m'apprendre qu'il a été suspendu de ses fonctions.

– Miles ne veut rien entendre. Si tu savais ce qu'il m'a dit aujourd'hui ! Je devrais peut-être appeler son chef et tout lui répéter ; mais il a eu assez d'ennuis comme ça… D'autre part, si je me tais…

Sarah s'interrompit et regarda son frère dans les yeux.

– Que dois-je faire, à ton avis ? Attendre la suite ? Parler à son chef ? Ou me désintéresser de cette histoire ?

Brian se concentra longuement avant de répondre.

– Je suppose que ça dépend de tes sentiments pour Miles et de ce que tu le crois capable de faire…

Sarah se passa la main dans les cheveux.

– Je l'aime, Brian. Si tu savais comme il m'a rendue heureuse ces derniers mois ! Maintenant, je suis dans le pétrin. Je ne voudrais pas qu'il soit licencié par ma faute, ni qu'il fasse des bêtises…

– Tu ne peux pas laisser un innocent aller en prison !

– Ce n'est pas ce qui me préoccupe le plus.

– Tu as peur qu'il se venge ?

Sarah revit les yeux de Miles, lançant des éclairs meurtriers.

– Oui…

– Alors, tu dois intervenir.

– J'appelle son chef ?

– Tu n'as pas le choix, fit Brian d'un air sombre.

Après avoir quitté Sarah, Miles passa plusieurs heures à chercher Sims, mais en vain.

Il résista à la tentation de faire un tour dans le lotissement des Timson. Ce n'était pas qu'il n'avait pas le temps, mais il avait rendu son revolver à Charlie.

Par chance, il en possédait un autre à son domicile.

Au cours de l'après-midi, Charlie reçut deux coups de téléphone ; dont l'un de la mère de Sims, qui s'étonnait que tout le monde s'intéresse soudain à son fils.

– Miles Ryan est venu me poser exactement les mêmes questions que vous, lui répondit-elle quand il la pria de s'expliquer.

Charlie fronça les sourcils et raccrocha, furieux que Miles n'ait pas tenu compte de sa mise en garde.

Le second appel était de Sarah Andrews.

Après lui avoir dit au revoir, il fit pivoter son siège vers la fenêtre et contempla un moment le parking tout en maltraitant son crayon. Une minute plus tard, il se retournait pour en jeter les morceaux dans sa corbeille.

– Madge ? glapit-il.

Sa secrétaire apparut sur le pas de la porte.

– Allez immédiatement me chercher Harris !

Une minute plus tard, Harris était au garde-à-vous devant le bureau de Charlie.

– Tu vas te poster près du lotissement des Timson, lui ordonna-t-il. Dissimule-toi et surveille toutes les allées et venues. Si tu remarques la moindre anomalie – tu m'entends, la moindre anomalie ! – lance aussitôt un appel radio. Je ne veux pas l'ombre d'un problème là-bas ce soir. Tu m'as bien compris ?

Harris acquiesça d'un signe de tête : il avait compris. Une fois seul, Charlie appela Brenda. Lui non plus n'était pas près de regagner ses pénates. L'affaire prenait mauvaise tournure.

28.

Au bout d'un an, mes visites nocturnes ont cessé. Je continuais pourtant à me rendre tous les jeudis sur la tombe de Missy, qu'il pleuve ou qu'il vente ; je ne craignais même plus d'être vu. J'apportais toujours des fleurs.

La fin de mes visites m'a surpris moi-même. Bien que mon obsession n'ait pas faibli au cours de l'année, mon envie d'épier Miles et son fils a fait place, sans raison apparente, à la volonté de les laisser vivre en paix.

Je n'oublierai jamais le jour où cela s'est produit.

C'était le premier anniversaire de la mort de Missy. Je me sentais presque invisible quand je m'avançais dans le noir. Je connaissais parfaitement les moindres détails de mon parcours et il me fallait deux fois moins de temps qu'au début pour atteindre mon but. J'étais devenu un voyeur professionnel, car, non content de regarder à travers les vitres, j'apportais depuis quelques mois des jumelles.

Parfois, une présence sur la route ou dans les jardins m'empêchait, en effet, de m'approcher des fenêtres. Il arrivait aussi que Miles tire les rideaux de la salle de séjour et me frustre du spectacle tant attendu. Dans ces cas-là, les jumelles résolvaient mon problème. J'avais repéré dans un coin du jardin, au bord de la rivière, un vieux chêne géant dont les branches basses longeaient le sol. Je m'y installais souvent, de manière à distinguer la fenêtre de leur cuisine, sans être gêné par le moindre obstacle. Je restais à mon poste pendant des heures et j'observais Miles quand il venait se rasseoir, après avoir couché son fils.

Miles avait changé, comme moi, au cours de l'année. Il se plongeait toujours dans son dossier, mais moins régulièrement qu'avant. Les mois passant, son obsession de me retrouver semblait décroître. Il ne devenait pas indifférent, mais il avait dû prendre conscience que l'affaire était dans une impasse. Le soir du premier anniversaire de la mort de Missy, il a sorti son dossier après avoir couché Jonah, mais il s'est contenté de le feuilleter sans prendre de notes, comme un album de photos évoquant de nombreux souvenirs. Au bout d'un moment, il l'a reposé et a disparu dans le living.

Quand j'ai réalisé qu'il n'allait pas revenir, je suis descendu de mon arbre pour me faufiler sur le porche.

Bien qu'il ait baissé les stores, Miles avait laissé la fenêtre ouverte pour profiter d'une brise nocturne. De mon poste d'observation, je l'ai aperçu, assis sur le canapé. Une boîte en carton posée à côté de lui, il regardait la télévision. J'ai collé mon oreille à la fenêtre, et ce que j'ai entendu m'a paru bizarre. Des voix brouillées, des sons déformés, suivis de longs silences. Un dernier regard à Miles m'a permis de comprendre. Tout était là dans ses yeux, dans la sinuosité de sa bouche et dans sa manière de s'asseoir.

Il regardait des cassettes familiales…

J'ai fermé les yeux et j'ai reconnu son intonation, puis la voix haut perchée d'un enfant, et, au loin, une autre voix à peine distincte. La voix de Missy.

Dans mon trouble, j'ai failli étouffer. Je suffoquais. Miles et Jonah, que j'avais épiés depuis un an, étaient en réalité des inconnus pour moi…

J'écoutais, éberlué.

La voix de Missy est restée un moment en suspens, puis je l'ai entendue rire.

Bouleversé, j'ai voulu aussitôt connaître la réaction de Miles. Je l'imaginais au bord des larmes, plongé dans ses souvenirs.

Je me trompais. Il ne pleurait pas ; un sourire flottait sur ses lèvres.

C'est alors que j'ai pris ma décision.

Après cette visite, j'ai eu la sincère conviction que je n'irais plus jamais les espionner. L'année suivante, j'ai essayé de reprendre une vie normale. En apparence, j'ai réussi. Les gens, autour de moi, trouvaient que j'allais mieux et que j'étais redevenu comme avant.

Je n'étais pas loin de partager leur opinion. Libéré de mon obsession, je me croyais sorti de mon cauchemar. J'allais pouvoir oublier non pas la mort de Missy, mais le sentiment de culpabilité qui me hantait depuis un an.

Comment aurais-je pu me douter que cette angoisse ne me quitterait pas ? Qu'elle se mettrait simplement en veilleuse, comme une marmotte qui attend les beaux jours pour sortir de son hibernation.

29.

Le dimanche matin, peu après huit heures, on frappa un coup à la porte de Sarah. Après avoir hésité un instant, elle alla ouvrir.

Si c'était Miles, qu'allait-elle lui dire ? Tout dépendrait de son attitude. S'il savait qu'elle avait appelé Charlie, serait-il fâché ? Peiné ? Comprendrait-il qu'elle avait agi pour son bien ?

À la vue de Brian, elle se sentit rassurée.

– Tu es bien matinal ! s'écria-t-elle.

– J'ai à te parler.

Sarah fit entrer son frère et s'assit à côté de lui sur le canapé.

– Alors ? fit-elle.

– Tu as fini par appeler le chef de Miles ?

– Oui, soupira Sarah en se passant une main dans les cheveux. Tu m'as dit toi-même que je n'avais pas le choix.

– Tu penses qu'il risque de se venger s'il retrouve le type qu'il a arrêté ?

– J'ai de bonnes raisons de m'inquiéter…

– Il sait que tu as appelé le shérif ?

– Aucune idée.

– Tu n'as pas parlé à Miles ?

– J'ai cherché à le joindre plusieurs fois depuis hier, mais il n'est jamais chez lui. Je tombe toujours sur le répondeur.

Brian se pinça l'arête du nez entre deux doigts et sa voix résonna bizarrement dans le silence de la pièce.

– J'ai besoin de connaître le fond de ta pensée… Penses-tu vraiment que Miles irait trop loin s'il remettait la main sur ce type ?

Intriguée, Sarah se pencha vers son frère, qui évita son regard.

– Je ne suis pas extralucide, mais j'en ai bien peur.

– Dis-lui de laisser tomber.

– Laisser tomber quoi ? fit Sarah, de plus en plus perplexe.

Brian l'implora du regard.

– L'homme qu'il a arrêté… Fais-lui comprendre qu'il doit absolument le laisser en paix !

– J'ai déjà essayé.

– Encore un effort !

Sarah se cala dans le canapé, les sourcils froncés.

– Que se passe-t-il, Brian ?

– Je te demandais seulement ce que ferait Miles, à ton avis.

– C'est si important pour toi ?

– Je me préoccupe de Jonah.

– Jonah ?

– Miles ne penserait pas à lui avant de commettre l'irréparable ? Crois-tu qu'il risquerait d'être envoyé en prison ?

Sarah se saisit des deux mains de son frère.

– Cesse de me poser des questions, et dis-moi ce qui ne va pas, murmura-t-elle.

Je savais que l'heure de vérité avait sonné. J'étais venu chez elle pour me confesser, mais je n'ai pas eu la force de lui parler tout de suite.

Pourquoi lui ai-je posé tant de questions ? Espérais-je un dernier sursis avant de passer aux aveux ? L'homme qui mentait depuis deux ans cherchait-il à tricher une dernière fois ? Je pense sincèrement que je voulais surtout protéger ma sœur.

Mes paroles allaient la blesser, car elle aimait Miles. À l'occasion de Thanksgiving, j'avais remarqué les regards qu'ils échangeaient, leurs gestes attentionnés et leur tendre baiser au moment de se quitter. Elle aimait Miles, Miles l'aimait, et Jonah les aimait tous les deux.

Pendant la nuit, j'avais réalisé que je ne pouvais plus garder mon secret. Si Sarah croyait Miles capable de se venger, mon silence risquait de mettre d'autres vies en danger. Missy était morte par ma faute, je ne voulais pas être à l'origine d'une seconde tragédie absurde.

Mais pour me sauver, pour sauver la vie d'un innocent, et pour sauver Miles Ryan de lui-même, je devais sacrifier ma sœur.

Sarah, qui avait déjà traversé tant d'épreuves, allait apprendre que son propre frère avait tué la femme de Miles. Quand elle lui aurait fait cet aveu, les yeux dans les yeux, qu'adviendrait-il de leur amour ?

N'était-ce pas injuste de la sacrifier ? Bien qu'innocente, elle se sentirait écartelée entre son amour pour Miles et ses sentiments pour moi, dès qu'elle aurait entendu ma confession.

Pourtant, je ne voyais pas d'autre solution.

– Je sais qui conduisait la voiture cette nuit-là, ai-je chuchoté d'une voix rauque.

– Tu le sais ? a-t-elle fait en me dévisageant d'un air incrédule.

J'ai baissé la tête en silence ; elle s'est penchée en avant comme un ballon qui se dégonfle lentement. Elle avait deviné ce que j'allais lui dire, et je n'ai pu que murmurer, sans détourner les yeux :

– C'est moi, Sarah. C'est moi qui conduisais.

30.

À ces mots, Sarah recula comme si elle voyait son frère pour la première fois.

– Je ne l'ai pas fait exprès… Je suis désolé… balbutia Brian, avant de fondre en larmes.

Secoué de spasmes, il sanglotait comme un enfant désespéré, lui qui n'avait pas versé jusque-là une seule larme de remords !

Malgré son chagrin, Sarah le prit dans ses bras, et il se sentit d'autant plus coupable qu'elle l'aimait encore. Elle le laissa pleurer sans rien dire, en passant doucement la main le long de son dos. Il la serra de toutes ses forces, de peur que tout ne change entre eux s'il la laissait partir.

Mais tout avait déjà changé, qu'il le veuille ou non.

Quand ses larmes se tarirent, il lui raconta ce qui s'était passé.

Sans lui mentir ; mais sans évoquer ses visites nocturnes.

Il baissa la tête tant que dura sa confession. L'idée de lui inspirer de la pitié ou de l'horreur lui était insupportable. À la fin de son récit, il s'arma de courage pour la regarder en face, et il n'aperçut dans ses yeux qu'une lueur d'effroi.

Brian resta toute la matinée chez sa sœur. Elle l'interrogea sans relâche ; il lui raconta une seconde fois ce qui s'était passé. La réponse à la question cruciale – pourquoi ne s'était-il pas livré à la police ? – allait de soi. Sous le choc de l'accident, il n'avait pas eu le courage de parler, et il avait attendu… jusqu'à ce qu'il soit trop tard.

Sarah comprenait sa réaction, sans pour autant la justifier. Ils discutèrent longuement, puis elle se tut et il comprit que le moment était venu de la quitter.

En se dirigeant vers la porte, il jeta un coup d'œil au-dessus de son épaule. Recroquevillée sur le canapé, comme une vieille femme, sa sœur pleurait silencieusement en cachant son visage entre ses mains.

31.

Tandis que Sarah pleurait sur son canapé, Charlie Curtis, en uniforme, remontait à grands pas l'allée de Miles Ryan. C'était le premier dimanche depuis des années qu'il n'accompagnait pas Brenda à l'église, mais il lui avait expliqué qu'il n'avait pas le choix.

Vu les circonstances – c'est-à-dire les deux appels téléphoniques qu'il avait reçus la veille – , il avait passé presque toute la nuit à surveiller la maison de Miles Ryan…

Il frappa à la porte. Miles, vêtu d'un jean et d'un sweat-shirt, une casquette de base-ball sur la tête, vint lui ouvrir et ne sembla pas surpris outre mesure par la visite de son chef.

– Il faut qu'on se parle, déclara celui-ci sans préambule.

Miles, les poings sur les hanches, ne décolérait pas contre Charlie.

– Je t'écoute !

Charlie remonta la visière de sa casquette.

– Si on reste sur le porche, Jonah risque de nous entendre. On peut aller dehors si tu veux…

– Otis était au volant le soir de l'accident, marmonna Miles en fuyant obstinément le regard de Charlie.

– En as-tu la certitude ou bien cherches-tu une réponse – n'importe quelle réponse – aux questions que tu te poses ?

Miles releva la tête.

– Tu es injuste, Charlie.

– Vraiment ? N'oublie pas que c'est moi qui ai parlé à Earl, pas toi ! J'ai relu aussi toute l'enquête de la patrouille routière, et je peux t'affirmer qu'il n'y a aucune preuve tangible permettant d'inculper Otis.

– Je trouverai cette preuve…

– Non ! gronda Charlie. Surtout, ne t'en mêle pas !

Miles resta silencieux. Au bout d'un moment, Charlie posa une main sur son épaule en soupirant.

– Je te donne ma parole que l'enquête suit son cours. Si par hasard on trouve quelque chose, je serai le premier à reconnaître mes torts et à souhaiter qu'Otis soit puni comme il le mérite. D'accord ?

Miles serra les mâchoires.

– Je sais que c'est dur pour toi, ajouta Charlie.

– Tu n'en sais rien ! répliqua Miles en dégageant brusquement son épaule. Brenda est toujours là pour t'accueillir quand tu rentres chez toi. Vous vous réveillez dans le même lit ; tu peux l'appeler quand tu veux. Personne ne l'a renversée de sang-froid sur une route, sans que justice soit faite… Non, ça ne peut plus durer ! Je te donne ma parole que le coupable finira par payer.

Dix minutes plus tard, le shérif repartait, malgré tout, avec le dossier et les revolvers. Aucun des deux hommes ne prononça un mot de plus.

Charlie faisait son travail ; Miles avait décidé de faire le sien.

Après le départ de Brian, Sarah resta longtemps assise, dans une quasi-hébétude. Elle ne pleurait plus, mais elle n'osait pas bouger, de peur d'ébranler son fragile équilibre.

Plus rien n'avait de sens ; ses émotions lui paraissaient inextricables.

Comment une tragédie pareille avait-elle pu se produire ? Brian avait eu une réaction absurde ; mais il s'agissait manifestement d'un simple accident, qu'elle n'aurait pas pu éviter elle non plus si elle avait été au volant.

Cet accident avait causé la mort de Missy Ryan.

Missy Ryan, la mère de Jonah. L'épouse de Miles.

C'était à n'y rien comprendre…

Pourquoi Brian avait-il renversé cette femme-là sur la route ? Pourquoi Miles, plutôt qu'un autre homme, était-il entré dans sa vie ? Coïncidences ! Immobile sur son canapé, elle était atterrée par la confession de Brian. Malgré sa colère et son effroi, elle aimait toujours son frère, qu'elle sentait miné par une terrible culpabilité.

Et Miles… Mon Dieu, Miles…

Devait-elle l'appeler immédiatement et lui dire ce qu'elle avait appris ? Ou bien attendre d'être plus calme pour lui parler ?

Attendre, comme l'avait fait Brian…

D'ailleurs, qu'allait devenir Brian ? Son petit frère irait en prison. Quand un homme enfreint la loi, la justice doit trancher.

Cette idée la rendait malade, car Brian n'était qu'un gamin à l'époque de cet accident dont il n'était pas responsable.

Elle hocha la tête en regrettant presque qu'il l'ait mise au courant, mais elle comprenait pourquoi il avait tenu à lui parler. Pendant deux ans, Miles avait payé le prix de son silence. Et, maintenant, c'était le tour d'Otis…

Elle inspira profondément, ses doigts serrés sur ses tempes.

Miles irait-il jusqu'à passer à l'acte ? Peut-être pas, mais sa haine pour Otis le rongerait, et, un jour ou l'autre… Elle chassa cette idée insoutenable.

Que faire ? Elle n'avait toujours pas résolu son dilemme quand Miles frappa à sa porte, quelques minutes plus tard.

– Salut, dit-il simplement.

Sarah, la main sur la poignée de porte, resta un moment hébétée.

Ses pensées l'entraînaient dans un tourbillon infernal. Allait-elle lui parler tout de suite, pour soulager sa conscience ? Ou prendre le temps de réfléchir ?

– Ça va ? reprit-il.

– Hum… Oui… marmonna-t-elle en reculant d'un pas pour lui laisser le passage.

Après avoir refermé la porte derrière lui, il se dirigea vers la fenêtre, ouvrit les rideaux et jeta un coup d'œil dans la rue ; puis il fit le tour de la pièce d'un air absent et déplaça machinalement une photo de famille posée sur la cheminée.

Sarah, immobile, l'observait en se disant qu'elle connaissait l'homme qui avait tué sa femme.

– Charlie est passé ce matin, annonça-t-il soudain. Il a pris mon dossier sur Missy.

– Désolée !

Miles ne sembla pas se formaliser de sa réponse maladroite.

– Il m'a prévenu qu'il me ferait arrêter si j'osais m'approcher d'Otis Timson…

Comprenant qu'il en avait lourd sur le cœur, Sarah préféra garder le silence.

– Tu te rends compte, insista Miles, je me permets d'arrêter l'homme qui a tué ma femme, et voilà ce qui m'arrive !

– Désolée ! répéta Sarah, à la limite de ses forces.

– Et moi donc ! Je ne peux ni chercher Sims ni enquêter. Je ne peux rien faire, à part rester assis chez moi et laisser Charlie se débrouiller.

Sarah s'éclaircit la voix.

– Après tout, c'est peut-être la meilleure solution ; au moins pour le moment…

– Sûrement pas ! Je suis le seul à avoir persévéré après l'interruption de l'enquête initiale. Personne n'en sait aussi long que moi sur cette histoire.

– Que vas-tu faire ?

– Je n'en sais rien.

– En tout cas, j'espère que tu suivras les conseils de Charlie.

Devant le regard fuyant de Miles, Sarah sentit son estomac se serrer.

– Écoute, Miles, murmura-t-elle. Que tu le veuilles ou non, Charlie a raison. Laisse-le s'occuper d'Otis !

– Pour qu'il sabote le travail une seconde fois ?

– Une seconde fois ?

Les yeux de Miles jetèrent des éclairs.

– Bien sûr ! Je te signale qu'Otis est toujours en liberté et que c'est moi qui ai retrouvé le type qui l'a balancé ! Ils auraient pu se donner un peu plus de mal pour dénicher des preuves quand ils ont mené leur enquête.

– Il n'y en avait peut-être pas.

– Pourquoi te fais-tu l'avocat du diable ? protesta Miles.

– Tu exagères !

– Hier aussi, tu as refusé de m'écouter.

– Je voulais te mettre en garde…

– Oui, comme Charlie. Vous ne réalisez donc pas à quel point c'est grave ?

– Je réalise parfaitement, fit Sarah sans élever le ton. Tu crois Otis coupable et tu veux te venger. Mais que se passera-t-il si tu découvres par la suite que Sims et Earl t'ont induit en erreur ?

– Ils auraient menti tous les deux ?

– Non, mais ils ont peut-être mal entendu. Et même si Otis a dit cela, ce n'est pas une raison pour le croire…

Miles, abasourdi, se taisait.

– Si, par hasard, Otis était innocent ? ajouta Sarah d'une voix étouffée. Je sais que vous n'êtes pas en très bons termes tous les deux…

– C'est le moins qu'on puisse dire ! rugit Miles.

Il foudroya Sarah du regard et s'avança d'un pas.

– Sais-tu de quoi tu parles ? Cet homme a tué ma femme.

– Tu n'en as pas la preuve.

– Si, je l'ai ! Ce qui m'étonne c'est que tu sois si persuadée de son innocence.

– Je dis simplement que tu devrais t'en remettre à Charlie pour ne pas être tenté de…

– De quoi ? De le tuer ?

Sarah resta muette et Miles ajouta avec une étrange sérénité :

– Le tuer comme il a tué ma femme…

Sarah pâlit.

– Si tu pensais à Jonah, tu ne parlerais pas comme ça.

– Ne le mêle pas à cette affaire !

– Il n'a que toi au monde.

– Tu t'imagines que je ne le sais pas ? Qu'est-ce qui m'a retenu d'appuyer sur la détente l'autre jour ? Souviens-toi que j'aurais pu descendre Otis…

Miles soupira profondément comme s'il regrettait de ne pas être passé à l'acte.

– Oui, conclut-il, j'ai failli le tuer ; il l'aurait bien mérité. Œil pour œil, dent pour dent… Je ne lui ferai pas grâce, quoi qu'il arrive.

Sur ces mots, il tourna le dos à Sarah et partit en claquant la porte.

32.

Sarah passa une nuit blanche.

Elle allait en même temps perdre son frère et Miles Ryan, l'homme qu'elle aimait.

Allongée sur son lit, elle se remémora sa première nuit avec Miles, dans cette même chambre. Elle se souvenait des moindres détails. Son expression quand elle lui avait appris qu'elle ne pouvait pas avoir d'enfants, sa déclaration d'amour, leurs tendres chuchotements, et la paix qu'elle avait ressentie dans ses bras.

Elle avait plongé dans une douce béatitude. À présent, tout était terminé.

Les heures qui avaient succédé au départ de Miles ne lui avaient apporté aucune réponse. Plus le temps passait, plus elle avait la certitude que tout était joué, quelle que soit sa décision.

Si elle ne parlait pas à Miles, oserait-elle encore le regarder en face ? Assise chez elle, près du sapin de Noël, pourrait-elle sourire à Brian tandis que Miles et Jonah déballeraient leurs cadeaux ? Elle ne pourrait pas non plus se permettre de regarder les photos de Missy, chez Miles, tout en sachant que Brian avait tué, accidentellement, la mère de Jonah. C'était hors de question, d'autant plus que Miles en voulait à mort à Otis.

Elle devait lui dire la vérité pour ne pas laisser punir un innocent. En outre, Miles avait le droit de savoir comment était morte sa femme.

Qu'adviendrait-il ensuite ? Miles ne se contenterait sans doute pas d'écouter la confession du coupable. Brian avait enfreint la loi, il serait arrêté. Ses parents en auraient le cœur brisé et Miles, l'homme qu'elle aimait, ne lui adresserait plus jamais la parole.

Sarah ferma les yeux. Son amour brisé… Son frère en prison…

Le cœur chaviré, elle alla s'asseoir dans le living en espérant chasser de son esprit la sinistre perspective. Elle n'y parvint pas plus que dans sa chambre. Soudain, elle sut ce qu'elle avait à faire. Une pénible épreuve l'attendait, mais elle ne pouvait pas reculer.

Quand le téléphone sonna, le lendemain matin, Brian devina que Sarah était au bout du fil. S'attendant à son appel, il décrocha sans donner à sa mère l'opportunité de répondre la première.

Sarah alla droit au but. Il l'écouta calmement et acquiesça. Quelques minutes après, il se dirigeait vers sa voiture en laissant l'empreinte de ses pieds sur la neige fraîche.

Au volant, il repensa à ce qu'il avait dit la veille à Sarah. Connaissant sa sœur, il s'était douté qu'elle l'inciterait à se livrer, malgré les conséquences redoutables que cela entraînerait pour eux deux. Après s'être sentie trahie par Michael, elle ne supporterait pas de faire subir le même sort à Miles.

Sur le point de se garer, il l'aperçut devant l'église épiscopale où l'on avait célébré les obsèques de Missy.

Assise sur un banc surplombant le petit cimetière aux pierres tombales polies par le temps, elle avait cet air désespéré qu'il lui avait connu une seule fois dans sa vie.

Sarah l'entendit et se retourna sans lui faire signe. Elle avait dû se faire porter malade, car les vacances n'avaient pas commencé. Il la rejoignit en se demandant, malgré lui, ce qui se serait passé s'il n'avait pas vu Miles chez ses parents à l'occasion de Thanksgiving, ou si Otis n'avait pas été arrêté.

– Je ne sais pas où j'en suis, souffla-t-elle enfin.

– Je regrette vraiment…

– Il y a de quoi.

Sarah avait les joues écarlates, sans doute à cause du froid.

– On en a assez parlé, reprit-elle d'un ton amer, mais je voudrais être sûre que tu m'as dit la vérité.

– Toute la vérité !

– C'était vraiment un accident ?

– Oui.

Sarah hocha la tête, sans paraître tranquillisée pour autant.

– Je n'ai pas fermé l'œil de la nuit, Brian. Contrairement à toi, je ne pourrai pas me taire… Tu aurais dû te confier à moi quand ça s'est passé !

Comme il l'avait fait la veille, Brian admit que le courage lui avait manqué.

Ils gardèrent le silence un long moment, puis Sarah laissa son regard errer sur les pierres tombales.

– Tu dois lui parler, dit-elle enfin d'une voix presque inaudible.

Quand Brian eut acquiescé, elle baissa la tête, les yeux luisants de larmes. Elle s'inquiétait pour son petit frère, mais c'était surtout sur son propre sort qu'elle pleurait.

Sarah emmena Brian chez Miles. Pendant qu'elle conduisait, il observa le paysage à travers la vitre. Les vibrations de la voiture le vidaient de toute son énergie, mais, bizarrement, il n'avait plus peur depuis qu'il avait tout avoué à sa sœur.

Ils traversèrent le pont, empruntèrent Madame Moore's Lane, puis des routes sinueuses jusqu'à l'allée de Miles.

Après s'être garée, Sarah resta un moment immobile, les clefs sur ses genoux. Elle prit une profonde inspiration, adressa un sourire contraint à son frère et glissa ses clefs dans son sac. Brian ouvrit la portière et ils se dirigèrent ensemble vers la maison.

Sarah hésita sur le porche.

En repensant aux longues heures qu'ils avaient passées là, Brian se jura de tout avouer à Miles. Tout sauf ses expéditions nocturnes…

Sarah s'arma de courage pour frapper ; Miles vint ouvrir.

– Sarah… Brian… bredouilla-t-il.

– Bonjour, fit Sarah d'une voix qui parut étonnamment calme à son frère.

D'abord, personne ne bougea. Encore troublés par leur discussion de la veille, Miles et Sarah se dévisageaient sans un mot.

Enfin, Miles recula d'un pas.

– Entrez, dit-il, avant de refermer la porte derrière ses visiteurs. Je vous offre quelque chose à boire ?

– Non merci, firent Sarah et Brian en chœur.

– Voyons, que se passe-t-il ?

Sarah ajusta distraitement la bretelle de son sac.

– Il y a une chose dont je voudrais… ou plutôt dont *nous* voulons te parler. On peut s'asseoir ?

– Bien sûr, répondit Miles en se dirigeant vers le canapé.

Brian s'assit près de sa sœur et reprit son souffle pour parler, mais Sarah intervint.

– Miles, je tiens à te dire que je suis navrée d'en être arrivée là... Souviens-toi que cette démarche nous coûte beaucoup à tous les deux...

– Mon Dieu, expliquez-vous !

Sarah hocha la tête en direction de Brian, qui murmura, la gorge sèche :

– C'était un accident...

Ensuite, les mots qu'il s'était cent fois répétés déferlèrent comme un torrent, et il raconta ce qui s'était passé cette nuit-là, sans omettre le moindre détail.

La réaction de Miles le préoccupait avant tout. Celui-ci commença par écouter posément. Il avait appris, en tant que shérif, que le silence est la meilleure manière d'accueillir une confession et d'obtenir une version objective des événements. C'est en entendant parler du *Rhett's Barbecue* qu'il finit par réaliser de quoi il s'agissait.

Blêmissant sous le choc, il s'agrippa des deux mains aux accoudoirs de son fauteuil. Brian continua à parler. Il entendait en arrière-plan la respiration haletante de sa sœur, mais il mena son récit jusqu'au point final – le moment où, seul dans sa cuisine, le lendemain matin, il avait décidé de garder le silence.

Quand il se tut, Miles resta un moment figé sur place pour rassembler ses esprits, puis il le transperça du regard.

– Un chien ? grogna-t-il d'une voix rauque, comme s'il avait retenu son souffle pendant toute sa confession. Tu dis qu'elle a sauté sous les roues de ta voiture à cause d'un chien ?

– Un gros chien noir. Je n'ai pas pu l'éviter...

Miles, les sourcils froncés, se maîtrisait avec peine.

– Alors, pourquoi t'es-tu enfui ?

– Aucune idée. Tout à coup, je me suis retrouvé dans ma voiture.

– Tu as oublié ? fit Miles, bouillant de colère.

– J'ai oublié ce moment-là…

– Mais tu te souviens du reste de cette soirée ?

– Oui.

– Alors, souviens-toi de ce qui t'a poussé à t'enfuir !

Sarah posa une main apaisante sur le bras de Miles.

– Je t'assure que tu peux croire mon frère sur parole.

Miles se dégagea.

– Laisse-le, murmura Brian. Il a le droit de m'interroger.

– Pour ça oui, j'ai le droit !

– Je ne sais pas pourquoi j'ai pris la fuite, insista Brian. Je me suis retrouvé dans ma voiture, mais je ne me revois pas en train de partir.

Miles se leva, furibond.

– Et tu t'imagines que je vais te croire quand tu prétends que c'était la faute de Missy ?

Sarah vola au secours de son frère.

– Ce qu'il te dit est la pure vérité, Miles !

– Je n'en ai aucune preuve.

– Souviens-toi qu'il est venu ici.

– Au bout de deux ans. C'est un peu long, tu ne trouves pas ?

Et, soudain, Miles crut voir clair. Sarah savait depuis longtemps que son frère était l'assassin.

N'avait-elle pas essayé de calmer son désir de vengeance ? Ne lui avait-elle pas conseillé de faire confiance à Charlie et de ne pas croire aveuglément au témoignage de Sims et d'Earl ? Elle savait Otis innocent, car elle n'ignorait rien de la culpabilité de Brian…

D'ailleurs tout concordait. Elle lui avait dit qu'elle se sentait proche de son frère ; qu'il était une des rares personnes à qui elle pouvait parler à cœur ouvert.

Aiguillonnées par une décharge d'adrénaline, les pensées de Miles s'emballaient. Sarah savait tout, mais elle avait gardé le secret.

Grimaçant de rage, il la dévisagea sans un mot. Elle avait proposé spontanément d'aider Jonah à rattraper son retard. Elle l'avait écouté, elle s'était liée avec lui, et leurs rapports avaient changé sa vie.

Pourquoi avait-elle agi ainsi, sinon pour apaiser sa propre culpabilité ? Tout ce qu'ils avaient bâti ensemble reposait sur des mensonges. Elle l'avait trahi.

Un silence plana. Miles, tétanisé, finit par se tourner vers la femme qu'il avait aimée.

– Tu savais qu'il avait tué Missy, n'est-ce pas ? articula-t-il d'une voix rauque.

Tout était fini entre sa sœur et Miles, comprit alors Brian.

– Bien sûr. C'est pour ça que je l'ai amené ici, fit Sarah, comme si la réponse allait de soi.

– Non, non… rugit Miles en pointant vers elle un doigt accusateur. Tu étais au courant depuis longtemps et tu me l'avais caché… Je comprends pourquoi tu croyais à l'innocence d'Otis et pourquoi tu m'incitais à suivre les conseils de Charlie…

– Arrête, Miles ! C'est faux… murmura Sarah, abasourdie par cette terrible accusation.

Il l'interrompit, hors de lui.

– Tu l'as *toujours* su !

– Non.

– Tu le savais déjà quand on s'est rencontrés.

– Non.

– C'est pour ça que tu as proposé d'aider Jonah.

– Absolument pas !

Sarah crut un instant qu'il allait la frapper, mais il bondit dans la direction opposée, lança un coup de pied dans la table basse et renversa une lampe. Brian se leva pour protéger sa sœur. Miles, plus fort que lui, l'intercepta et le fit pivoter sur lui-même en lui tordant le bras derrière l'omoplate. Le jeune homme grimaça sous l'effet de la douleur.

– Arrête de le brutaliser ! s'écria Sarah qui s'était éloignée instinctivement, avant même de réaliser ce qui se passait.

Miles leva une main menaçante dans sa direction.

– Toi, ça ne te regarde pas !

– Tu n'as pas le droit de le malmener.

– Il est en état d'arrestation !

– Je te répète que c'était un accident.

Miles, hors de lui, entraîna Brian vers la porte en lui tordant toujours le bras. Le malheureux trébucha. Il l'empoigna et le plaqua contre un mur, tout en décrochant les menottes suspendues à une patère.

– Miles, attends ! hurla Sarah à la vue de son frère menotté.

Miles ouvrit la porte et poussa Brian sur le porche.

– Tu n'as rien compris ! insista Sarah.

Sans l'écouter, Miles traîna vers sa voiture son prisonnier, qui avait du mal à tenir sur ses jambes.

– Miles !

– Ne m'adresse plus jamais la parole !

Miles se tourna vers Sarah, et sa voix vibrante de haine la cloua sur place.

– Tu m'as trahi, rugit-il. Tu m'as manipulé ! Tu as fait semblant de t'attacher à Jonah et à moi, mais c'était pour soulager ta conscience.

Sarah pâlit, incapable d'articuler un seul mot.

– Tu l'as *toujours* su, martela Miles ; et tu ne m'as rien dit jusqu'au jour où quelqu'un a été arrêté à la place de Brian.

– Ça ne s'est pas passé comme ça !

– Tu n'as pas honte de me mentir ?

– Miles, tu te trompes sur toute la ligne, murmura Sarah, offensée.

– Je n'ai aucune raison de douter.

– Moi non plus !

– Je ne te crois pas.

– C'est pourtant la vérité.

Miles se tut un instant, mais les yeux emplis de larmes de Sarah ne lui inspiraient aucune compassion.

– Ta vérité à toi, marmonna-t-il.

Sur ce, il poussa Brian dans sa voiture, claqua la porte et démarra.

Sarah, anéantie, entendit les pneus crisser, tandis que Miles faisait demi-tour. Sa voiture disparut bientôt sur la route, sans qu'il se retourne une seule fois pour lui lancer un dernier regard.

33.

Miles conduisait par à-coups, accélérant et freinant à mort comme s'il voulait tester la résistance de sa voiture.

Les bras bloqués derrière son dos, Brian faillit plus d'une fois basculer, la tête la première, dans les tournants. Miles serrait et desserrait machinalement les mâchoires. Agrippé au volant, il semblait se concentrer sur la route, mais il ne perdait pas de vue les yeux de son passager dans le rétroviseur.

Dans le regard hostile de Miles, brillait une angoisse qui rappela à Brian son air égaré, le jour des obsèques de Missy. Cette expression était-elle liée à Missy, à Sarah, ou à elles deux ? En tout cas, elle n'avait aucun rapport avec lui.

Les arbres défilaient sur la route. Miles prit encore un tournant sans ralentir ; Brian glissa vers la fenêtre bien qu'il ait plaqué ses pieds au sol. D'ici quelques minutes, ils dépasseraient l'endroit où avait eu lieu l'accident de Missy.

La camionnette de l'église du Bon Pasteur, à Pollocksville, était conduite ce matin-là par Bennie Wiggins, un homme qui pouvait se vanter de ne pas avoir mérité une seule contravention pour excès de vitesse en cinquante-quatre ans.

Le pasteur lui avait demandé d'aller chercher à New Bern la collecte de dons alimentaires et vestimentaires du week-end. Toujours prompt à rendre service, il avait accepté sans se faire prier, bien que les volontaires soient difficiles à trouver, surtout par mauvais temps. Après avoir avalé une tasse de café et deux beignets pendant le chargement de la camionnette, il avait remercié tout le monde et il s'était remis tranquillement au volant.

Un peu avant dix heures, il s'engagea donc sur Madame Moore's Lane. Malgré la chaussée glissante, il manipula un moment le bouton de la radio dans l'espoir de trouver des gospels.

Il ne pouvait pas se douter que plus loin, et hors de sa vue, une autre voiture fonçait dans sa direction.

– Désolé, marmonna Brian, mais ce n'était pas ma faute…

Miles décocha un regard haineux à son passager, puis il baissa la vitre sans un mot.

Une bouffée d'air froid s'engouffra dans la voiture. Brian se recroquevilla sur lui-même, dans son blouson ouvert à tous vents.

Sarah se lança sur la route en espérant rattraper Miles. Il était parti depuis deux minutes, ce qui signifiait deux ou trois kilomètres d'avance. Peut-être plus ? À tout hasard, elle pressa le pied sur l'accélérateur dès qu'elle roula en ligne droite.

Il avait failli tuer Otis. Comment se fier à lui après avoir vu son visage crispé de rage ? Elle devait absolument le rejoindre avant qu'il fasse incarcérer Brian.

Où trouver le bureau du shérif ? Elle connaissait l'emplacement du commissariat de police, du palais de justice et de l'hôtel de ville ; mais le poste du shérif devait être loin du centre, à l'autre bout du comté.

Si elle n'avait pas rattrapé Miles d'ici deux minutes, elle s'arrêterait pour se renseigner auprès d'un passant ou consulter un annuaire… au risque de prendre encore plus de retard.

Bennie Wiggins hochait la tête. Des spots publicitaires, toujours et encore ! Il n'y avait plus que ça à la radio. Des produits assouplissants, des concessionnaires de voitures, des systèmes d'alarme… Entre deux chansons, toujours la même litanie.

Le soleil venait de se lever au-dessus de la cime des arbres ; l'éclat de la neige surprit Bennie. Il cligna des yeux et descendit le pare-soleil.

Après un bref silence sur les ondes, un spot publicitaire promettait maintenant d'apprendre à lire à « votre enfant ».

Il tendit la main vers le bouton de la radio, les yeux rivés sur lc cadran, sans se rendre compte qu'il dépassait légèrement la ligne médiane.

– Je vous assure que Sarah ne savait rien, murmura Brian dans un profond silence.

Il espérait que Miles allait l'entendre malgré le vent, car c'était sa dernière chance de lui parler sans témoins. L'avocat que lui procurerait son père lui conseillerait certainement de ne pas en dire plus. Miles, quant à lui, recevrait sans doute l'ordre de ne pas l'approcher.

Mais il tenait à le convaincre de l'innocence de Sarah. Même s'il ne pouvait plus rien pour sa sœur, il ne supportait pas l'idée que Miles la haïsse à la suite d'un malentendu. Elle ne méritait pas ça !

– Elle ne m'avait pas dit qu'elle sortait avec vous, reprit-il. Je ne suis revenu que pour les vacances de Thanksgiving et c'est hier que je lui ai parlé de l'accident pour la première fois. Vous ne voulez pas me croire ?

– Pourquoi te croirais-je ?

– Elle ne savait rien, répéta Brian. Je ne pourrais pas vous mentir sur ce point…

– Mais tu mentirais sur d'autres ? ricana Miles.

Brian regretta aussitôt ses paroles et son sang se glaça dans ses veines : il s'imaginait en train d'avouer qu'il avait assisté aux obsèques de Missy et qu'il les avait épiés Jonah et lui…

– Sarah n'a rien à se reprocher, murmura-t-il après avoir chassé cette pensée.

– À quel propos mentirais-tu ? insista Miles. À propos du chien ?

– Non.

– Missy n'a pas sauté sous les roues de ta voiture !

– Que pouvait-elle faire d'autre ? Personne n'est coupable. Un accident imprévisible…

– Tu mens, gronda Miles en tournant la tête.

Malgré le rugissement du vent à travers les vitres ouvertes, le son de sa voix vibra dans la voiture.

– Tu n'étais pas vigilant et tu l'as renversée.

– Non ! insista Brian. Ça s'est passé comme je vous l'ai dit.

Il se sentait aussi calme qu'un acteur en train de réciter machinalement son rôle. Sa peur avait fait place à une profonde lassitude.

À moitié tourné sur son siège, Miles pointa vers lui un doigt accusateur.

– Tu l'as tuée et tu as fichu le camp !

– Je me suis arrêté, je l'ai cherchée, et quand je l'ai trouvée…

Brian s'interrompit. Il revoyait Missy dans le fossé. Son corps disloqué, son regard vide qui semblait le fixer…

– Je me suis senti si mal en la voyant que j'ai cru mourir moi aussi, souffla-t-il. J'ai déposé une couverture sur elle pour que personne d'autre ne la voie dans cet état…

Bennie Wiggins finit par trouver un gospel selon son goût. Assis bien droit sur son siège, il réalisa qu'ébloui par la neige, il roulait au milieu de la route.

Il rectifia la direction de la camionnette.

Une voiture approchait, mais il ne la voyait pas encore.

Miles avait sursauté en entendant l'allusion de Brian à la couverture. Celui-ci sentit qu'enfin il l'écoutait, et il se mit à parler, oublieux du froid et du shérif qui se concentrait de moins en moins sur la route.

– J'aurais dû prévenir la police ce soir-là, dès mon retour chez moi. Je n'ai aucune excuse et je regrette de tout mon cœur ce que je vous ai fait à vous et à Jonah…

Brian entendait sa propre voix résonner comme si elle appartenait à un autre.

– Je ne me doutais pas que mon silence serait la pire des choses, marmonna-t-il. Le secret m'a rongé. J'ai perdu le sommeil, l'appétit…

– Je m'en fous !

– Ma faute m'obsédait, reprit Brian. Je n'avais que cette idée en tête. Je déposais même des fleurs sur la tombe de Missy…

Bennie Wiggins finit par apercevoir la voiture en prenant un tournant. C'était à peine croyable ; elle fonçait sur lui à une vitesse folle.

Son esprit s'emballa aussitôt.

Pourquoi ce conducteur roulait-il du mauvais côté ? Sans doute parce qu'il ne l'avait pas encore vu. Il allait le voir d'un instant à l'autre et redresser sa direction d'un coup de volant…

Quelques secondes plus tard, Bennie eut la certitude qu'il était trop tard pour éviter le choc.

Ébloui par la réverbération du soleil à travers le pare-brise de la camionnette qui s'engageait dans le tournant, Brian s'interrompit au milieu d'une phrase. Il bondit, le dos cambré, pour se protéger le visage des deux mains. Ses menottes entamèrent ses poignets.

– Attention ! hurla-t-il.

Miles se retourna et braqua instinctivement son volant, tandis que les deux véhicules fonçaient l'un vers l'autre. Brian glissa sur le côté et l'absurdité de l'événement lui apparut à l'instant où sa tête cognait la vitre.

Tout avait commencé dans une voiture roulant sur Madame Moore's Lane et tout se terminerait de même.

Un impact foudroyant allait maintenant se produire. Il n'en fut rien. La voiture, touchée à l'arrière, quitta la route alors que Miles freinait à mort. Il faillit buter contre un signal de limitation de vitesse, reprit le contrôle, fit à nouveau quelques embardées et alla s'immobiliser dans un fossé.

Brian atterrit sur le plancher de la voiture. Recroquevillé sur lui-même et désorienté, il inspira une bouffée d'air comme s'il émergeait du fond d'une piscine. Il ne sentit pas l'entaille à son poignet et il ne vit même pas le sang qui avait éclaboussé les vitres.

34.

– Ça va ? crut entendre Brian.

Ses mains toujours menottées derrière son dos, il chercha tant bien que mal à se relever.

Miles sortit de la voiture, puis ouvrit la portière pour le tirer avec précaution et l'aider à se remettre sur pied.

Le blessé avait le crâne et la joue ensanglantés. Le voyant tituber, Miles le prit par le bras.

– Sûr que ça va ? lança-t-il. Tu as la tête en sang.

Pris de vertiges, Brian eut quelque difficulté à comprendre sa question.

– Oui, je crois… murmura-t-il.

La main toujours sur le bras de Brian, Miles vit le conducteur de la camionnette, un homme d'un certain âge, traverser la rue et approcher ; mais il préféra s'occuper en priorité de son passager.

Brian se pencha en avant. Après avoir examiné sa blessure, Miles l'aida à se redresser avec une douceur surprenante de la part d'un homme aussi nerveux une demi-heure plus tôt.

– Une plaie superficielle, dit-il, soulagé.

Puis, levant deux doigts, il demanda :

– Combien ?

Brian cligna des yeux en se concentrant.
– Deux.
– Et maintenant ?
– Quatre.
– As-tu une vision tout à fait normale ? Pas de taches ? Pas de zones sombres sur les bords ?
Brian hocha la tête, les yeux mi-clos.
– Pas de fractures aux bras ou aux jambes ? reprit Miles.
Brian, qui tenait à peine sur ses jambes, vérifia soigneusement chacun de ses membres. En roulant les épaules, il sursauta.
– J'ai mal aux poignets.
– Attends une seconde !
Aussitôt libéré de ses menottes, Brian mit une main sur sa tête ; du sang suinta entre ses doigts. L'un de ses poignets était meurtri et douloureux, l'autre fortement ankylosé.
– Tu tiens debout tout seul ? lui demanda Miles.
Brian, toujours légèrement vacillant, acquiesça. Miles alla chercher dans sa voiture un T-shirt oublié par Jonah, et l'appliqua en tampon contre la blessure sanglante.
– Appuie fort, lui conseilla-t-il.
Le conducteur de la camionnette, livide d'effroi, arrivait tout essoufflé.
– Rien dc grave ? demanda-t-il.
– Pas de problème, répondit machinalement Miles.
– Pourtant, il saigne…
– Pas tant que ça.
– Il faudrait peut-être appeler une ambulance…
– Ça va, trancha Miles. J'appartiens à la police et je vous assure qu'il n'y a pas de quoi s'inquiéter.
Malgré ses poignets douloureux, Brian se croyait au spectacle.
– Ah, vous êtes de la police ?

Le conducteur recula d'un pas et implora du regard le soutien de Brian.

– Vous avez bien vu qu'il avait franchi la ligne médiane ! Je ne suis pas responsable…

– Écoutez-moi ! fit Miles.

Le regard du conducteur se figea en apercevant la paire de menottes.

– J'ai essayé de dégager, mais vous me bloquiez le passage…

– Allons, du calme ! Comment vous appelez-vous ?

– Bennie Wiggins. Je ne roulais pas vite et vous étiez du mauvais côté.

– Du calme ! répéta Miles.

– Je conduisais prudemment. Vous n'allez tout de même pas m'arrêter !

– Sûrement pas.

– Alors, pourquoi ces menottes ?

– C'est moi qui les portais, intervint Brian, sans laisser Miles répondre. Il allait m'incarcérer…

Le conducteur, ébahi, n'eut pas le temps de réagir. Une voiture venait de s'arrêter et Sarah en sortait, l'air furieux et inquiet à la fois.

– Que se passc-t-il ? s'écria-t-elle.

Quand elle aperçut la tête ensanglantée de Brian, clle se rua sur lui pour l'arracher à Miles.

– Ça va ?

– Oui, marmonna Brian encore dans les vapes.

– Qu'as-tu fait ? rugit-elle, tournée vers Miles. Tu l'as frappé ?

– Non, Sarah. Il s'agit d'un accident.

– Il a franchi la ligne médiane, expliqua le conducteur, sur la défensive. Je conduisais tranquillement, et, dans un tournant, je me suis trouvé nez à nez avec ce type. J'ai donné un coup de volant, sans pouvoir l'éviter. Il y a eu un choc, mais tout est de sa faute.

– Un choc très léger, précisa Miles. Il a effleuré l'arrière de ma voiture et j'ai dévié de la route.

Ne sachant sur quel pied danser, Sarah s'adressa à Brian :

– Ça va vraiment ?

– Vraiment.

– Alors, raconte-moi tout !

Brian retira au bout d'un moment le T-shirt ensanglanté qu'il pressait contre son crâne.

– Personne n'est coupable. C'est un accident imprévisible…

En effet, Miles n'avait pas vu la voiture venir parce qu'il était tourné sur son siège, mais il n'avait certainement pas cherché à nuire.

Brian s'était répété ces mots-là, jusqu'à la nausée, pendant deux ans… Il les avait prononcés quand il avait avoué la vérité à Sarah et quand il avait parlé à Miles dans la voiture. Celui-ci en fut frappé.

– Je l'emmène à l'hôpital, annonça soudain Sarah en prenant son frère par le bras. Il doit voir un médecin.

Elle l'entraîna vers sa voiture, mais Miles bondit.

– Non, pas question…

– Ce n'est pas toi qui m'en empêcheras !

– Du calme !

Sarah pivota sur elle-même d'un air méprisant.

– Ne t'inquiète pas ; on ne va pas en profiter pour prendre la fuite.

– Je n'y comprends rien, fit le conducteur, paniqué. Pourquoi s'en vont-ils ?

Dépassé par les événements, Miles ne broncha pas.

Il devait régler l'affaire avec Wiggins. Quant à Brian, il ne pouvait l'incarcérer sans consulter un médecin ; mais on risquait de lui poser des questions embarrassantes au cours de l'enquête. Avec un sentiment d'impuissance, il laissa Sarah entraîner son frère, dont les paroles résonnaient toujours dans sa tête.

Personne n'est coupable. C'est un accident imprévisible.

Miles se savait pourtant dans son tort. Il ne se concentrait pas sur la route au moment de l'accident. Il avait même tourné les yeux dans la direction opposée, tandis qu'il écoutait Brian lui parler de Sarah, de la couverture, des fleurs.

Il ne l'avait pas cru sur le moment ; il ne voulait toujours pas le croire. Pourtant, il avait l'intuition qu'il ne mentait pas. Ce jeune homme avait vu, de ses yeux vu, la couverture, et les fleurs déposées sur la tombe de Missy.

Comment chasser cette pensée ?

Brian se sentait coupable. Mais quoi de plus normal que de se sentir coupable quand on a tué quelqu'un ?

C'est ce qu'il était en train de crier à Brian au moment où, aveuglé par la colère, il avait évité de justesse un grave accident. Un accident qui aurait pu faire plusieurs victimes…

Ensuite, malgré sa blessure, Brian avait pris parti pour lui. Il suivait maintenant Sarah, mais il témoignerait en sa faveur quoi qu'il arrive.

Pourquoi ?

Pour se faire pardonner sa faute ? Pour le faire chanter un jour ou l'autre ? Ou parce qu'il était absolument sincère ?

Brian le jugeait innocent sous prétexte qu'il n'avait pas eu l'intention de nuire. Pouvait-on en dire autant de l'homme qui avait provoqué la mort de Missy ?

Quelques flocons de neige voltigèrent dans la brise.

Non, rien à voir ! se dit-il en hochant la tête, à moins que… Mais qu'importe ?

Plus loin sur la route, Sarah aidait Brian à monter dans sa voiture. Son regard exprimait sa colère et son désarroi d'avoir été accusée injustement. D'après ce qu'avait dit son frère, elle n'avait appris la vérité que la veille.

Quelques minutes plus tôt, la trahison de Sarah semblait l'évidence même à Miles. En la voyant maintenant, il ne pouvait plus douter de la femme qu'il avait aimée.

Un poids pesait sur ses épaules.

Non, Brian n'avait menti ni au sujet de la couverture et des fleurs ni quand il lui avait demandé pardon. S'il était sincère sur tous ces points, ne disait-il pas la vérité au sujet de l'accident aussi ?

Miles avait beau faire, cette question le hantait.

S'il le souhaitait, il pouvait encore retenir Brian et Sarah, mais il s'en abstint. Il voulait prendre le temps de réfléchir aux aveux de Brian, et surtout à Sarah, se dit-il en la regardant prendre le volant.

Un homme de la patrouille routière, prévenu par l'un des riverains, ne tarda pas à venir faire son rapport. Bennie Wiggins lui rapportait sa version des événements quand Charlie arriva à son tour sur les lieux.

Miles, perdu dans ses pensées, était adossé à sa voiture. Charlie, une fois mis au courant, effleura d'une main ses éraflures.

– Tu as l'air bien mal en point pour un si petit bobo…

– Toi ici ? s'étonna Miles.

– J'ai appris que tu avais eu un accident.

– Les nouvelles vont vite !

Charlie épousseta les flocons de neige tombés sur son blouson.

– Tu te sens bien ?

– Juste un peu secoué.

– Raconte-moi ce qui s'est passé.

Miles haussa les épaules.

– Les routes sont glissantes. J'ai perdu le contrôle de mon véhicule…

– C'est tout ?

– Comme tu dis, juste un petit bobo !

– Et l'autre conducteur semble en bon état lui aussi.

Miles hocha la tête et Charlie se rapprocha de lui.

– Tu n'as rien d'autre à me dire ?

N'obtenant pas de réponse, il s'éclaircit la voix.

– On vient de m'apprendre que tu n'étais pas seul dans la voiture. Il y avait un homme qui portait des menottes, mais une dame est venue, paraît-il, et l'a emmené à l'hôpital.

Charlie s'interrompit en serrant son blouson contre lui.

– Il ne s'agit pas d'un simple accident, Miles ! Dis-moi qui était dans ta voiture.

– J'ai bien vérifié, ce n'était qu'une blessure superficielle.

– Tu n'as pas répondu à ma question ! Qui était dans ta voiture ?

– Brian Andrews, fit Miles en se balançant d'un pied sur l'autre. Le frère de Sarah…

– C'est elle qui l'a emmené à l'hôpital ?

Miles acquiesça d'un signe de tête.

– Et il portait des menottes ?

À quoi bon mentir ? Miles acquiesça à nouveau.

– Aurais-tu oublié que tu es suspendu de tes fonctions ? s'enquit Charlie. Officiellement, tu n'as plus le droit de procéder à des interpellations.

– Je sais.

– Tu n'en as pas l'air ! Qu'avais-tu à reprocher à ce garçon ?

Charlie s'interrompit et croisa le regard de Miles.

– Je veux toute la vérité et je l'aurai ! Mais je préférerais l'apprendre par toi… Il était mêlé à un trafic de drogues ?

– Non.

– Tu l'as surpris en train de voler une voiture ?

– Non ?

– En train de se bagarrer ?

– Non plus.

– Alors, quoi ?

Sur le point de tout raconter à son chef, Miles ne trouva pas les mots appropriés. Il se confierait à lui plus tard, quand il aurait bien pesé le pour et le contre…

– C'est compliqué, grommela-t-il.

Charlie fourra ses mains dans ses poches.

– Eh bien, je t'écoute.

– Laisse-moi le temps de réfléchir.

– Réfléchir à quoi ? C'est pourtant simple.

Tout sauf simple, se dit Miles dans son for intérieur.

– Tu me fais confiance ? demanda-t-il soudain.

– Oui, mais…

– Je t'en dirai plus dès que ça sera possible.

– Allons, Miles !

– Un peu de patience, Charlie. Je sais que tu as beaucoup de reproches à me faire ces jours-ci, mais je te prie de m'accorder cette faveur ! Ça n'a rien à voir avec Otis et Sims, et je te promets de ne pas les approcher.

Le ton grave de Miles et son expression dramatique impressionnèrent Charlie. Cette histoire ne sentait pas bon, et Miles lui cachait certainement quelque chose.

Mais qu'y pouvait-il ?

Il s'éloigna de la voiture de Miles en soupirant. Et sans même se retourner, car il aurait risqué de changer d'avis.

Une minute plus tard, il avait disparu.

L'homme de la patrouille routière termina son rapport et partit. Bennie en fit autant, mais Miles, tiraillé par des pensées contradictoires, resta assis dans sa voiture.

Sa vitre baissée malgré le froid, il passait et repassait distraitement sa main sur le volant. Au bout d'une heure, sachant ce qu'il avait à faire, il remonta sa vitre et démarra.

La voiture avait à peine eu le temps de se réchauffer quand il se gara sur le bas-côté. Dehors, la neige commençait à fondre et des gouttelettes tombaient des branches avec un tic-tac de pendule.

D'épais buissons bordaient la route. Il était passé par là des milliers de fois sans les remarquer, mais, ce matin-là, il ne parvint pas à en détacher son regard. Ils faisaient écran entre la pelouse et lui, et ils avaient certainement empêché Missy d'apercevoir le chien.

Pourtant, comment un chien avait-il pu passer à travers ?

Il longea la bordure d'arbustes et ralentit le pas au niveau où s'était produit l'accident. Ce qu'il vit en se baissant le pétrifia. Un véritable trou dans la haie, avec un tapis de feuilles mortes au sol et des branches arrachées de chaque côté.

Une voie de passage pour un animal…

Un chien noir ?

Personne, pas même lui, n'avait pensé à rechercher un chien. Il tendit l'oreille, mais n'entendit pas le moindre aboiement. Il parcourut des yeux les jardins et ne vit rien non plus.

Une journée trop froide, peut-être.

Perplexe, il enfouit ses mains dans ses poches. Ankylosées par le froid, elles se mirent à le picoter en se réchauffant ; c'était le dernier de ses soucis.

En désespoir de cause, il roula en direction du cimetière. Avant même d'atteindre la tombe de Missy, il aperçut de loin les fleurs fraîches posées sur la dalle.

Comme s'il voulait demander pardon.

Ces paroles de Charlie lui revenaient à l'esprit. Il fit demi-tour et sortit du cimetière.

Des heures s'écoulèrent. Derrière les vitres, le ciel hivernal était maintenant noir et menaçant.

Sarah tourna le dos à la fenêtre et se remit à faire les cent pas dans son appartement. Brian avait passé à peine une heure à l'hôpital. Sa blessure était superficielle – trois points de suture seulement – et il n'avait aucune fracture.

Bien qu'elle ait insisté pour le garder chez elle, il avait préféré rentrer chez ses parents en dissimulant ses blessures derrière une casquette et un sweat-shirt. Il voulait être seul.

– Ne leur dis rien, avait-il demandé à sa sœur. Je ne me sens pas encore prêt. Je leur parlerai quand Miles viendra me chercher.

Miles allait évidemment remettre la main sur Brian, songea Sarah. Ce n'était qu'une question de temps.

Depuis huit heures, elle oscillait entre la colère, l'inquiétude, la déception et l'amertume. Et, surtout, elle ressassait ce qu'elle aurait dû dire quand Miles l'avait accusée si injustement :

Tu t'apitoies sur ton sort et tu t'imagines que personne ne peut te comprendre. Mais te rends-tu compte de l'épreuve que ça a été pour moi de t'amener Brian ce matin ? Je t'ai livré mon propre frère, et ta réaction m'a accablée. Comment oses-tu prétendre que je t'ai trahi ? Que c'est une manipulation de ma part ?

Elle prit la télécommande, fit défiler les différentes chaînes et éteignit pour se concentrer pleinement.

Miles venait d'apprendre de but en blanc, et par son intermédiaire, qui avait fauché sa femme sur la route, un soir d'été. C'était un dur moment à passer.

Quant à Brian…

Son frère avait fait le malheur de sa vie. Comment l'oublier ? Pourtant, elle n'avait pas le droit de le condamner. Il n'était qu'un gamin à l'époque de l'accident, et il ne s'était jamais pardonné cet acte irréparable.

Après avoir tourné en rond dans son living, elle alla se poster devant la fenêtre. Toujours aucun signe de Brian, qui s'était engagé à la prévenir dès l'arrivée de Miles. Elle souleva le combiné du téléphone pour s'assurer que la tonalité était normale.

Alors, que devenait Miles ? Était-il allé chercher des renforts ? Elle n'avait plus qu'à attendre patiemment que le téléphone se décide à sonner.

Brian passa le reste de la journée terré dans sa chambre.

Il s'était endormi plusieurs fois sur son lit, les bras le long du corps et les jambes raides comme dans un cercueil. Au fil des heures, il avait vu les murs passer du blanc au gris et les ombres s'allonger tandis que le soleil déclinait à l'horizon. Il n'avait mangé ni au déjeuner ni au dîner.

Pendant l'après-midi, sa mère était entrée dans sa chambre après avoir frappé. Les yeux fermés, il semblait dormir. Le croyant fiévreux, elle avait posé la main sur son front, avant de ressortir à pas feutrés. Il l'entendit murmurer à son mari :

– Je suis sûre qu'il est malade…

Quand il ne dormait pas, il pensait à Miles. Où était-il ? Quand viendrait-il ? Il pensait aussi à la réaction de Jonah quand son père lui raconterait les circonstances de l'accident. Et Sarah… Si seulement elle n'avait pas été mêlée à cette histoire !

Il s'interrogeait aussi sur la prison. Dans les films, l'univers carcéral a ses lois propres, ses caïds et ses opprimés. Il se figurait des lumières fluorescentes, des barreaux de métal glacé et des portes se fermant bruyamment. Il entendait résonner des bruits de chasse d'eau, des conversations, parfois des cris ou des gémissements, en un lieu où, même en pleine nuit, ne régnait jamais le silence. Il escaladait des murs de ciment, surmontés de fil de fer barbelé, et il apercevait en haut des tours des gardiens pointant leur fusil vers le ciel. D'autres prisonniers le narguaient en se demandant combien de temps il parviendrait à survivre. S'il était incarcéré, il était sûr de figurer parmi les faibles.

Il entendit bientôt ses parents aller se coucher. Les lumières s'éteignirent. Il se rendormit.

À son réveil, il aperçut Miles debout près de sa penderie, armé d'un revolver.

Hagard et la poitrine oppressée, il se dressa dans son lit. Il comprit alors sa méprise. Sa veste, posée sur un portemanteau, dans l'ombre, avait pris l'apparence trompeuse de Miles.

Miles…

Après l'accident, il l'avait laissé partir, mais il ne tarderait pas à venir le chercher, conclut-il en se pelotonnant dans son lit.

Peu avant minuit, Sarah entendit frapper. Avant même d'ouvrir, elle sut qui lui rendait visite.

Debout sur le seuil, Miles ne cilla pas. Les yeux rouges et bouffis de fatigue, il restait figé comme s'il regrettait d'être là.

– Depuis quand sais-tu que Brian est coupable ? demanda-t-il sans préambule.

– Je l'ai su hier, et j'ai été aussi horrifiée que toi.

– Bien, fit-il en pinçant les lèvres.

Sur ce, il pivota sur lui-même mais Sarah le retint par le bras.

– Attends, s'il te plaît !

Miles se tourna vers elle.

– C'était un accident, reprit-elle. Missy a été victime d'un terrible accident, qui n'aurait jamais dû se produire. J'en ai conscience et je suis navrée pour toi…

– Mais… ? lança Miles, le visage indéchiffrable.

– Il n'y a pas de « mais ». Brian a eu tort de s'enfuir…

Sarah lâcha le bras de Miles. Il ne bougea pas.

– Que comptes-tu faire ? demanda-t-elle finalement.

– Il a tué ma femme et il a enfreint la loi.

– Je sais…

Miles hocha la tête et partit sans répondre. Après avoir guetté son départ par la fenêtre, Sarah alla se rasseoir sur son canapé en espérant que son téléphone, posé sur la table basse, ne tarderait pas à sonner.

35.

Que faire ? se demandait Miles.

Quand il croyait à la culpabilité d'Otis, tout lui semblait limpide. Même si certains faits ne concordaient pas exactement et si quelques explications étaient un peu simplistes, il savait qu'Otis, mû par la haine, avait tué Missy et qu'il devait être puni selon la loi.

Or, il avait fait fausse route.

L'enquête n'avait rien révélé. Le dossier qu'il avait constitué scrupuleusement pendant deux ans ne prouvait rien non plus. Sims et Earl ne lui avaient pas apporté de réponse. Celle-ci lui avait été fournie, à l'improviste, par un jeune homme au bord des larmes.

Il savait maintenant ce qu'il voulait savoir. Pendant deux longues années, il avait pleuré la nuit, veillé tard le soir, fumé des dizaines de paquets de cigarettes en se disant que tout changerait le jour où il saurait. Ce mirage devenait soudain réalité. Le coupable était à portée de sa main ; il suffisait d'un appel téléphonique pour être vengé.

Justice allait être faite…

Mais la réponse n'était pas celle qu'il avait supposée. Le meurtrier n'était ni un ivrogne, ni un ennemi coupable d'un acte ignoble, mais un jeune homme boutonneux, aux cheveux châtains et au pantalon trop grand. Un gosse apeuré, qui répétait que c'était un accident imprévisible.

Comment réagir ?

Au souvenir de sa femme, il pouvait ajouter ces deux années misérables, sa responsabilité en tant qu'époux et père, son devoir de faire appliquer la loi. Mais fallait-il mettre sur l'autre plateau de la balance l'âge et les remords évidents du jeune homme, ainsi que son amour pour Sarah ?

Il n'avait plus aucune certitude à part celle que le nom de Brian lui mettait dans la bouche un goût amer.

En son âme et conscience, il finit par conclure qu'il ne pouvait pas tirer un trait sur son passé ; il n'avait pas le droit.

Quand Miles arriva, les lampes allumées par Mme Knowlson projetaient une lueur jaune sur l'allée. Il respira l'odeur âcre d'un feu de bois et frappa à la porte avant d'insérer doucement sa clef dans la serrure.

La vieille dame sommeillait dans son rocking-chair, sous une couette, tandis que la télévision marchait en sourdine. Toute en rides et cheveux blancs, comme un gnome, elle dodelina de la tête et ouvrit ses yeux pétillants.

– Désolé pour ce retard, dit Miles après être entré sans bruit.

– Il dort dans la pièce du fond ; il n'a pas réussi à vous attendre.

– Tant mieux pour lui ! Je peux vous accompagner dans votre chambre avant de l'emmener ?

– Ne dites pas de bêtises ! protesta Mme Knowlson. Malgré mon âge, je me déplace sans peine.

– Merci encore d'avoir gardé mon fils aujourd'hui.

– Tout va bien pour vous ?

Miles ne lui avait donné aucune explication, mais elle l'avait senti soucieux quand il lui avait demandé de garder Jonah après la classe.

– Pas parfaitement…

– Les jours se suivent et ne se ressemblent pas.

– Oui, marmonna Miles. Comment était Jonah aujourd'hui ?

– Fatigué, et plutôt calme. Il ne voulait pas sortir, alors nous avons fait de la pâtisserie.

Elle s'abstint d'ajouter qu'il semblait perturbé ; Miles avait deviné.

Après avoir remercié une dernière fois Mme Knowlson, il alla dans la chambre et souleva Jonah dans ses bras. Le front posé sur son épaule, son fils resta profondément endormi.

Allait-il avoir encore des cauchemars ? Chez lui, il le déposa sur son lit et remonta les couvertures. À la lumière de la veilleuse, il avait l'air si vulnérable…

Miles s'assit près du lit et tourna la tête vers la fenêtre. La lune brillait dans le ciel. Il tira les stores et, sentant la fraîcheur de la nuit à travers les vitres, remonta plus haut les couvertures.

– Je connais le coupable, mais je ne sais pas si je dois t'en parler, murmura-t-il en caressant les cheveux de Jonah.

Les paupières closes, l'enfant dormait en paix.

– Veux-tu savoir ? ajouta Miles.

Dans la pénombre de la chambre, Jonah ne répondit pas.

Au bout d'un moment, Miles alla se chercher une bière dans le réfrigérateur. Il accrocha son blouson dans le placard de sa chambre et prit, à terre, une boîte contenant ses vidéos familiales.

Après l'avoir déposée sur la table basse, il sélectionna une cassette et alla s'installer sur le canapé.

L'écran sombre s'éclaira brusquement. Des enfants en bas âge étaient assis autour d'une table, dans la cuisine, et agitaient bras et jambes comme des drapeaux par un jour de grand vent. Des parents se tenaient près d'eux ou circulaient dans la pièce. Il reconnut, en arrière-plan, sa propre voix.

C'était l'anniversaire de Jonah. On fêtait ses deux ans. Assis sur son siège de bébé, il martelait la table à l'aide de sa cuillère en souriant de toutes ses dents.

La caméra fit un zoom sur lui, puis Missy apparut avec un plateau chargé de petits gâteaux. Sur l'un d'eux scintillaient deux bougies ; elle le plaça devant son fils. Tous les parents se joignirent à elle pour chanter « Joyeux Anniversaire » en chœur. Au bout de quelques secondes, joues et mains furent barbouillées de chocolat.

Suivit un gros plan sur Missy, et Miles s'entendit l'appeler dans le film. Elle tournait vers lui son visage rieur d'épouse et de mère épanouies.

L'écran s'obscurcit à nouveau, et la scène suivante montra Jonah en train d'ouvrir ses cadeaux.

La cassette faisait alors un bond jusqu'à la Saint-Valentin, un mois plus tard. Une scène romantique… Miles se souvint qu'il avait lui-même dressé la table et préparé le repas – sole farcie au crabe et aux crevettes avec crème citronnée, riz sauvage et salade d'épinards. La vaisselle de gala et les verres étincelaient à la lumière des candélabres.

Missy s'était habillée, et il avait capté son image au moment où elle entrait dans la salle à manger. Qu'étaient devenues l'épouse et la mère du goûter d'anniversaire ? Elle avait le chic d'une Parisienne ou d'une New-Yorkaise allant assister à une soirée de gala. Robe noire de cocktail, petits anneaux aux oreilles, cheveux tirés en arrière et visage encadré de quelques boucles.

– Que c'est beau ! soufflait-elle en voyant la table.

– Tu es belle toi aussi, répliquait-il.

Il avait arrêté la caméra pendant leur repas. Après le dîner, ils avaient fait l'amour dans la chambre – pendant des heures.

– C'était maman ?

Plongé dans ses souvenirs, Miles entendit à peine une petite voix enfantine, derrière lui. Il se retourna, après avoir arrêté la cassette à l'aide de la télécommande, et aperçut Jonah debout dans le couloir.

– Tu ne dors pas, champion ? demanda-t-il avec un sourire coupable.

– J'ai entendu du bruit. Ça m'a réveillé.

– Excuse-moi !

– C'était maman… à la télévision ? répéta Jonah, le regard grave.

Il avait une voix aussi triste que s'il venait de casser son jouet favori par mégarde. Miles, déconcerté, tapota le canapé.

– Viens t'asseoir près de moi !

L'enfant traîna les pieds jusqu'au canapé.

Miles passa un bras autour de ses épaules, et Jonah l'interrogea du regard en se frottant la joue.

– Oui, c'était ta maman, répondit enfin Miles.

– Pourquoi à la télévision ?

– Il s'agit d'une cassette, comme on en faisait, avec le caméscope, quand tu étais petit…

Jonah pointa un doigt vers la boîte.

– Tout ça, c'est des cassettes ?

– Oui.

– Il y a maman sur toutes ?

– Sur certaines.
– Je peux les regarder avec toi ?
Miles attira Jonah contre lui.
– Il est tard, mon chéri. Une autre fois…
– Demain ?
– Peut-être.
Jonah sembla se satisfaire de la réponse. Quand son père se cala dans le canapé, après avoir éteint la lampe, il se blottit contre lui en papillotant des paupières.
Sa respiration s'apaisa et il bâilla.
– Papa ? fit-il d'une voix ensommeillée.
– Mon chéri ?
– Tu regardes ces cassettes parce que tu es de nouveau triste ?
– Non.
Miles passa lentement la main dans les cheveux de son fils.
– Pourquoi maman est morte ? reprit Jonah.
– Je ne sais pas.
La poitrine du petit garçon se souleva plusieurs fois, et il soupira profondément.
– Je voudrais qu'elle soit encore là…
– Moi aussi.
– Elle ne reviendra plus jamais.
Jonah n'en dit pas plus avant de s'endormir. Miles le serra dans ses bras comme un bébé, tout en respirant la légère odeur de shampooing de ses cheveux.
– Je t'aime, Jonah, souffla-t-il, joue contre joue.
Pas de réponse.
Miles eut toutes les peines du monde à s'extraire du canapé sans réveiller son fils. Pour la deuxième fois ce soir-là, il alla le déposer dans son lit, et il laissa la porte de sa chambre entrouverte.
Les paroles de l'enfant l'obsédaient. *Pourquoi maman est morte ? Elle ne reviendra plus jamais.*

Il alla ranger la cassette dans la boîte – puis la boîte dans le placard de sa chambre – en regrettant que Jonah l'ait vue.

Non, la mère de son petit garçon ne reviendrait jamais. Que n'aurait-il donné pour changer cela ?

Sur le porche, derrière sa maison, Miles tira longuement sur sa troisième cigarette en contemplant les eaux sombres.

Debout dans le froid de la nuit, il essayait de chasser de son esprit sa conversation avec Jonah. Épuisé et furieux contre lui-même, il ne voulait plus penser ni à son fils, ni à Sarah, ni à Brian, ni à Charlie, ni à Otis, ni au chien noir se ruant à travers les buissons… Il voulait oublier cette couverture, ces fleurs sur la tombe de Missy, cette route où tout avait commencé, et rester dans le vague comme si rien n'était jamais arrivé.

Son ombre, accentuée par les lumières de la maison, le poursuivait comme les pensées dont il ne parvenait pas à se défaire.

À son avis, Brian serait remis en liberté s'il passait en jugement. Peut-être en liberté surveillée, et privé de son permis de conduire, mais il ne se retrouverait sûrement pas derrière les barreaux. Il était mineur au moment de l'accident et il avait souffert de sa faute ; le juge, apitoyé, lui accorderait des circonstances atténuantes.

Missy ne lui serait pas rendue pour autant.

Il alluma une quatrième cigarette. De sombres nuages traversaient le ciel. Malgré la pluie battante, il vit la lune apparaître au-dessus des nuages ; une douce lueur éclairait le jardin. Il descendit du porche et fit quelques pas sur un chemin d'ardoises scellées dans le sol. Tout au bout, une cabane au toit de tôle ondulée abritait son matériel de jardinage – tondeuse, herbicides, bidon d'essence. Autrefois, c'était son domaine, et Missy s'y aventurait rarement.

Le jour de sa mort, elle y était pourtant entrée.

De petites flaques s'étaient formées sur les ardoises et Miles s'éclaboussa les pieds au passage. Le chemin contournait la maison et passait à côté d'un saule, émouvant et romantique, qu'il avait planté à la demande de Missy. Il aperçut ensuite la balançoire et un camion oublié par Jonah.

Quelques pas encore, et il ouvrit une porte cadenassée. À l'intérieur de la cabane régnait une odeur de moisi. Il alluma la lampe torche posée sur une étagère. Une toile d'araignée s'étendait du mur jusqu'à la petite lucarne.

Au moment de son départ, bien des années plus tôt, son père avait mis en dépôt chez lui quelques objets rangés dans une grande boîte métallique. Il n'en possédait pas la clef, mais il lui suffit d'un coup de marteau pour faire céder la serrure.

Après avoir soulevé le couvercle, il découvrit quelques albums de photos, un manuscrit relié de cuir et quelques pointes de flèches provenant de Tuscarora. En fouillant bien, il mit la main sur ce qu'il cherchait : un revolver soigneusement caché au fond de la boîte.

Cette arme, dont Charlie ignorait la présence, lui serait indispensable. Il allait la graisser avant d'en faire usage.

36.

Miles n'est pas venu me chercher ce soir-là.

Le lendemain, au petit matin, j'ai eu du mal à sortir de mon lit pour me doucher. J'étais perclus de courbatures à la suite de l'accident, et une douleur lancinante me traversait la poitrine. La plaie, sous mes cheveux, était encore à vif. Mes poignets m'avaient fait mal pendant mon petit déjeuner, mais je m'étais arrangé pour terminer avant la venue de mes parents. Si par malheur ils m'avaient vu sursauter, ils m'auraient bombardé de questions auxquelles je n'étais pas prêt à répondre. Ensuite, mon père est parti à son travail et ma mère est allée faire des courses, car Noël approchait.

Je leur parlerai plus tard, quand Miles viendrait me chercher…

Sarah m'a appelé dans la matinée pour prendre de mes nouvelles. Elle m'a annoncé que Miles était passé chez elle le soir précédent. Ils avaient parlé quelques minutes, et elle se demandait ce qu'il fallait conclure de leur conversation.

Je n'ai rien trouvé à lui répondre.

Sarah attendait. Mes parents vaquaient normalement à leurs occupations.

Dans l'après-midi, Sarah m'a rappelé. « Toujours rien », lui ai-je dit. La journée s'est écoulée, la nuit est tombée, et Miles n'avait pas donné signe de vie.

Le mercredi, Sarah est retournée travailler. Je lui avais promis de la prévenir si Miles venait. C'était la dernière semaine avant les vacances et elle était très occupée.

J'ai attendu en vain, et quand le jeudi est arrivé j'ai su ce que j'avais à faire.

Dans sa voiture, Miles attendait en buvant un café acheté sur la route. Son arme, chargée et prête à l'usage, reposait à côté de lui sous un tas de journaux. Comme la vitre latérale commençait à s'embuer, il l'essuya du revers de la main. Il avait besoin d'y voir clair.

Maintenant qu'il était posté au bon endroit, il allait rester à l'affût, et, le moment venu, il passerait à l'acte.

J'ai pris ma voiture à la tombée de la nuit. L'horizon s'empourprait de tons rouges et orangés, et la température s'était légèrement radoucie. Deux jours de pluie avaient fait fondre le blanc manteau de neige sous lequel les pelouses disparaissent pendant l'hiver. Des guirlandes et des rubans rouges décoraient les portes et les fenêtres des maisons du voisinage, mais je me sentais coupé du monde comme si j'avais dormi une année entière.

J'ai fait un seul arrêt sur mon chemin – mon arrêt habituel. Le vendeur, qui me connaissait bien, a hoché la tête quand je lui ai dit ce que je voulais, et est revenu au bout de quelques minutes. Nous n'avions jamais engagé la conversation et il ne m'avait jamais demandé pour qui étaient ces fleurs, mais il m'a dit comme d'habitude en me les tendant : « Ce sont les plus fraîches ! »

Après avoir payé, j'ai respiré leur doux parfum de miel en regagnant ma voiture. Ces fleurs étaient certainement les plus belles et les plus fraîches…

J'ai déposé mon bouquet sur le siège, à côté de moi, et j'ai suivi des routes hélas trop familières. Puis je me suis garé devant la grille et je suis sorti de ma voiture en m'armant de courage.

Le cimetière m'a paru désert. J'ai avancé la tête basse, en remontant le col de mon blouson. La terre humide collait à mes semelles et je n'ai pas eu à marcher longtemps pour arriver sur la tombe de Missy.

Comme toujours, elle m'a frappé par sa petitesse. L'herbe était soigneusement taillée et j'ai remarqué un œillet de soie dans un petit support. Le même œillet rouge que sur toutes les autres pierres tombales. Je me suis dit que le gardien du cimetière avait dû les mettre là.

J'ai placé mon bouquet sur la dalle de granit, en évitant de la toucher. Je ne m'étais jamais permis de la toucher…

Ensuite, je me suis laissé entraîner par mes pensées. Elles concernaient habituellement Missy et les erreurs que j'avais commises. Ce jour-là, je pensais surtout à Miles. Pour cette raison, sans doute, je n'ai entendu qu'à la dernière seconde des pas approcher.

– Des fleurs… dit Miles.

Stupéfait, Brian se retourna au son de sa voix.

Debout près d'un chêne dont les branches effleuraient le sol, Miles, les mains dans les poches, portait un long manteau noir et un jean.

– À quoi bon lui apporter des fleurs ? marmonna-t-il.

Brian se sentit blêmir.

Miles le regardait fixement. À cette heure tardive, son visage était dans la pénombre. Énigmatique… Il tira son manteau sur le côté comme s'il tenait ou plutôt s'il cachait quelque chose sous ses plis.

Le voyant immobile, Brian fut tenté de s'enfuir. Il avait quinze ans de moins que lui, après tout, et il pouvait facilement foncer vers le portail. Une fois sur la route, il y aurait des passants et des voitures.

Cette pensée se dissipa aussi vite qu'elle lui était venue. Il se sentait vidé de toute son énergie, car il n'avait rien mangé depuis plusieurs jours. Miles, s'il y tenait vraiment, n'aurait aucun mal à le rattraper.

Et, d'ailleurs, où aller ?

Il décida de faire front.

Miles, debout à moins d'un mètre de lui, haussa légèrement le menton et ils se défièrent du regard, comme deux cow-boys au Far West s'apprêtant à dégainer.

Quand le silence devint intenable, Brian tourna les yeux vers la rue. Miles et lui étaient seuls au milieu des tombes et leurs voitures étaient garées l'une derrière l'autre.

– Comment saviez-vous que j'étais ici ? demanda-t-il.

– Je t'ai suivi, répondit Miles sans se presser. Je voulais te parler en tête à tête et je me disais que tu finirais bien par sortir…

Depuis quand le guettait-il ? se demanda Brian.

– Tu lui apportes des fleurs, mais tu ne sais même pas qui elle était, reprit Miles. Si tu l'avais connue, tu choisirais des tulipes. Elle les aimait toutes – les jaunes, les rouges, les roses. Elle en plantait dans le jardin chaque printemps !

Un train siffla au loin.

– Sais-tu que Missy se faisait du souci à cause des petites rides au coin de ses yeux ? Qu'elle adorait les toasts au petit déjeuner ? Qu'elle rêvait d'avoir une

Mustang décapotable ? Que j'avais envie de la prendre dans mes bras chaque fois qu'elle riait ? Et qu'elle était mon premier amour ?

Miles s'interrompit en interrogeant Brian du regard et soupira.

– Maintenant, il ne me reste plus que des souvenirs. Tu nous as tout pris, à Jonah et à moi… Sais-tu qu'il fait des cauchemars la nuit depuis la mort de sa mère ? Qu'il lui arrive encore de pleurer dans son sommeil ? Que je dois le prendre pendant des heures dans mes bras pour le calmer ? Tu t'imagines ce que je ressens dans ces moments-là ?

D'un coup d'œil, Miles cloua Brian au sol.

– Je voulais retrouver le coupable pour lui dire ce que j'ai sur le cœur et l'obliger à payer. Je t'assure que cette idée m'a rongé. Dans un sens, j'ai encore envie de le tuer et de me venger sur sa famille. Mais voilà que j'ai devant moi l'homme qui a fait mon malheur, et qu'il dépose des fleurs sur la tombe de ma femme…

Brian sentit sa gorge se serrer.

– Tu as tué Missy ; jamais je ne te pardonnerai, insista Miles. Quand tu te regardes dans la glace, rappelle-toi cela ! Tu m'as fait perdre l'être que j'aimais le plus au monde et tu as privé mon fils de sa mère… Comprends-tu ?

Au bout d'un moment, Brian acquiesça d'un signe de tête.

– Et maintenant, conclut Miles, je te signale que personne, à part Sarah, ne doit être au courant de cette conversation. Personne, tu m'entends ? Ni tes parents, ni ta femme le jour où tu seras marié, ni tes enfants, ni aucun prêtre, ni tes copains. Enfin, tu as intérêt à faire quelque chose de ta vie pour que je n'aie aucun regret plus tard… C'est promis ?

Brian acquiesça à nouveau, sous le regard perçant de Miles, qui tourna aussitôt les talons et disparut.

Alors seulement, le jeune homme réalisa qu'il n'avait plus rien à craindre.

Quand Miles vint lui ouvrir, un peu plus tard, Sarah resta d'abord muette sur le seuil.

– Jonah est à la maison. Allons parler dehors, fit-il, les yeux tournés vers le jardin.

Sarah croisa les bras tandis qu'il refermait la porte.

– Je ne sais pas exactement pourquoi je suis ici, souffla-t-elle. Des remerciements ne me semblent pas de mise, mais je ne peux pas non plus ignorer ce que tu as fait.

Miles lui adressa un infime signe de tête.

– Je suis désolée pour toi, reprit Sarah, et j'imagine ce que tu as enduré…

– Non, tu ne peux pas…

– En tout cas, j'ignorais que Brian était coupable.

– Je te crois maintenant, et je regrette mes accusations.

– Tu n'as rien à regretter !

Miles détourna son regard et parut chercher ses mots.

– Je devrais au moins te remercier de m'avoir appris la vérité.

– Je n'avais pas le choix… Mais comment réagit Jonah à tous ces événements ? ajouta Sarah, les mains jointes.

– Pas trop bien… Je ne lui ai rien dit, mais je suppose qu'il a deviné quelque chose. Il a fait des cauchemars ces dernières nuits… Et à l'école, ça marche ?

– Pour l'instant, aucun problème.

– Tant mieux !

Sarah se passa la main dans les cheveux.

– Je peux te poser une question ? Rien ne t'oblige à me répondre…

Miles la regarda au fond des yeux.

– Tu veux savoir pourquoi j'ai laissé Brian en liberté ?

– Oui.

– Parce que j'ai vu le chien, articula Miles après un long silence. Un gros chien noir, comme l'avait décrit Brian. Il bondissait dans un jardin, à quelques maisons de l'endroit où s'est produit l'accident.

– Tu l'as vu par hasard ?

– Non, je le cherchais.

– Pour savoir si Brian t'avait menti ?

– Pas tout à fait. Il me semblait déjà sincère, mais une idée absurde m'obsédait.

– Laquelle ?

– Tu tiens vraiment à savoir ? Quand je suis rentré chez moi ce jour-là, après avoir parlé à Brian, je me suis dit que je devais agir à tout prix. Quelqu'un devait payer. Mais qui ? Tout à coup, j'ai pensé au chien. Je suis allé chercher le revolver de mon père et, la nuit suivante, j'ai décidé d'y aller.

– Pour l'abattre ?

Miles haussa les épaules.

– Si possible… À peine garé, je l'ai aperçu ; il poursuivait un écureuil dans le jardin.

– Tu as tiré ?

– Non. J'étais assez près de lui pour ne pas le rater, mais, au moment d'appuyer sur la détente, j'ai réalisé que je perdais la tête. Ce chien avait peut-être un maître, dont il était le fidèle compagnon… Je ne pouvais pas l'abattre de sang-froid… Je suis donc remonté dans ma voiture et j'ai décidé de le laisser en paix.

Sarah ébaucha un sourire.

– Comme Brian…

– Oui, comme lui.

– Je suis bien contente…

– Moi pas tant que ça. Si j'avais tiré sur ce chien, j'aurais eu au moins l'impression de faire quelque chose.

– Tu as fait quelque chose !

– Je crois, dit Miles en serrant la main de Sarah, que j'ai agi dans l'intérêt de Brian, mais aussi dans le mien et celui de Jonah. Le moment était venu de lâcher prise. Le temps passe vite et j'ai déjà perdu deux années de ma vie… C'est bizarre, mais il me semble que c'était le seul choix possible. Faire le malheur de Brian ne m'aurait pas rendu Missy…

Miles prit son visage entre ses mains, les yeux humides de larmes, puis il laissa son regard errer en direction de l'étoile Polaire, qui brillait dans la nuit.

– Il me faudra un certain temps, murmura-t-il après un long silence. Je ne sais pas combien de temps…

– Veux-tu que je t'attende ?

Miles observa Sarah en méditant sa réponse.

– Je ne peux rien te promettre, dit-il enfin. Surtout ne va pas t'imaginer que je ne t'aime plus ! J'ai, depuis plusieurs jours, la certitude absolue du contraire. Notre rencontre est le seul événement heureux de ma vie depuis la mort de Missy, et je sais que tu manques à Jonah. Il m'a demandé pourquoi tu ne viens plus à la maison… Pourtant, j'ai peur de ne pas pouvoir oublier le passé. Tu es la sœur de Brian…

Sarah pinça les lèvres, sans un mot.

– Être avec toi signifie être proche de lui, reprit Miles. Même si tu n'as rien à voir personnellement avec cette histoire, j'aurai du mal à supporter une situation aussi délicate. En tout cas, je ne me sens pas encore prêt et je me demande si je serai prêt un jour.

– On pourrait s'installer ailleurs et repartir de zéro…

– La distance n'y changerait rien. Que faire, Sarah ?

– Je ne sais pas, admit-elle avec un sourire mélancolique.

D'abord hésitant, Miles s'approcha pour l'enlacer, puis il l'embrassa doucement, le visage enfoui dans ses cheveux.

– Je t'aime, murmura-t-il.

– Moi aussi, Miles, fit Sarah, bouleversée à l'idée que c'était peut-être la dernière fois qu'il la prenait ainsi dans ses bras.

Quand il desserra son étreinte, elle recula d'un pas, au bord des larmes. Lui dire adieu était au-dessus de ses forces.

– Retourne auprès de ton fils, murmura-t-elle en faisant tinter son trousseau de clefs.

À la douce lueur du porche, elle aperçut des larmes dans les yeux de Miles.

– J'ai un cadeau de Noël pour Jonah. Tu crois que je pourrais lui apporter ici ? demanda-t-elle.

Il évita son regard.

– Nous allons peut-être nous absenter la semaine prochaine. Charlie a un appartement à Nags Head. Il m'a proposé de me le prêter.

– Moi, je reste. Tu peux m'appeler si tu veux.

– Très bien.

Sarah se dirigea vers sa voiture avec un calme apparent, mais quand elle ouvrit la portière, ses mains tremblaient légèrement. Elle se retourna ; Miles n'avait pas bougé. Quelle formule magique aurait le pouvoir de le ramener à elle ?

Il la regardait, sur le point de l'appeler. Allait-il lui dire qu'il l'aimait et lui promettre de trouver une solution ?

Sarah mit le contact ; il esquissa un pas en direction de l'escalier. Elle crut un instant qu'il allait la retenir, mais il se dirigea finalement vers la porte.

Comme sa voiture s'engageait dans l'allée, elle le vit, dans son rétroviseur, refermer sa porte. Était-ce la dernière image qu'elle garderait de lui ?

Dans ces conditions, elle ne supporterait pas de rester à New Bern. Rencontrer Miles en ville serait un calvaire. Elle trouverait un autre poste. Elle recommencerait sa vie.

Une fois de plus !

Sur la route, elle accéléra progressivement en se disant qu'elle ne se laisserait pas abattre. Elle avait déjà fait ses preuves… Quoi qu'il arrive, elle s'en tirerait ; avec Miles, ou sans Miles. Et, soudain, elle entendit une petite voix intérieure lui crier : « Non, tu ne t'en tireras pas ! »

Aveuglée par ses larmes, elle dut s'arrêter sur le bas-côté. Tandis que son moteur tournait au ralenti et que les vitres de sa voiture s'embuaient, elle sanglota comme jamais de sa vie elle n'avait sangloté.

37.

– Où tu étais, papa ? demanda Jonah. Je t'ai cherché partout.

Miles venait de rentrer quand son fils l'apostropha.

– J'étais sur le porche, dit-il en se retournant.

– Qu'est-ce que tu faisais dehors ?

– Sarah est passée.

– Où est-elle ? demanda Jonah, radieux.

– Elle n'a pas pu rester.

– Oh ! fit Jonah, incapable de dissimuler sa déception. Je voulais lui montrer la tour en Lego que je viens de construire.

Miles s'approcha de son fils et s'accroupit pour le regarder dans les yeux.

– Tu peux me la montrer.

– Tu l'as déjà vue.

– Oui, mais j'aimerais la revoir.

– C'est à Mlle Andrews que je veux la montrer.

– Dans ce cas, apporte-la demain à l'école.

Jonah haussa les épaules et Miles l'observa attentivement.

– Ça ne va pas, champion ?

– Ça va…

– Sûr ?

– Oui, mais je crois qu'elle me manque…

– Mlle Andrews te manque ? Pourtant, tu la vois tous les jours à l'école.

– C'est pas la même chose.

– Pas la même chose que quand elle venait à la maison ?

Jonah acquiesça, perdu dans ses pensées.

– Vous vous êtes disputés ?

– Non.

– Mais vous n'êtes plus amis.

– Mais si, nous sommes toujours amis…

– Alors, pourquoi elle ne vient plus ?

Miles s'éclaircit la voix.

– Pour l'instant, c'est un peu difficile. Quand tu seras grand, tu comprendras.

– Moi, marmonna Jonah, perplexe, je ne veux pas devenir grand.

– Pourquoi pas ?

– Parce que les grandes personnes disent toujours que les choses sont compliquées.

– Elles le sont quelquefois.

– Tu aimes bien Mlle Andrews ?

– Oh oui !

– Elle t'aime bien elle aussi ?

– Je crois.

– Alors, pourquoi c'est si compliqué ?

Devant le regard éploré de son fils, Miles comprit que non seulement Sarah lui manquait, mais qu'il l'aimait.

Ne sachant comment le consoler, il l'attira contre lui.

Deux jours après, Miles chargeait ses bagages dans sa voiture quand Charlie se gara devant chez lui.

– Tu es bien matinal, fit celui-ci.

– Je préfère éviter les encombrements.

Miles se redressa après avoir fermé le coffre.

– Merci encore de nous prêter ton appartement.

– Il n'y a pas de quoi. Tu veux un coup de main ?

– Non, j'ai presque fini.

– Combien de temps pars-tu ?

– Environ deux semaines. Pas de problème si je reviens juste après le nouvel an ?

– Aucun. Tu peux même prendre un mois de congé si ça te chante.

– Qui sait ? marmonna Miles.

Charlie haussa un sourcil.

– À propos, je suis venu t'annoncer qu'Harvey renonce à porter plainte. Il semblerait qu'Otis lui a dit de laisser tomber. Tu n'es donc plus suspendu de tes fonctions et tu pourras te remettre au travail dès ton retour.

– Très bien !

Jonah bondit dehors, salua Charlie, et repartit comme une flèche chercher quelque chose à la maison.

– Inutile de préciser que Sarah est la bienvenue si elle souhaite te rejoindre quelques jours à la montagne, lança alors Charlie.

Miles, qui suivait son fils des yeux, pivota sur lui-même.

– Je ne compte pas la voir ; ellc passe ses vacances en famille.

– Dommage, mais vous vous reverrez à ton retour, je suppose.

Miles se rembrunit.

– Ça ne va pas si bien que ça entre vous ? ajouta Charlie.

– Tu sais ce que c'est.

– J'ai été jeune moi aussi, et je regrette pour toi.

– Pourtant, tu la connais à peine !

– Ça ne m'empêche pas d'être navré.

Charlie enfouit ses deux mains dans ses poches.

– Bon, je n'ai pas l'intention de me mêler de tes affaires. En fait, je suis ici pour une autre raison… Je voulais m'assurer de quelque chose.

– Ah oui ?

– Je me pose des questions au sujet de ce coup de fil… Tu sais, quand tu m'as dit qu'Otis était innocent et qu'il fallait arrêter l'enquête…

Le shérif scruta Miles en silence.

– En es-tu absolument convaincu ?

– Oui, Otis est innocent.

– Malgré ce que nous ont dit Sims et Earl ?

– Oui.

– Tu n'aurais pas l'intention de mener toi-même ton enquête ?

– Je te donne ma parole.

– Bien, fit Charlie, convaincu. (Il frotta les mains sur sa chemise et inclina son chapeau.) Je n'ai plus qu'à te souhaiter un bon séjour à Nags Head. Tâche de me pêcher quelque chose !

Après avoir échangé un sourire avec Miles, il s'éloigna de quelques pas et s'arrêta net.

– Une minute ! J'ai une autre question à te poser…

– Ah oui ?

– C'est à propos de Brian Andrews. Je ne comprends toujours pas très bien pourquoi tu as voulu le mettre en garde à vue. Veux-tu que je le surveille en ton absence ?

– Non.

– Pourtant, tu n'as jamais été très clair à ce sujet.

Miles observa le contenu de son coffre.

– C'était une simple erreur.

– Bizarre ! fit Charlie en riant.

– Pourquoi ?

– Brian a employé exactement les mêmes termes que toi.

– Tu lui as parlé ?

– Il a eu un accident sous la responsabilité de l'un de mes hommes. J'ai pris de ses nouvelles…

Miles pâlit.

– Ne t'inquiète pas, ajouta Charlie.

Il prit son menton dans sa main et parut méditer un moment.

– Je voulais m'assurer que personne d'autre n'est concerné, dit-il enfin. La déformation professionnelle, tu sais… Je me demandais s'il y avait un lien quelconque entre ces deux affaires.

– Aucun !

– Bien, murmura Charlie. Je m'attendais à cette réponse. Quant à Brian Andrews, rien à signaler à son sujet ?

– Rien à signaler, mentit Miles en se disant que Charlie avait deviné.

– Dans ce cas, conclut gravement le shérif, permets-moi de te donner un conseil… Puisque tu considères cette affaire comme classée, fais preuve d'un peu de logique.

– Que veux-tu dire ?

– Si elle est classée, elle ne doit pas t'empoisonner la vie.

– Je ne te comprends pas.

– Mais si, soupira Charlie. Tu m'as parfaitement compris.

Épilogue

L'aube approche, il est temps que je finisse mon histoire.

J'ai maintenant trente et un ans. Il y a trois ans, j'ai épousé une jeune fille appelée Janice. Nous nous sommes rencontrés dans une boulangerie. Elle enseigne l'anglais au lycée et nous vivons en Californie où j'ai fait mes études de médecine et mon internat. Je suis médecin urgentiste depuis l'année dernière. Ces trois dernières semaines, j'ai sauvé six vies humaines avec l'aide de mon équipe. Je ne dis pas cela par vanité, mais pour vous faire savoir que j'ai honoré de mon mieux la promesse faite à Miles au cimetière.

En outre, je n'ai jamais rien dit à personne.

J'étais persuadé, au début, qu'il m'avait demandé de garder le silence pour se protéger, car un shérif qui n'arrête pas un criminel se met dans l'illégalité. Sachant ce qu'il savait, il a enfreint la loi en me laissant partir ce jour-là.

Après quelques années de réflexion, j'ai réalisé que je me suis trompé. C'est à cause de Jonah que Miles m'a prié de me taire.

Si la rumeur s'était répandue que j'avais renversé Missy au volant de la voiture, toute la ville aurait cancané à ce sujet, et Jonah aurait grandi au milieu des ragots. Comment un enfant réagit-il à une telle situation ? Miles n'en savait sans doute rien, mais il n'a pas voulu courir ce risque.

D'ailleurs, moi non plus. C'est pourquoi je brûlerai ces pages dans l'âtre dès que j'aurai achevé mon récit. J'avais simplement besoin de me confesser.

C'est encore dur pour nous tous. Je parle au téléphone avec ma sœur une fois de temps en temps et je lui rends rarement visite. La distance qui nous sépare – toute la largeur de l'Amérique – nous donne une bonne excuse… Elle vient me voir de temps en temps, mais toujours seule.

Quant à Miles et Sarah, je suis sûr que vous avez deviné la suite de leur histoire.

L'événement se produisit la nuit de Noël, six jours après qu'ils se furent dit adieu sur le porche. Sarah, qui n'avait pas eu de nouvelles de Miles, avait le cœur déchiré.

Mais, quand elle sortit de sa voiture, après avoir passé la soirée chez ses parents, elle crut à une hallucination. Elle ferma les yeux et les rouvrit en souriant.

Non, elle n'avait pas rêvé…

Comme de minuscules étoiles, deux chandelles scintillaient à ses fenêtres. À l'intérieur, Miles et Jonah l'attendaient.

Remerciements

Comme toujours, je tiens à remercier ma merveilleuse épouse. Douze années ont passé et tout va bien pour nous. Je t'aime, Cathy.

Je tiens à remercier aussi mes cinq enfants – Miles, Ryan, Landon, Lexie et Savannah. Je garde, grâce à eux, les pieds sur terre, et je m'amuse beaucoup.

Larry Kirshbaum et Maureen Egen m'ont magnifiquement soutenu pendant toute ma carrière. Merci à vous deux ; vous retrouverez vos prénoms dans ce roman.

Richard Green et Howie Sanders, mes agents d'Hollywood, sont les meilleurs du genre. Merci !

Merci à Denise Di Novi, la fabuleuse productrice de *Message in a Bottle* et de *A Walk to Remember*, qui est devenue une grande amie.

Scott Schwimer, mon avocat, trouvera ici l'expression de ma gratitude.

Micah et Christine, mon frère et ma belle-sœur, je vous aime tous les deux !

Je voudrais aussi remercier Jennifer Romanello, Emi Battaglia et Edna Farley, spécialistes de la publicité ; Flag, qui crée les couvertures de mes livres ; Courtenay

Valenti et Lorenzo Di Bonaventura de Warner Brothers, Hunt Lowry de Gaylord Films, Mark Johnson et Lynn Harris de New Line Cinema. Sans vous, je n'en serais pas là.

www.pocket.fr
Le site qui se lit comme un bon livre
Informer
Toute l'actualité de Pocket, les dernières parutions collection par collection, les auteurs, des articles, des interviews, des exclusivités.
Découvrir
Des 1ers chapitres et extraits à lire.
Choisissez vos livres selon vos envies :
thriller, policier, roman, terroir, science-fiction...
POCKET
Il y a toujours un Pocket à découvrir
sur www.pocket.fr

Composé par Nord Compo
à Villeneuve d'Ascq

Impression réalisée sur Presse Offset par

BRODARD & TAUPIN

GROUPE CPI

30147 – La Flèche (Sarthe), le 01-06-2005
Dépôt légal : juin 2005

POCKET – 12, avenue d'Italie - 75627 Paris cedex 13
Tél. : 01.44.16.05.00

Imprimé en France